古典文獻研究輯刊

十一編

曾永義 主編

第11冊

李商隱駢文研究

尹博 著

國家圖書館出版品預行編目資料

李商隱駢文研究／尹博 著 -- 初版 -- 新北市：花木蘭文化出版
社，2015〔民104〕
目 2+198 面；19×26 公分
（古典文學研究輯刊 十一編：第 11 冊）
ISBN 978-986-404-117-6（精裝）
1.（唐）李商隱 2. 駢文 3. 文學評論
820.8   103027546

ISBN-978-986-404-117-6

9 789864 041176

古典文學研究輯刊
十一編　第十一冊   ISBN：978-986-404-117-6

李商隱駢文研究

作　　者　尹　博
主　　編　曾永義
總 編 輯　杜潔祥
副總編輯　楊嘉樂
編　　輯　許郁翎
出　　版　花木蘭文化出版社
社　　長　高小娟
聯絡地址　235 新北市中和區中安街七二號十三樓
　　　　　電話：02-2923-1455／傳眞：02-2923-1452
網　　址　http://www.huamulan.tw 信箱 hml810518@gmail.com
印　　刷　普羅文化出版廣告事業
初　　版　2015 年 3 月
定　　價　十一編 29 冊（精裝）台幣 52,000 元

李商隱駢文研究

尹　博　著

作者簡介

尹博，女，1982 年生，祖籍遼寧海城，南開大學古代文學博士，遼寧大學圖書館古籍特藏部館員。主要研究方向爲隋唐五代文學、東北古代文學。發表《李商隱〈祭小姪女寄寄文〉考論》等學術論文十餘篇。著有《唐宋八大家故事叢書——柳宗元故事》一書，獲 2014 年「中國優秀科普讀物」之譽。

提　要

　　李商隱駢文在中國駢文發展史上佔有重要地位。唐宋之際「文官化」傾向、中唐時期古文、駢文創作趨勢及中唐時期科舉考試對駢文引領作用，均對李商隱駢文創作影響頗多。

　　被普遍理解爲李商隱、溫庭筠及段成式三人及其作品合稱的「三十六體」，學界對此關注頗多，衍生一系列論斷。

　　考索影響李商隱駢文創作的兩件大事，一是開成二年中舉前後的表現，涉獵李商隱對令狐家族「背恩說」的重新認識；二是大中元年隨鄭亞入桂幕的原因。前者是李商隱駢文創作步入代作階段的起點，後者是李商隱駢文創作走向成熟、得以昇華的原因。

　　從文體發展角度對李商隱各類駢文條分縷析，分表、狀、啓、牒、序、書、箋、賦、祭文、祝文、碑銘與黃籙齋文等十二類。釐清各類文體的淵源、流變，與前人的文本進行比較，確立李商隱在各體駢文發展中的地位和作用。

　　從典故和法式兩方面探討李商隱駢文與詩的關係，在對錢鍾書先生「樊南四六與玉溪詩消息相通」命題認識的基礎上，以典故爲媒介，討論李商隱詩典與文典的關係，並以運用司馬相如典爲例考察李商隱對前人的超越，最終從李商隱的「私人類書」《雜纂》的歸類思維入手闡釋李商隱用典高超的原因。

　　結語部分考察李商隱駢文在後世的傳播。

目次

引　言

一

　　中國素有詩文並稱的大文學觀，但詩的研究明顯偏重於文，文的研究相對薄弱、成果不足是不爭事實。而在文的研究中，駢文研究至今仍是微弱一環。綜合寧俊紅《二十世紀之駢文研究》（《文學遺產》，2007 年第 4 期）、莫道才《80 年代以來唐代駢文研究述評》和《近 20 年駢文研究述議》（《江海學刊》，2001 年第 4 期）、莫山洪《十年駢文研究綜述》（《柳州師專學報》，2007年第 4 期；1996 年首屆駢文學術研討會至 2007 年）和《90 年代駢文研究述要》（《柳州師專學報》，1998 年第 1 期）、譚家健《臺灣之駢文研究一瞥》（《柳州師專學報》，1998 年第 1 期）等駢文研究階段性綜述看，大陸地區駢文研究力量相對薄弱。20 世紀 20 年代始出現了一些駢文研究專著，以謝无量《駢文指南》為代表共 7 部；90 年代以來，以姜書閣《駢文史論》為起始，駢文論著逐漸問世，呈升溫態勢。而在這過程中，李商隱駢文研究作為作家駢文個案研究可謂全面又具體。這位近二十年來研究隊伍之壯大、成果之豐厚不啻李白、杜甫、韓愈的偉大詩人，以華美詩篇奠定了自己在唐代文學研究中的「顯學」地位，大有「傾倒眾生」之勢。不僅如此，李商隱的接受研究也備受關注，如米彥青的《清代李商隱詩歌接受史稿》一書就以清代各時期對李商隱詩歌的接受為視角展開論述。然而，當「李商隱熱」持續升溫之時，我們發現奠定其顯學地位的是華美詩篇並非文章。「李商隱熱」熱在對那些「解人難」詩歌研究上。就目之所及，尚無專著及博士論文將其文作為研究的主要內容。

二

　　當代李商隱駢文研究多以單章獨節的形式出現在各種散文史和駢文史中。以謝无量《駢文指南》為首，20 世紀三十年代初期出現駢文研究熱，陸續出版了一系列著作，如金矩香《駢文概論》、錢基博《駢文通義》、劉麟生《駢文學》及《中國駢文史》、瞿兌之《中國駢文概論》、金茂之《四六做法駢文通》等。這些論著大多是宏觀研究，對晚唐駢文涉獵較少。其中，謝無量《駢文指南》寥寥數語帶過李商隱駢文：「溫李諸人，所謂三十六體者，稍為秀發。」〔註1〕劉麟生《中國駢文史》中第六章「唐代駢文概觀」中提及李商隱與溫庭筠：「晚唐溫李，英才挺出，一以博麗為宗，造成唐文之極軌。」〔註2〕其中「三十六體及其作家」提及李、溫、段三人合稱由來，並簡略介紹李商隱駢文幾種風格類型，但論述十分簡略。〔註3〕世界書局 1942 年出版的蔣伯潛、蔣祖怡的《駢文與散文》中第七章「唐代駢文」對晚唐李商隱的駢文有新的看法：「李商隱的『四六』的倡制，大概要使後來的作者，有法則可尋，和律詩絕句一樣，四字一句，六字一句，以及平聲仄聲的相間為用，可以使文章的調子，不致於流為呆板，而有柔和調勻的感覺，所以他特別提出『四六』兩字來。自從李義山倡導以後，溫飛卿、段成式相繼附和，所有的作家，均互相競作，於是這種的體裁，頓時流行起來。」〔註4〕蔣先生認為李商隱對四六文的創作有倡導推動之功，但在最後總結時又評述道：「李商隱的『四六』之倡制，實在只是一種玩意，而後代變本加厲，反而因此斷送駢文的生命了。」〔註5〕

　　20 世紀 40 年代末到 80 年代初，李商隱駢文尚未受到重視。1986 年姜書閣《駢文史論》第十三章第六節論及李商隱駢文，以晚唐駢文研究為對象，只把李商隱駢文看做是在駢體總的走向衰亡的必然中的掙扎：「但若就駢文的發展而言，到唐代已不能再前進，故自初唐起，便衰而屢變。從柳宗元提出『駢四儷六』一語，至李商隱即正式定名為『四六』。這並不只是名稱問題，在名稱的背後包含著它的實質，說明了它是在字句上而且僅只在字句上下功

〔註1〕謝無量：《駢文指南》，上海中華書局印行，民國十四年十月版，頁 54。
〔註2〕劉麟生：《中國駢文史》，東方出版社，1996 年 3 月版，頁 62。
〔註3〕《中國駢文史》，頁 70～74。
〔註4〕蔣伯潛、蔣祖怡：《駢文與散文》，世界書局印行，中華民國 33 年 12 月版，頁 61。
〔註5〕《駢文與散文》，頁 63。

夫的。這在初期還可能在遣詞造句方面有一點藝術技巧的成就，但至多只能使四六駢體苟延殘喘一個短時期，而絕對不可能有起死回生的妙用，則是無疑的了。」〔註6〕

　　于景祥《唐宋駢文史》第五章《晚唐駢文：唯美主義的復活》分兩節介紹李、杜駢文和溫、段駢文，第一次較明確地概括了李商隱駢文特質，並與溫、段文風進行比較。〔註7〕莫道才《駢文史論》第十章第五節「駢文變異期」提出盛唐到南宋是駢文的變異期，李商隱等晚唐駢文家多追慕徐庾等人，從溯源角度提出新見。〔註8〕尹恭弘《駢文》雖爲普及性讀物，但第二章第四節論及李商隱駢文時，能夠用「典麗化」〔註9〕來概括其整體特徵，第一次定義了李商隱駢文特質。鍾濤《六朝駢文形式及其文化意蘊》〔註10〕雖不專論唐駢，然其五章《六朝駢文形式的地位和流變》認爲李商隱爲代表的晚唐駢文，更直接繼承了六朝駢文風格，並將駢文諸形式特徵極端化，這種極端化也預示了駢文藝術的終結階段。李蹊《駢文的發生學研究——以人爲覺醒爲中心之考察》通過駢文產生的歷程，從發生學角度闡釋這樣一種對文學本質和文學史演變歷程的基本看法。提出在駢文發生期，「和」與「文」兩種文類意識出現致使偶辭麗句產生。〔註11〕以文化發生學來觀照駢文發展歷程固然新穎，落實在文獻材料上則易空泛。如在論述「和」、「文」民族固有心態對偶辭麗句產生的影響時，所應用的符合「和」、「文」思想的先秦文獻大而廣，缺乏實質性，導致推理與判斷之間關係疏離。

　　李商隱研究專著，劉學鍇《李商隱傳論》書中提及李商隱的詩如何影響文：第十五章「李商隱駢文概述」，概括各類文體所載內容及文中流露出的李商隱情感；十六章「李商隱文的詩情詩境」，主要認爲李商隱以作詩的感悟去行文，在駢文中出現詩歌語言，又有一顆感懷身世的詩心，因此遇到此題材的文章就能感同身受，爲文情感深長。〔註12〕至於論及李商隱的詩情和詩境，

〔註6〕姜書閣：《駢文史論》，人民文學出版社，1986年11月版，頁485。
〔註7〕于景祥：《唐宋駢文史》，遼寧人民出版社，1991年。
〔註8〕莫道才：《駢文史論》，廣西教育出版社，1994年。
〔註9〕尹恭弘：《駢文》，人民文學出版社，1994年。
〔註10〕鍾濤：《六朝駢文形式及其文化意蘊》，東方出版社，1997年。
〔註11〕李蹊：《駢文的發生學研究——以人爲覺醒爲中心之考察》，河北大學出版社，2005年。
〔註12〕劉學鍇：《李商隱傳論》，安徽大學出版社，2002年。

並未提煉出具有概括性的總結，這也許因爲詩情和詩境本來就是詩歌批評中不好把握的批評層面。若能將李商隱同時期詩與文進行比較，詩語如何化爲文語，文語又如何影響詩語，則更能說明「相通」的所指。劉學鍇的另一本李商隱研究力作《李商隱詩歌接受史》從詩歌角度考察歷代對李商隱詩的接受，通篇雖言詩，但五代及宋初時期的相關論述對李商隱文研究有一定借鑒作用。〔註 13〕米彥青《清代李商隱詩歌接受史稿》則在劉版接受史基礎上，著力清代對李商隱詩的接受，展現清代「李商隱熱」現象，文獻豐厚翔實，對李商隱駢文研究有所裨益。〔註 14〕劉學鍇《李商隱詩歌研究》中第五章「樊南文詩情詩境」收入其後的《李商隱傳論》，無需贅言。〔註 15〕董乃斌《李商隱的心靈世界》一書簡論李商隱古文，概述了李商隱的文觀。〔註 16〕

學位論文方面，兩岸與李商隱文研究相關的碩士論文有：鄧文南《樊南四六研究》、周松芳《李商隱文章研究》、韓雪晴《三十六體駢文述論》、郝紅霞《李商隱駢文研究》、余新《論李商隱的駢文理論及駢文創作》、孫琴《李商隱祭文研究》、蘆春豔《李商隱駢文的傑出成就》、柯璐《李商隱入蜀及蜀中文學創作研究》、黃勝雄《李商隱與令狐氏關係考——兼論相關詩文及史事》。這些論文基本是對李商隱駢文本文進行考察，對李商隱文道觀、駢文技巧做了概述。值得一提的是韓雪晴《三十六體駢文述論》與孫琴《李商隱祭文研究》，前者選題角度較好，通過比對李商隱、溫庭筠和段成式三人的詩文，認定「三十六體」之稱得於三人均擅長駢文；後者文章構架具有縱深意識，將李商隱與前人後世祭文比對。不足之處是前者對「三十六體」旨歸的判定過於片面，後者對祭文文體整體把握欠缺。另外，翟景運的博士畢業論文《晚唐駢文研究》以晚唐駢文作爲整體研究，涉獵李商隱駢文，但對本體研究不足。

期刊論文，董乃斌先生《論樊南文》從「樊南文多駢體說明什麼」、「關於樊南四六的思想內容」和「樊南四六的藝術評價」三個方面對李商隱的駢文作了研究，認爲李商隱的獨特生活道路造成駢文創作數量較多，樊南四六中較好作品的眞正優點在於通過某些修辭手法的恰當運用，使文章既具有一般的辭章之美，又增強了形象性和含蓄性，從而超越一般應用文的水平而進

〔註 13〕劉學鍇：《李商隱詩歌接受史》，安徽大學出版社，2004 年。
〔註 14〕米彥青：《清代李商隱詩歌接受史稿》，中華書局，2007 年。
〔註 15〕劉學鍇：《李商隱詩歌研究》，安徽大學出版社，1998 年。
〔註 16〕董乃斌：《李商隱的心靈世界》，上海古籍出版社，1992 年。

入藝術的境界。〔註17〕余恕誠，魯華峰兩位先生《李商隱詩歌和四六風格的多樣性》對李商隱駢文的好事對切，婉轉精麗舉例說明，並簡單概括李文文體分類情況。〔註18〕余恕誠先生《樊南文與玉溪詩：論李商隱四六文對其詩歌的影響》一文在2002年原文基礎上，從對偶、用典、虛字、句法以及綺麗委婉、富於象徵暗示、富於情韻等方面，論析二者間的深刻聯繫，認爲唐詩吸納其它文體之長，不斷出現大的發展變化。〔註19〕李白、杜甫代表初盛唐詩歌，對自漢魏至六朝以來賦體成分予以融化吸收，韓愈代表中唐，把散文成分帶入詩歌，促成中唐詩壇新變，李商隱則代表晚唐，以駢文入詩，開闢了又一片新天地。文章分析細緻嚴密，很有價值。董乃斌先生《李商隱散文簡論》提及李商隱古文，論及李商隱文觀。〔註20〕吳在慶先生《樊南四六芻議》首先結合唐代古文運動、北宋詩文革新運動的實況及宋代理學精神進行分析，認爲浮華、繁縟、麗靡的藝術風貌與崇尚儒家道統、文以載道的主張背道而馳，是樊南四六長期受到冷落的重要歷史原因，進而就史學認識價值和藝術價值兩個方面評價、肯定樊南四六文的積極意義，旨在強調增進研究的必要。〔註21〕

此外，關於「三十六體」問題，陳冠明先生《「三十六體」：宋祁總結認定的駢文體派》與李中華先生《晚唐「三十六體」辨說》提出不同見解，使這一爭論呈現多樣化風貌。

三

從駢文整體發展情況看，六朝、宋代、清代都是駢文創作的高潮期。唐代「古文運動」與宋代「古文運動」之間，基本是古文擡頭趨勢，李商隱的駢文創作就顯得格外醒目。而爲什麼在古文創作風行的年代出現李商隱這座駢文高峰，李商隱何以爲高峰又以何爲高峰，值得認眞探討。

「三十六體」旨歸問題。目前有「綽號」說、「詩歌」說、「駢文」說和「訛誤」說幾種觀點。「綽號」說是岑仲勉先生本著史學家的思維方式得出的

〔註17〕《文學遺產》，1983第1期。
〔註18〕《安徽師範大學學報》，2002年7月。
〔註19〕《文學遺產》，2003第4期。
〔註20〕《西南師範學院學報》，第3期。
〔註21〕《中州學刊》，1995第2期。

結論，認爲「三十六體」只不過是李商隱、溫庭筠和段成式三人的綽號而已，沒有什麼深意。「詩歌」、「駢文」說則是當代學者本著文學研究的思維模式得出的結論，認爲「三十六體」因三人詩歌創作趨同或駢文創作趨同得名。「訛誤」說指「三十六」爲「三才」之誤這一事實。這些結論尚待探討，若以歷史還原的思維去思考這個問題，是否會得出相對準確的結論？若將「三十六體」作爲一種文學現象進行研究，是否會勾畫出那個時代的駢文創作情況？

李商隱駢文文體演變問題。從古至今各類文體都不斷發生體式上的演變，彼此之間的交融影響也錯綜複雜，李商隱的各類文體在文體演變中是否存在變體的情況？具體表現是什麼？這也是他的駢文創作何以爲高峰的原因。

李商隱的詩與文關係問題。自錢鍾書先生提出「樊南四六與玉溪詩消息相通」這一命題以來，學界前輩多有將這一命題的內涵深化闡釋的情況。對這一命題如何認識，其內涵與外延該如何界定，需要進一步探討。而李商隱詩文的媒介即典故又是怎樣勾聯起詩與文，體現了李商隱哪些獨特的思維方式，都是我們要認眞思考的問題。

四

本文以文本研究法爲主，將李商隱的文本與前後代文本作比較，在具體比較的基礎上探索李商隱駢文的繼承與新變。對於有爭端的問題，兼用考證法求得正解，並本著歷史還原的態度考索李商隱的生平活動。具體而言，各章分工如下：

第一章分別從唐宋之際「文官化」進程、中唐時期古文、駢文創作趨勢、中唐時期科舉考試對駢文引領作用幾個方面分析李商隱駢文產生的原因。第二章從李商隱、溫庭筠、段成式三人的合稱「三十六體」入手，探討李商隱與同時期的「尚異」知音對駢文發展的影響。第三章考索影響李商隱駢文創作的兩件大事，一是開成二年中舉前後的表現，也是對令狐家族「背恩說」的重新認識；二是大中元年隨鄭亞入桂幕的原因。前者是李商隱駢文創作步入代作階段的起點，後者是李商隱駢文創作走向成熟、得以昇華的原因。第四章與第五章從文體發展角度對李商隱各類駢文條分縷析，分表、狀、啓、牒、序、書、箋、賦、祭文、祝文、碑銘與黃籙齋文共十二類。梳理各類文體的淵源、流變，與前人的文本進行比較，確立李商隱在各體駢文發展中的

地位和作用。第六章從典故和法式兩方面探討李商隱駢文與詩的關係。在對錢鍾書先生「樊南四六與玉溪詩消息相通」命題認識的基礎上，以典故爲媒介，討論李商隱詩典與文典的關係，並以司馬相如典故運用爲例考察李商隱對唐代前人的超越，最終從李商隱的「私人類書」《雜纂》的歸類思維入手闡釋李商隱典故運用獨特的原因。結語部分考察李商隱駢文在後世的傳播。

　　千百年來，「詩家總愛西崑好，獨恨無人做鄭箋」，希望本書能夠拋磚引玉，以祈「鄭箋」早日到來。

第一章　李商隱駢文生成的時代背景

　　文學是人創作的，人生活在特定時空中，生活在特定的社會歷史進程中，不能不受時代集體無意識的影響，闡釋作家生活的時代背景永遠是作家研究不可或缺的環節。李商隱的文生成於中國文學史上有重要影響的兩次較大規模文學創作新變之際，與這兩次文學新變都有重要聯繫，因此我們有必要將其前因後果簡略梳理，即從韓愈的古文運動到歐陽修的詩文革新運動這一否定之否定的文學變革過程中來思考李商隱駢文產生的社會歷史原因，從而在這一坐標中看清李商隱駢文的歷史作用，考察並論定其歷史地位。

第一節　唐宋之際「文官化」進程

　　中國歷史素有「三變」之論。「三變」說初見於明代學者陳邦瞻的《宋史紀事本末》一書：「宇宙風氣，其變之大者三：鴻荒一變而爲唐虞，以至於周，七國爲極；再變而爲漢，以至於唐，五季爲極；宋其三變，而吾未睹其極也。」〔註1〕學術大師王國維和史學大師陳寅恪也極言有宋一代在學術及歷史進程中的重要性。而首先指出唐宋在文化上有顯著差異的是日本京都學派開創者內藤湖南：「唐和宋在文化的性質上有顯著差異：唐代是中世的結束，而宋代則是近世的開始。」〔註2〕並指出：「中國中世和近世的大轉變出現在唐宋之際，是讀史者應該注意的地方。」〔註3〕其實，關注宋代還是強調唐宋變革都

〔註1〕　陳邦瞻：《宋史紀事本末》，中華書局，1977年5月版，頁1191。
〔註2〕　劉文俊主編，黃約瑟譯：《日本學者研究中國史論著選》（一），中華書局，1992年7月版，頁10。
〔註3〕　《日本學者研究中國史論著選》，頁18。

是「三變」說的逐步深化。唐宋轉型理論也由最初的政治史、經濟史、制度史向思想史領域和文學史領域延伸。前期如清代陳衍、沈增植提出詩學領域的「三元」、「三關」說，後期如美國學者包弼德從思想領域入手，以尋找北宋精英文化來源爲目的進行探索，認爲自 755 年政治危機後，士人政治意識增強，歷經「古文運動」，最終形成宋代文治政策與文學文化並重的思想。〔註4〕包弼德提及「文官化」：「高度的中央集權和文官化，使王朝免於內部的篡奪，但還是促進了獨裁統治，因爲靠出身而不是靠才學獲得皇位的君主，開始成爲不變的政治權威和群臣效忠的對象。」〔註5〕包弼德論著的譯者劉寧也借鑒這個思路，將焦點集中在中晚唐五代至宋初之際這一時段，以士大夫文官政治的興起爲背景，通過列舉大量歷史事實證明了士人的「文官化」〔註6〕中唐到宋初正是士人不斷增強政治意識，由才學之士轉變爲吏、才並重雙重功能性人才的過程。下文探討這一過程，並將李商隱納入其中，分析他作爲一份子的心理狀態。

玄宗由重視吏才轉向重視文才。開元時期文人參政情況較之以前有所變化，這主要以唐玄宗提拔重用張說爲轉折點。對於張說之前的文臣，玄宗主要重視其吏才，如歷仕三朝的姚崇，玄宗盛讚其「宏略冠時，偉才生代」。〔註7〕與姚崇同時期的官員也多爲政治官僚。開元九年姚崇病故後，因與姚崇在政治上彼此傾軋而被排擠出廷的張說重新回到玄宗身邊，受到重用。比較對姚崇的評價，玄宗對張說的寄望不同，「政令必俟其增損，圖書又藉其刊削」，〔註8〕顯然除了政治才幹外，更重視張說的才學之能。

張說成爲政治才幹與詩文創作兼優的首席大臣後，提拔了很多文才之士如張九齡、裴耀卿。才學之士相聚一時，京都文壇呈現繁盛氣象。開元二十四年（736），張九齡被罷相，四年後病逝。到了天寶六年（747）正月，唐玄宗認爲朝廷中人才匱乏，缺乏開元時期張九齡執政時那種人才濟濟的盛狀，因此欲廣求良士。「上欲廣求天下之士，命通一藝以上，皆詣京師。李林甫恐

〔註 4〕 見包弼德著，劉寧譯《斯文：唐宋思想的轉型》一書，江蘇人民出版社，2001年。

〔註 5〕 《中國學術》第三輯，商務印書館 2000 年版，頁 63。

〔註 6〕 劉寧：《唐宋之際詩歌演變研究——以元白之元和體的創作影響爲中心》，北京師範大學出版社，2002 年 9 月。

〔註 7〕 《全唐文》，中華書局，1983 年，頁 236。

〔註 8〕 《舊唐書》卷九一七《張說傳》，上海古籍出版社，1986 年縮印本，頁 3843。

草野之士對策，斥言其奸惡，建言舉人多卑賤愚聵，恐有俚言，污濁聖聽。乃令郡縣長官，精加試練，灼然超絕者，具名送省，委尚書復試，御史中丞監之。取名實相副者聞奏，既而至者皆試以詩賦論，遂無一人及第者。林甫乃上表賀『野無遺賢』。」〔註9〕這表明唐玄宗認為所缺乏的人才屬於文學學術型官員，而不是政客型官員。這樣看來，開元時期提拔大臣已經由以前的重視吏才而轉向偏重文才，這種做法有助於大臣文學才能的提升。然而這次求士之舉由於李林甫嫉賢妒能、從中作梗，高適與杜甫這樣的才學之士全部落選。

「安史之亂」後士人吏才增強。經過「安史之亂」的社會大動蕩，文人們挽救社會，關注社會現實的自覺意識明顯提高，更自覺地學習和研究社會現實的實際問題。因此，湧現出一批關注社會政治，積極投身於政治活動中的文人。元結、柳宗元、劉禹錫、韓愈、元稹、白居易、李紳、李德裕、段文昌、令狐楚都是文人兼政治家。尤其是前六位，在文學史上地位突出，這在以前的歷史上是很少見的現象。

在李商隱童年和少年時期，即貞元末和元和初期，統領詩壇的兩大詩派和兩大詩人都在臨壇而歌。兩大詩派是韓孟詩派和元白詩派，前者追求險怪新奇、瘦硬狠重的詩風，後者在創作上追求淺顯通俗、流暢明白。兩大詩人指柳宗元和劉禹錫，因為遭受貶謫，二人無法重入兩京詩歌中心，只能在各自謫地堅持散文創作與詩歌吟唱。柳宗元、劉禹錫積極參加的「永貞革新」雖然失敗了，但他們在政治變革中的突出地位和作用依然表現出來。韓愈、元稹、白居易都是積極入世的文人，都有以天下為己任的儒家情懷。這其中表現最突出的是韓愈。除了領導文學領域的「古文運動」外，韓愈生平多有事跡足以彰顯其政治才幹，在平淮西和赴鎮州解決王廷湊叛變兩事上都大有作為，「十五年，徵為國子祭酒，轉兵部侍郎。會鎮州殺田弘正，立王廷湊，令愈往鎮州宣諭。愈既至，集軍民，諭以逆順。辭情切至，廷湊畏重之」。〔註10〕韓愈兼備勇謀與才幹，是當時士人中的典範。

生活在中唐後期的令狐楚不僅是政壇重要人物，更是當世新體文即駢文創作的代表者。《新唐書》記載他為文能夠「情動兵卒」：「鄭儋在鎮暴卒，不及處分後事，軍中喧嘩，將有急變。中夜十數騎持刃迫楚至軍門，諸將環之，

〔註9〕《資治通鑒》卷二一五，上海古籍出版社，1987年，頁1464。
〔註10〕《舊唐書》卷一六○《韓愈傳》，頁3983。

令草遺表。楚在白刃之中，搦管即成，讀示三軍，無不感泣，軍情乃安。自是聲名益重。」〔註11〕除了文才之能，令狐楚的吏才也有記載：「楚長於撫理，前鎮河陽，代烏重胤移鎮滄州，以河陽軍三千人爲牙卒，卒咸不願從，中路叛歸，又不敢歸州，聚於境上。楚初赴任，聞之，乃疾驅赴懷州，潰卒亦至，楚單騎喻之，咸令櫜弓解甲，用爲前驅，卒不敢亂。及蒞汴州，解其酷法，以仁惠爲治，去其太甚，軍民咸悅，翕然從化，後竟爲善地。汴帥前例，始至率以錢二百萬實其私藏，楚獨不取，以其羨財治廨舍數百間。」〔註12〕令狐楚彌留之際仍不忘爲「甘露之變」中冤死的大臣昭雪，「前一日，召從事李商隱曰：『吾氣魄已殫，情思俱盡，然所懷未已，強欲自寫聞天，恐辭語乖舛，子當助我成之』」。〔註13〕關於這段文字，「其大要以甘露事誅譴者眾，請霽威，普見昭洗。辭致曲盡，無所謬脫」。〔註14〕李商隱自大和三年（829）十八歲始，就入令狐楚天平軍幕從學，對令狐楚的恩情終生不忘，他的仕途道路選擇與文學創作觀念必然受到恩師的影響。而令狐楚這種文史並長的政治人才對李商隱影響力應該是持續性的。

　　由此可見，士人在擅文的同時確有吏才增強的現象，這種現象當然是社會現實促成的。文人們已經無法像盛唐那樣在理想的王國中遨遊，馳騁其豐富的想像而創作充滿理想光環的詩篇，他們必須正視藩鎮割據、戰亂頻仍的現實，必須正視皇權受到削弱，宦官勢力崛起而左右朝綱的狀況。如何改變這種局面，重興大唐盛世，是每個文人都要面對和思考的問題。因此「安史之亂」後的文人在政治才能方面，在參政議政方面表現出極高的熱情與自覺。文人在朝廷的分量加重，權勢有所增長。

　　到北宋中葉，經過近二百年的醞釀，文人參政意識達到極點，文人的社會地位達到極盛。宋朝建立者趙匡胤又吸取晚唐五代軍閥割據的教訓，採取一系列策略剝奪武官軍權，重用文人，文人地位迅速攀升，至眞宗、仁宗兩朝到達頂點。在仁宗後期，登上文壇的歐陽修正是在這樣的社會狀況下，以高昂的姿態領導了詩文革新運動。

　　兩宋時期是文人主政的時代，文人地位空前提升。正是在這樣的社會發

〔註11〕《舊唐書》卷一七六《令狐楚傳》，頁 4013。
〔註12〕《舊唐書》卷一七六《令狐楚傳》，頁 4014。
〔註13〕《舊唐書》卷一七六《令狐楚傳》，頁 4014。
〔註14〕《新唐書》卷一六六《令狐楚傳》，頁 4665。

展進程中，文人參政積極性空前高漲，自覺要擔負起拯救天下的重任。正是
這種積極入世的人生態度轉化爲充滿激情的詩文作品，才會在文學史上留下
濃墨重彩的一筆。

李商隱的人生，正處於從中唐韓柳到北宋中葉歐陽修這一文人逐漸走向
政治權利中心並能夠影響社會現實這一進程的中點。他無論在心理上還是在
實際人生道路選擇上都受到這種走向的深深影響，無論在人生道路上還是在
文學創作上都留下深深痕跡。其中「永憶江湖歸白髮，欲迴天地入扁舟」情
結的生成凝聚，最能代表李商隱這種心理。渴望在迴天轉地、功成名就之後
歸隱江湖的想法也確實貫串李商隱一生。這種想法似乎使他在大中元年留任
秘書省正字和隨鄭亞遠赴桂州幕府兩者見取捨時毅然選擇了後者。﹝註15﹞也
是正這次選擇，使他的仕途一再陷入窘境，而相反的是他的駢文在量和質上
都突飛猛進，大有成就，成爲駢文史上當之無愧的大家。

第二節 中唐時期古文創作趨勢

李商隱童年、少年時期文壇上正是「古文運動」興盛之時，這對李商隱
的文學創作道路不能不產生影響。韓愈大勢提倡古文寫作，他的同榜進士兼
好友李觀與他志同道合，同仁柳宗元、劉禹錫、歐陽詹、吳武陵等人也支持
文風的革新。而李翱、皇甫湜、樊宗師、李漢、侯喜等人追隨韓愈之後，大
力鼓吹古文寫作。因此在建中、貞元、元和時期散文風格發生很大變化，駢
文獨佔文壇主流的情況發生改變，古文寫作取得巨大成功。對於這種情況，
當代人最爲清楚，梁肅在《補闕李君前集序》中說：

> 故文本於道，失道則博（一作傳）之以氣，氣不足則飾之以辭，
>
> 蓋道能兼氣，氣能兼辭，辭不當則文斯敗矣。唐有天下幾二百載，
>
> 而文章三變：初則廣漢陳子昂以風雅革浮侈，次則燕國張公說以宏

﹝註15﹞關於大中元年入鄭亞幕的目的，學界看法不一。劉學鍇、余恕誠二先生認爲
李商隱《海客》中「星娥罷織」喻自己罷秘書省正字之職而入鄭亞之辟。「只
應不憚牽牛妒，聊用織機石贈君」兩句謂自己不畏牛黨中舊好之妒，以文采
爲鄭亞效力，以酬知遇之恩。此舉既非爲貧而仕，而非單純酬答恩知，「而是
在較長時期的觀察與思考的基礎上作出的一種政治選擇」。見《李商隱傳論》
（上），安徽大學出版社，2002年，頁249。如果從李商隱一生都存有政治抱
負看，選擇鄭亞很可能也是爲了完成這種抱負。關於此問題，本文在第三章
第二節有詳細論述。

茂廣波瀾，天寶已還，則李員外、蕭功曹、賈常侍、獨孤常州比肩
而出，故其道益熾。若乃其氣全，其辭辨，（一作其辭源辨博）馳騖
古今之際，高步天地之間，則有左補闕李君。君名翰，趙郡贊皇人
也。天姿朗秀，率性聰達，博涉經籍，其文尤工。故其作，敍治亂
則明白坦蕩，紓徐（一作餘）條暢，端如貫珠之可觀也；陳道義則
游泳性情，探微嗢冥，渙乎春冰之將泮也；廣勸誡則得失相維，吉
凶相追，焯乎元龜之在前也；頌功美則溫直顯融，協於大中，穆如
清風之中人也。議者又謂君之才，若崇山出雲，神禹導河，觸石而
彌六合，隨山而注巨壑。蓋無物足以過其氣而閱其行者也。世所謂
文章之雄，舍君其誰歟？〔註16〕

梁肅是中唐前期文壇盟主，對於唐代「古文運動」有開風氣之功。他認為唐
代散文的發展進程有三次變化：第一次是陳子昂用提倡風雅興寄來革除浮華
奢侈文風，第二次則是唐玄宗時宰相張說以弘大豐厚充實的內容和氣勢擴大
文章的表現力度與廣度，第三次是天寶之後，李華、蕭穎士、賈至、獨孤及
等人都以文章著名，文壇出現興盛氣象。李翰也屬於這一時期的著名文章家。
這一描述符合文壇實際情況。

梁肅在這裡沒有提到自己，但梁肅以其古文創作的實績被後人推許，又
是進士試時錄取韓愈、李觀等人的恩人，可知其文學傾向。而梁肅當年也是
受到李華和獨孤及的賞識才走上文壇的。崔元翰在《右補闕翰林學士梁君墓
誌》中說：

鳴呼！君之寓於江南，年十六而先府君歿，事祖母以至孝聞。
在羈旅之中，當離亂之際，貞固而未嘗忘於道，廉讓而未嘗虧於義。
年十八，趙郡李遐叔、河南獨孤至之始見其文，稱其美，由是大名
彰於海內，四方之諸侯洎使者之至郡，更遣招辟而賓禮之。〔註17〕

梁肅自己在《常州刺史獨孤及集後序》說：

噫！天其以述作之柄授夫子乎？不然，則吾黨安得遭遇乎斯文
也？初，公視肅以友，肅仰公猶師，每申之話言，必先道德（一作
德禮）而後文學。且曰：「後世雖有作者，六籍其不可及已。荀孟樸
而少文，屈宋華而無根。有以取正，其賈生、史遷、班孟堅云爾。

〔註16〕 《全唐文》卷五一八，頁5261。
〔註17〕 《全唐文》卷五二八，頁5332。

－14－

唯子可與共學，當視斯文，庶乎成名。」蕭承其言，大發蒙惑，今
則已矣。知我者其誰哉！〔註18〕

獨孤及去世後，梁肅以門生身份作《祭獨孤常州文》祭奠亡靈，其中追述當
年獨孤及對自己的教誨：「顧惟小子，慕學文史。公初來思，拜遇梅里。如舊
相識，綢繆慰止。更居恤貧，四稔於此。嘗謂肅曰：『爲學在勤，爲文在經。
勤則能深，經則可行。吾斯願言，勉子有成。』又曰：『文章可以假道，道德
可以長保。華而不實，君子所醜。』敬服斯言，敢忘永久。」〔註19〕獨孤及
教育梁肅的話，確實是金玉良言，堪稱座右銘。

　　梁肅始終尊崇獨孤及與李華二人爲前輩。從出生年代看，梁小三、四十
歲，約差一輩。梁肅比韓愈（767）、劉禹錫（772）、柳宗元（773）、李翱（774）
年長約二十歲，略高一輩。這樣，我們就可以看清楚梁肅在蕭穎士、李華、
獨孤及到韓愈、柳宗元之間承上啓下的年齡區位。梁肅也正是起了這樣的作
用。他受到李華、獨孤及的獎掖而又獎掖了韓愈、李觀等人，爲古文的承前
啓後做出貢獻。

　　當韓、柳登上文壇並產生重要影響時，文壇主要人物則是韓愈、柳宗元、
劉禹錫、李翱等。這一點，也是由當時人道出，劉禹錫在《唐故中書侍郎平
章事韋公集紀》〔註20〕中說：

　　　　初，蕃既纂修父書，咨於先執李習之，請文爲領袖，許而未就。
　　一旦，習之悄然謂蕃曰：「翱昔與韓吏部退之爲文章盟主，同時倫輩，
　　柳儀曹宗元、劉賓客夢得耳。韓、柳之逝久矣，今翱又被病，慮不
　　能自述，有孤前言，齎恨無已，將子薦誠於劉君乎！」無何，習之
　　夢奠於襄州。蕃具道其語。余感相國之平昔，且嘉蕃之虔虔孝敬，
　　庶幾能世其家，故不敢讓云爾。〔註21〕

李習之即李翱，其中他認爲韓愈是文章盟主，至於同時同等水平的人，就只
有柳宗元和劉禹錫而已。此處的「與」是贊成、贊許之意而不是連詞「和」，
李翱是韓愈姪女婿，親屬輩分是晚輩，而年齡也比韓愈小七歲，故他不會與
韓愈並列。李翱非常明確地說：「翱昔與韓吏部退之爲文章盟主，同時倫輩，

<hr/>

〔註18〕《全唐文》卷五一八，頁5261。
〔註19〕《全唐文》卷五二二，頁5306。
〔註20〕《全唐文》中題目爲《韋處厚文集序》。
〔註21〕陶敏、陶紅雨：《劉禹錫全集編年校注》，2003年，頁1225。

柳儀曹宗元、劉賓客夢得耳。」「耳」字用得斬釘截鐵。這是李翱臨終前的看法。但韓、柳逝世很久，他本人又遭受疾病困擾，不能再為韋處厚的文集寫序，只好將此事推薦給劉禹錫。可知這一時期天下公認的文壇主要人物便是韓愈、柳宗元、劉禹錫、李翱。劉昫在《舊唐書》中對此期文壇有一段讚語：「贊曰：天地經綸，無出斯文。愈、翱揮翰，語切典墳。犧雞斷尾，害馬敗群。僻塗自噬，劉、柳諸君。」〔註22〕我們不必在意其政治評價，劉昫把這一歷史時期文壇的主將也集中在韓愈、李翱、柳宗元、劉禹錫四人身上。這與李翱自己的說法以及劉禹錫的默認完全吻合。

此外，身處憲宗到文宗朝四朝元老的韋處厚與其時的古文創作有一定聯繫。韋處厚中正持重，卒於太和二年十二月（828），其子李蓄整理其文集，必在此後。「太和二年十二月，因延英奏對，造膝之際，忽奏『臣病作』，遽退。文宗命中官扶出，歸第一夕而卒，年五十六，贈司空。處厚當國柄，二周歲，啓沃之謀頗叶，時譽咸共惜之」，〔註23〕這時，柳宗元已卒十餘年，韓愈也離世數年。

然而，在韓愈、柳宗元、劉禹錫、李翱大力提倡古文和大量創作古文，古文興盛之時，也有不同的聲音和認識出現，對於韓愈追求新變，追求險怪奇崛的文風提出批評。最值得注意的是裴度的意見，他在《寄李翱書》中說：

> 愚謂三五之代，上垂拱而無為，下不知其帝力，其道漸被於天地萬物，不可得而傳也。夏殷之際，聖賢相遇，其文在於盛德大業，又鮮可得而傳也。厥後周公遭變，仲尼不當世，其文遺於冊府，故可得而傳也。於是作周孔之文，荀孟之文。左右周孔之文也，理身、理家、理國、理天下。一日失之，敗亂至矣。騷人之文。發憤之文也，雅多自賢，頗有狂態；相如、子雲之文，譎諫之文也，別為一家，不是正氣；賈誼之文，化成之文也，鋪陳帝王之道，昭昭在目；司馬遷之文，財成之文也，馳騁數千載，若有餘力；董仲舒、劉向之文，通儒之文也，發明經術，究極天人。其實擅美一時，流譽千載者多矣，不足為弟道焉。然皆不詭其詞，而詞自麗；不異其理，而理自新。若夫典、謨、訓、誥，文言、繫辭，國風、雅頌，經聖人之筆削者，則又至易也，至直也。雖大彌天地，細入無間，而奇

〔註22〕《舊唐書》卷一六〇，頁3984。
〔註23〕《舊唐書》卷一五九《韋處厚傳》，頁3981。

言怪語，未之或有。意隨文而可見，事隨意而可行，此所謂文可文，
非常文也。其可文而文之，何常之有？俾後之作者有所裁準，而請
問於弟，謂之何哉？謂之不可，非僕敢言；謂之可也，則大學之道，
在明明德，在止至善矣，能止於止乎？若遂過之，猶不及也。

　　觀弟近日製作大旨，常以時世之文，多偶對儷句，屬綴風雲，
羈束聲韻，爲文之病甚矣。故以雄詞遠志，一以矯之，則以文字爲
意也。且文者，聖人假之以達其心，達則已理，窮則已非，故高之
下之，詳之略之也。愚欲去彼取此，則安步而不可及，平居而不可
逾，又何必遠關經術，然後騁其材力哉！昔人有見小人之違道者，
恥與之同形貌共衣服，遂思倒置眉目，反易冠帶以異也，不知其倒
之反之之非也，雖非於小人，亦異於君子矣。故文人之異，在氣格
之高下，思致之淺深，不在其碟裂章句，隳廢聲韻也。人之異，在
風神之清濁，心志之通塞；不在於倒置眉目，反易冠帶也。試用高
明，少納庸妄，若以爲未，幸不以苦言見革其惑。唯僕心慮荒散，
百事罷息，然意之所在，敢隱於故人耶？

　　昌黎韓愈，僕識之舊矣，中心愛之，不覺驚賞，然其人信美材
也。近或聞諸儕類，云恃其絕足，往往奔放，不以文立制，而以文
爲戲。可矣乎？可矣乎？今之作者，不及則已，及之者，當大爲防
焉耳！〔註24〕

文章前後文氣貫通，故大段引用，這樣可以體會出其感情脈絡和所要表述的
思想和觀點。裴度是中唐名相，在對待淮西吳元濟之亂的關鍵問題上，敢於
承擔，爲君分憂，爲維護天下統一與朝廷權威做出重要貢獻，故在朝野中都
有很高聲望，他的意見在當時一定非常受重視。裴度本人又是進士出身。與
韓愈同年參加博學宏詞考試，韓愈在初選被錄取而在最後一關被黜落，裴度
則順利及第。文人出身，又有平叛的武功，這樣的身份出於對文壇的關心而
提出的意見是很有分量的。因爲裴度的特殊身份，這封私人信件寫給的對象
李翱又正是文體新變的主要人物之一，二人還是表兄弟關係，因此文中比較
詳盡地闡釋了關於文章寫作的理論和對古文創作現狀的看法，很有針對性與
現實感。

〔註24〕《全唐文》卷五三八，頁6461～5462。

　　裴度前面敘述對於文章產生與文章作用的看法。文章就是為闡述說明道術而產生的，與正道相契合的文才是真正的文章。「不詭其詞，而詞自麗」，是說語言文辭都不詭怪，而詞語自然清麗嚴正。「不異其理，其理自新」，是說不提出奇談怪論，而道理自然是新的。這兩句很明顯是針對當時詭異奇險的文風。下面接著說：「若夫典、謨、訓、誥，文言、繫辭，國風、雅頌，經聖人之筆削者，則又至易也。至直也。雖大彌天地，細入無間，而奇言怪語，未之或有。意隨文而可見，事隨意而可行。」《尚書》、《詩經》、《周易繫辭》，都經過孔子的修改潤色，則都是最簡明易懂的，都是最正直淳樸的。雖然大到天地，小到細微，卻沒有「奇言怪語」，所表達的意思是在文章中隨處可以看到，文章所提倡的事情也都是可行的。這段文字，用古代先賢的文風來批評當時文壇追求詭異險怪奇崛的風氣，實際是對韓愈文風的委婉批評。其後則再進一步道：「大學之道，在明明德，在止至善矣，能止於止乎？若遂過之，猶不及也。」大學之道，就在於明明德，在於止於止善。但後來的文風，能夠止於至善嗎？如果超過這個限度，那麼就「猶不及也」，就像沒有達到至善的一樣了。

　　接著，裴度對李翱文學主張與創作實踐進行了語重心長的批評：「觀弟近日製作大旨，常以時世之文，多偶對儷句，屬綴風雲，羈束聲韻，為文之病甚矣。故以雄詞遠志，一以矯之，則以文字為意也。」常常以為當世之文章，多追求對偶，多是風花雪月之浮豔，又拘束於音韻聲律，弊病很嚴重。於是便以雄偉的詞語高遠的志向來進行矯正，則在文字上下功夫。這正是韓愈以及韓門弟子文學主張的主要特徵，也是李翱文學主張的主要觀點。

　　「昔人有見小人之違道者，恥與之同形貌共衣服，遂思倒置眉目，反易冠帶以異也，不知其倒之反之之非也，雖非於小人，亦異於君子矣。故文人之異，在氣格之高下，思致之淺深，不在其礫裂章句，豗廢聲韻也。人之異，在風神之清濁，心志之通塞；不在於倒置眉目，反易冠帶也」，這段文字用精彩的比喻來說明自己的觀點。如果見小人違背道德，恥於與之穿戴相同，便將帽子穿在腳上而把鞋子戴在頭上，卻不知這樣雖然與小人不同，但與君子也不同了。而文章的不同，在於人之氣質品格的高低優劣，在於思想認識的深刻與膚淺，並不在於語言詞句聲韻的平易與新奇。人的差異在於精神品格優劣與道德高低，不在於眉目與衣冠。明確反對在形式上標新立異，在詞句上追求險怪奇崛的做法。

「昌黎韓愈，僕識之舊矣，中心愛之，不覺驚賞，然其人信美材也。近或聞諸儕類，云恃其絕足，往往奔放，不以文立制，而以文爲戲。可矣乎？可矣乎？今之作者，不及則已，及之者，當大爲防焉耳」，這段話明確提出韓愈的文學主張與文學創作的問題。裴度對韓愈非常賞識和器重，他親自掛帥指揮討伐淮西叛將吳元濟的時候，親點韓愈做行軍司馬。在具體作戰中，韓愈多在前面開路，因此二人結下戰鬥的友誼，終身不渝。在如何對待淮西叛將的問題上，當時朝廷中分爲主戰主和兩派，韓愈是堅定的主戰派，曾上《議淮西狀》，與裴度的態度完全相同，所以得到裴度的賞識和信任。由於政治立場相同，關係密切，裴度對韓愈很喜歡而器重，因此也很欣賞他的文章。認爲韓愈其人確實是「美材」，是道德好而有才能的人。近來聽說韓愈同類的人，仗恃自己的才能而追求奔放的文氣，在字句辭章上下功夫。而「不以文立制，而以文爲戲」則不通過文章來明道建立好的社會秩序，而「以文爲戲」。「可矣乎，可矣乎」，連續的反問，可以體會出裴度憂心忡忡的神態。認爲一旦涉及到這種情況，文人應當杜絕。

對於「以文爲戲」，張籍對此頗有微詞，他在《上韓昌黎第二書》中說：「君子發言舉足，不遠於理，未嘗聞以駁雜無實之說爲戲也，執事每見其說，亦拊扑呼笑，是撓氣害性，不得其正矣。苟正之不得，曷所不至焉？或以爲中不失正，將以苟悅於眾，是戲人也，是玩人也，非示人以義之道也。」〔註25〕而韓愈在《答張籍書》中說：「吾子又譏吾與人人爲無實駁雜之說，此吾所以爲戲耳，比之酒色，不有間乎？吾子譏之，似同浴而譏裸裎也。若商論不能下氣，或似有之，當更思而悔之耳。博塞之譏，敢不承教！」〔註26〕在《重答張籍書》中，韓愈再度解釋說：「駁雜之譏，前書盡之，吾子其復之。昔者夫子猶有所戲，《詩》不云乎：『善戲謔兮，不爲虐兮。』《記》曰『張而不弛，文武不能也』，惡害於道哉？吾子其未之思乎！」〔註27〕這便是韓愈「以文爲戲」的源頭。

從張籍和韓愈的來往書信看，當時文壇對於這一點有分歧。而裴度在這裡明確用「以文爲戲」這一詞語，可見其態度鮮明，堅決反對以韓愈爲代表

〔註25〕《全唐文》卷六八四，頁7009。
〔註26〕馬其昶校注，馬茂元整理：《韓昌黎文集校注》，上海古籍出版社，1987年，頁132～133。
〔註27〕《韓昌黎文集校注》，頁136。

的這種「以文為戲」文風。也許他與韓愈私人關係較好，韓愈的文章水平又確實較高，所以沒有直接批評韓愈，而是批評「儕類」，即韓愈的同類。這裡當然包括李翱，實際主要指皇甫湜、樊宗師等人，主要是對這種文風不滿。

裴度這一態度，可能與他親身經歷的與皇甫湜交往的一件事有關係。據《闕史》卷上「裴晉公大度皇甫郎中褊直附」條載：平定吳元濟之亂後，裴度用所有賞賜的錢重修福先佛寺，修完後要立碑記載重修過程，本意想請秘書監白居易撰寫碑文，而當時在裴度幕府的皇甫湜表示氣憤，認為裴度舍近求遠，白居易的文章根本不能與自己相比。於是裴度便改變主意請皇甫湜寫。皇甫湜領取任務後，「至家，獨飲其半，寢酣數刻，嘔噦而興。乘醉揮毫，黃絹立就。又明日，潔本以獻。文思古蹇，字復怪僻。公尋繹久之，目瞪舌澀，不能分其句，讀畢歎曰：『木元虛、郭景純《江》、《海》之流也』」。〔註28〕

如果進士出身又中博學宏詞科的裴度連句子都斷不準確，認為是一篇千古奇文。可見其文確實古奧晦澀到了一定程度。更重要的是裴度給予很多潤筆費后皇甫湜依然感覺不足，「因以寶車、名馬、繪彩、器玩約千餘緡，置書，命小將就第酬之。正郎省箚，大忿，擲書於地，叱小將曰：『寄謝侍中，何相待之薄也。某之文，非常流之文也。曾與顧況為集序外，未嘗造次許人，今者請製此碑，蓋受恩深厚爾。其辭約三千餘字，每字三匹絹，更減五分錢不能』」。〔註29〕據此推測，這件事可能使裴度產生兩種不愉快，一是皇甫湜的傲慢態度；二是文字古奧晦澀到他都不能熟練斷句的程度，一般讀者更難讀懂。但既然是自己的決定便無法否定。這件事給裴度的印象很深刻。當然，這種情況我們要客觀看，皇甫湜與樊宗師都是韓門弟子，追隨韓愈但有些過分，一味追求古奧晦澀，因此其文並不被重視。樊宗師更甚，其詩文流傳都不多，共作詩七百六十九篇，只流傳下來一篇，即《蜀綿州越王樓詩並序》。該詩無甚可取，序更是晦澀難懂，故略而不錄。因此，韓愈死後，韓門弟子的古文創作確實出現很大問題，難以被社會廣泛接受。不是裴度器量不夠，而是古文創作確實開始走向歧途。

貞元時期在政壇和文壇都很活躍的柳冕發表很多文學主張，基調也反對險怪奇崛的文風。在《答衢州鄭使君論文書》中說：「故君子之文，必有其道，道有深淺；故文有崇替，時有好尚；故俗有雅鄭，雅之與鄭，出乎心而成風。

〔註28〕 《說庫》（上），浙江古籍出版社，1986年。
〔註29〕 《說庫》（上），浙江古籍出版社，1986年。

昔游夏之文，日月之麗也。然而列於四科之末，藝成而下也。苟文不足則，人無取焉，故言而不能文，非君子之儒也；文而不知道，亦非君子之儒也。逮德下衰，其文漸替，惜乎王公大人之言，而溺於淫麗怪誕之說。非文之罪也，爲文者之過也。夫善爲文者，發而爲聲，鼓而爲氣；眞則氣雄，精則氣生，使五彩並用，而氣行於其中。故虎豹之文，蔚而騰光，氣也；日月之文，麗而成章，精也。精與氣，天地感而變化生焉。聖人感而仁義生焉，不善爲文者反此，故變風變雅作矣。六義之不興，教化之不明，此文之弊也。」〔註30〕他沒有說「淫麗怪誕」之說具體指什麼，但在那個時期，韓愈正在大力倡導新的文風，並創作《毛穎傳》等遭到非議的文學作品，很可能便是針對文壇的這種現狀。韓愈在《答李翊書》中說他開始寫作文章請別人指教的時候，「不知其非笑之爲非笑也」，即不在乎他人的非難與嘲笑。而韓愈創作《毛穎傳》的時候，確實引起文壇以及社會的關注和嘲笑。批評的關鍵依然是「淫麗怪誕」。柳宗元被貶謫在永州時，「不與中州通書，有來南者，時言韓愈爲《毛穎傳》，不能舉其辭，而獨大笑以爲怪」〔註31〕。柳宗元在永州尚能夠時常聽說長安人們對《毛穎傳》「大笑以爲怪」的情形，可見當時一定非常轟動。

柳冕這裡的批評指向雖然不一定具體到《毛穎傳》上，但基本傾向我們可以理解。柳冕父親柳芳在肅宗朝爲史官，曾經「與同職韋述受詔添修吳兢所撰《國史》；殺青未竟而述亡，芳緒述凡例，勒成《國史》一百三十卷。上自高祖，下止開元，而敘天寶後事，絕無倫類，取捨非工，不爲史氏所稱。然芳勤於記注，含毫罔倦。屬安、史亂離，國史散落，編綴所聞，率多闕漏。上元中坐事徙黔中，遇內官高力士亦貶巫州，遇諸途。芳以所疑禁中事，咨於力士。力士說開元、天寶中時政事，芳隨口志之。又以《國史》已成，經於奏御，不可復改，乃別撰《唐曆》四十卷，以力士所傳，載於年曆之下。芳自永寧尉、直史館，轉拾遺、補闕、員外郎，皆居史任，位終右司郎中、集賢學士。」〔註32〕柳冕兄柳登「少嗜學，與弟冕咸以該博著稱」。父子三人皆以博學見長，可見柳冕有家學淵源。當時與他專門討論文學的書信便有《與滑州盧大夫論文書》、《與徐給事論文書》、《答荊南裴尙書論文書》、《答徐州張尙書論文武書》、《答楊中丞論文書》、《答衢州鄭使君論文書》等。凡是「答」

〔註30〕《全唐文》卷五二七，頁5359～5360。
〔註31〕《柳宗元集》，中華書局，1979年，頁569。
〔註32〕《舊唐書》卷一四九《柳登傳》，頁3962。

某人的書都是對方有問而答，可見很多政壇文壇重要人物主動與他討論文學問題，也可以看出他在文壇的分量和影響力。

梁肅在蕭穎士、李華、獨孤及等古文家向韓柳古文運動的發展過程中起了承上啟下的作用。我們再通過對劉禹錫《韋處厚文集序》中李翱自己的話以及劉禹錫對其充分肯定的分析，可以確知當時文壇主要人物是韓愈、李翱、劉禹錫和柳宗元。而劉禹錫作序時另外三人已去世。從裴度給李翱的信中可以明顯感知他對於韓門弟子以及追求險怪奇崛文風的不滿，實際已經在呼喚新文風的到來。當然裴度呼喚新文風並不一定是駢文，但韓愈後的古文家未能繼承韓柳等人的優長，而將古文創作推向古奧晦澀一途，自然會脫離社會的關注而逐漸淡出人們的視野，柳冕關於文學的論述也證明了這一點。這便是學術界經常提到的古文運動為何到晚唐便式微的原因，也是李商隱時代駢文為何捲土重來的原因。

第三節　中唐時期駢文創作傾向

當韓愈等人在文壇上大量創作高質量古文之時，當古文受到社會肯定並給予高度讚美之時，駢文的創作並沒有消歇，而是持續著並依然有很高的地位和關注度。

于景祥在《中國駢文通史》中說：「李華、元結、獨孤及等人，雖然在後來都曾倡導古文，有人又成為著名的古文家，但是他們早期都是出色的駢文作家，在駢文革新過程中都有比較突出的成就和貢獻。」〔註33〕這種看法是正確的。換言之，當古文家們大力提倡古文創作的時候，並沒有摒棄駢文的形式，只是針對駢文空虛的內容而已，而這些古文運動的主要人物也都有駢文的創作。以韓愈為例，他是極力提倡文體文風改革的人，但他的《進學解》可以說是難得的駢文精品。而在中唐保持駢文持續發展的無疑是名相陸贄。

陸贄是德宗朝名相，以白璧無瑕的高尚品格和正道直行的處世原則在中國人格史上有重要地位。權德輿在《唐贈兵部尚書宣公陸贄翰苑集序》道：

> 公諱贄，字敬輿，吳郡蘇人，溧陽令侃之子。年十八登進士第，
> 應博學宏辭科，授鄭縣尉，非其好也。省母歸壽春，刺史張鎰，有
> 名於時，一獲晤言，大加賞識。暨別，鎰以泉貨數萬為贐，曰：「願

〔註33〕于景祥：《中國駢文通史》，吉林人民出版社，2002年，頁569。

以此奉太夫人一日之膳。」公悉辭之，領新茶一串而已。是歲以書
判拔萃調渭南主簿，御史府以監察換之。德宗皇帝春宮時知名，召
對翰林，即日爲學士，由祠部員外轉考功郎中。朱泚之亂，從幸奉
天，時車駕播遷，詔書旁午，公灑翰即成，不復起草，初若不經思
慮，及成而奏，無不曲盡事情，中於機會，倉卒塡委，同職者無不
拱手歎伏，不能復有所助。嘗從容奏曰：「此時詔書，陛下宜痛自引
過，以感人心。昔禹湯以罪己勃興，楚昭以善言復國，陛下誠能不
吝改過，以言謝天下，俾臣草辭無諱，庶幾群盜革心。」上從之。
故行在詔書始下，雖武人悍卒，無不揮涕激發。議者以德宗克平寇
亂，不惟神武之功，爪牙宣力，蓋亦資文德腹心之助焉。及還京師，
李抱貞來朝，奏曰：「陛下在山南時，山東士卒聞書詔之辭，無不感
泣，思奮臣節，時臣知賊不足平也。」公自行在帶本職，拜諫議大
夫中書舍人，精敏小心，未嘗有過，艱難扈從，行在輒隨，啓沃謨
猷，特所親信，有時讌語，不以公卿指名，但呼陸九而已。初幸梁、
洋，棧道危狹，從官前後相失。

上夜次山館，召公不至，泫然號于禁旅曰：「得陸贄者賞千金。」
頃之公至，太子親王皆賀。〔註34〕

謝絕刺史張鎰的數萬金錢而僅收下一串新茶，足以看出其清廉自律的品格。
而朱泚之亂中德宗倉皇出逃到奉天，天下形勢極其危險之時，陸贄勸諫德宗
多做自我批評，下「罪己詔」來重新喚醒民心，凝聚官兵之心，德宗採納他
的建議，由陸贄執筆發出一道道發自肺腑的自我檢討書，極大鼓勵了全體軍
民的士氣。「文德腹心」實則指陸贄，這種評價非常準確、深刻，如果德宗不
採納陸贄的建議，如果陸贄代筆的那些詔書沒有很強的感召力，時局如何發
展將無法想像。因此說陸贄是當時國家朝廷的中流砥柱並不過分。能夠獲得
這樣的效果，陸贄的忠心耿耿與高水平的駢文寫作是重要保證。陸贄也因此
受到德宗以及太子親王的信任，成爲德宗朝的中流砥柱。

而陸贄敢於直言，追求正義，絲毫不隱瞞自己的觀點，是非分明。對于
忠正大臣姜公輔，冒著被誤會的風險，寧可得罪德宗，也要實話實說。他在
《興元論解姜公輔狀》中說：

右。欽漱奉宣聖旨：「緣唐安公主喪亡，不可向此間遷厝，權令造一塔安置，待收復京城，即擬將歸。以禮葬送，所造塔役功費用，亦甚微小，都不合是宰相所論之事。姜公輔忽有表奏，都無道理，但欲指朕過失，擬自取名。朕本拔擢，將為腹心，今卻如此，豈不負朕至深。卿宜商量如何穩便者。」

公輔頃在翰林，與臣久同職任。臣今據理辨直，則涉於私黨之嫌；希旨順承，則違於匡輔之義。涉嫌止貽於身患，違義實玷於君恩，徇身忘君，臣之恥也；別嫌獎義，主之明也。臣今不敢冒行所恥，亦賴陛下明聖而鑒焉。古語有之：順旨者愛所由來，逆意者惡所從至。故人臣皆爭順旨而避逆意，非忘家為國，捐身成君者，誰能犯顏色觸忌諱，建一言，開一說哉！是以哲后興王，知其若此，求諫如不及，納善如轉圜。諒直者嘉之，許犯者義之，愚淺者恕之，狂誕者容之。仍慮驕汰之易滋，而忠實之不聞也，於是置敢諫之鼓，植告善之旌，懸戒慎之鞀，立司過之士。猶懼其未也，又設官制，以言為常。〔註35〕

前文是為了說明事情的經過和性質。緣由是德宗因逃亡暫時住在奉天，女兒唐安公主死亡，不能安葬到宗室墓地，於是要求先建一塔臨時安置其靈柩，待收復長安再按照禮儀下葬。姜公輔當時是宰相，上表奏提出異議。德宗認為建塔花費不多，不是宰相應該關心之事。姜公輔是為了指出皇帝的過失而沽名釣譽。因此下聖旨給陸贄，徵求他的意見，想對姜公輔進行處分。陸贄則讚美姜公輔敢於直言的負責任精神。後面接著說：「聖旨又以『造塔役費微小，非宰臣所論之事』，下臣愚戇，竊謂不然。當問理之是非，豈論事之大小。若造塔為是，役雖大而作之何傷；若造塔為非，費雖小而言者何罪。夫小者大之漸，微者著之萌，故君子慎初，聖人存戒。知幾者所貴乎不遠而復，制理者必在於未亂之前。本立輔臣，置之左右，朝夕納誨，意在防微。」可謂義正詞嚴。

德宗見到此表後，又提出自己的意見，依然強調要處分姜公輔。陸贄依然不肯附和德宗，而是堅持為姜公輔辨別是非。在《又答論姜公輔狀》中說：「臣以戇執，務在樸忠，推理而言，有懷必盡。睿意玄妙，非凡所窺，如臣

〔註35〕《全唐文》卷四七〇，頁4798～4799。

懵昧之材，且無希伺之志，奏報失旨，宜其固然。所冀錄微款而矜至愚，實天下幸甚！古人有言曰：『明主者，可以理奪。』又曰：『主聖則臣直。』今陛下稟天縱之才，備聖明之資，臣若抱理莫伸，守直不固，上虧至化，罪莫大焉。輒復據直道而理其前言，惟陛下留意幸察。臣竊以領覽萬幾，必先虛其心；鑒鏡群情，必先誠其意。蓋以心不虛則物或見阻，意不誠則人皆可疑。阻於物者，物亦阻焉；疑於人者，人亦疑焉。萬物阻之，兆人疑之，將欲感人心致於和平，盡物理使無紕繆，是猶卻行而求及前人也，無乃愈疏乎！」〔註36〕批評可謂尖銳。而另一篇《論裴延齡奸蠹書》對於裴延齡的奸詐行徑全面揭露：

> 　　戶部侍郎裴延齡者，其性邪，其行險，其口利，其志凶，其矯妄不疑，其敗亂無恥，以聚斂為長策，以詭妄為嘉謀，以掊克斂怨為匡躬，以靖譖服讒為盡節，總典籍之所惡，以為智術，冒聖哲之所戒，以為行能，可謂堯代之共工，魯邦之少卯。……

> 　　延齡有詐偽亂邦之罪七，而重之以耗蠹闕遺，愚智共知，士庶同憤。以陛下英明鑒照，物無遁情，固非延齡所能蔽虧而莫之辨也。或者聖旨以其甚招嫉怨，而謂之孤貞，可託腹心；以其好進讒諛，而謂之盡誠，可寄耳目；以其縱暴無畏，而謂強直，可肅奸欺；以其大言不疑，而謂之智能，可富財用。將欲排眾議而收其獨行，假殊寵而冀其大成。倘陛下誠有意乎在茲，臣竊以為過矣。夫君天下者，必以天下之心為心，而不私其心；以天下之耳目為耳目，而不私其耳目。故能通天下之志，盡天下之情。〔註37〕

全文六千多字，詳盡揭露裴延齡七個方面的罪行。說理透徹，可惜不為德宗所採納。陸贄以其光明磊落的人格，為國家為朝廷奮不顧身堅持正義的偉岸精神在當代獲得天下人民的信任與愛戴，他的文章也同樣受到人們的喜愛。「有德者必有言」，因此他的駢文成為當代的典範。陸贄的駢文不但在精神氣質上光照千秋，而且在形式上也有發展。在四六句式中加入一些散句，使駢文的表現力得到很大提升，也增加了可讀性。

　　從陸贄駢文成就以及在當世的影響看，可知駢文在當時依然很有地位，尤其在官場更是主要文體。

〔註36〕《全唐文》卷四七○，頁 4800～4801。
〔註37〕《全唐文》卷四六六，頁 4761～4766。

陸贄外，令狐楚、李德裕、李紳、元稹等人都寫作駢文，而且都有一定的量。令狐楚還是李商隱的恩師，對李商隱的影響直接而巨大。令狐楚之駢文在陸贄之後最為天下所重，《舊唐書》本傳評價令狐楚：「楚才思俊麗。德宗好文，每太原奏至，能辨楚之所為，頗稱之。」並記載這樣一件事：「鄭儋在鎮暴卒，不及處分後事，軍中喧譁，將有急變。中夜十數騎持刃迫楚至軍門，諸將環之，令草遺表。楚在白刃之中，捃管即成，讀示三軍，無不感泣，軍情乃安。自是聲名益重。」〔註38〕他的一篇駢文居然化解一場即將發生的軍事政變，足見其文章的魅力之大。而從《本傳》記載來看，「三軍無不感泣」說明此文深情動人，這也正是李商隱祭文最大的特點，所謂「自蒙夜半傳衣後，不羨王祥得佩刀」（《謝書》），李商隱確實得到了真傳。

陸贄的駢文，在長安失守，德宗逃難時期能夠起到重新凝固人心，增加朝廷凝聚力的作用，是逐漸產生作用的。而令狐楚的這篇駢文，當即化解一場軍兵譁變，作用更直接明顯，因此被記入正史。應該注意，那個時候，個別節度使卒後，形勢往往複雜多變，很多動亂與這種情況有關。德宗蒙難源於士兵譁變即為一例。而貞元後期宣武節度使董晉卒，士兵譁變殺死行軍司馬陸長源及諸多幕僚。二年後的徐州節度使張建封也死於軍隊譁變。因此令狐楚這篇文章的轟動效應可能更為強烈。駢文的風采依舊，不但文采依舊，而且對於社會生活有很大的功能，陸贄和令狐楚的巨大成功便是無比成功的例證，這些事實對於晚唐駢文的再度繁榮都有重要的影響。

第四節　中唐時期科舉考試對駢文創作的引領作用

唐代科舉考試重詩賦的傳統是在高宗之後逐漸形成的。盛唐時期一直以詩賦為重。安史之亂後，由於戰亂，科舉考試也受到一定影響。德宗建中二年（782），「中書舍人趙贊權知貢舉。先時，進士試詩、賦各一篇，時務策五道，明經策三道。贊奏以箴、論、表、贊代詩、賦，仍各試策三道」〔註39〕說明詩賦受重視的程度也在下降或搖擺，而建中三年停考詩、賦，改考箴、銘，「《學者箴》，進士別頭試試《欹器銘》」。〔註40〕這一時期科考情況對於李

〔註38〕《舊唐書》卷一七二《令狐楚傳》，頁 4013～4014。
〔註39〕徐松撰，趙守儼點校：《登科記考》卷十一（中），中華書局，1984 年，頁 417。
〔註40〕《登科記考》，頁 417。

商隱有影響的兩點是：一是這一時期對於科舉考試有重要影響而且在士林中頗有時望的重要人物權德輿的作用。二是貞元、元和時期的詩賦考試依然非常重要，尤其是賦的考試很關鍵，這對於李商隱駢文學習與創作都有影響。

　　由於杜佑等人的推薦，權德輿在貞元前期被德宗徵召爲太常博士，轉左補闕。貞元九年，就在陸贄揭露彈劾裴延齡的前後，權德輿專門就經濟問題展開議論，對裴延齡進行彈劾，也可以看出其膽識和堅持正義的勇氣。彈劾裴延齡雖然沒有什麼效果，但權德輿並沒有遭到德宗的猜忌，反而被重用，來年即貞元十年，權德輿被提升爲中書舍人，不久知制誥，「是時，德宗親覽庶政，重難除授，凡命於朝，多補自御箚。始，德輿知制誥，給事有徐岱，舍人有高郢；居數歲，岱卒，郢知禮部貢舉，獨德輿直禁垣，數旬始歸。嘗上疏請除兩省宮，德宗曰：『非不知卿之勞苦，禁掖清切，須得如卿者，所以久難其人。』德輿居西掖八年，其間獨掌者數歲」。〔註41〕權德輿獨自一人在皇宮裏值夜班，經常是幾十天才得以休息，因此上疏要求增補兩省即中書省、門下省相應官員，以便可以輪班休息。德宗回答可見對權德輿讚賞之程度，他明知道權德輿辛苦，但難以找到如權德輿那麼稱心如意的人。「貞元十七年冬，以本官知禮部貢舉。來年，眞拜侍郎，凡三歲掌貢士，至今號爲得人」，〔註42〕這幾句含義深刻。十七年冬權德輿以本官知貢舉，即以中書舍人的身份主持進士考試，這在唐代並不多見，也可看出德宗對其信任的程度。十七年冬季任命，實際主持的是貞元十八年的科舉考試，本年錄取徐晦、尉遲汾、李翊等二十三人。第二年正式任命權德輿爲禮部侍郎主持科舉考試，打破了至盛唐始禮部侍郎知貢舉的慣例。這一年即貞元十九年，錄取侯喜、賈餗等二十人。貞元二十年因故不任，貞元二十一年錄取沈傳師、李宗閔、牛僧孺、楊嗣復、陳鴻、杜元穎等二十九人。〔註43〕三年實際跨四個年度，共錄取七十二名進士。其中很多是中唐時期政壇文壇重要人物，也可以看出權德輿在政壇與文壇的地位。還應該指出，進士考試不考詩賦只是數年的事，權德輿主考三次，全部都考詩賦。如貞元十八年進士考試試題，詩題爲《風動萬年枝詩》，韋紓、樊陽源、許稷都有應試詩流傳。賦題爲《瑤臺月賦》，王涯應試賦尚有流傳。〔註44〕

〔註41〕《舊唐書》卷一四八《權德輿傳》，頁 3959。
〔註42〕《舊唐書》卷一四八《權德輿傳》，頁 3959。
〔註43〕《登科記考》卷十五，頁 577～579。
〔註44〕《登科記考》，頁 556～557。

權德輿主持科舉考試期間，福建觀察使柳冕寫信給權德輿，對權德輿主持科舉考試提出殷切希望。他在《與權侍郎書》中說：

> 冕白：昔仲弓問為政，子曰：「先有司。」有司之政，在於舉士。是以三代尚德，尊其教化，故其人賢；西漢尚儒，明其理亂，故其人智；後漢尚章句，師其傳習，故其人守名節；魏晉尚姓，美其氏族，故其人矜伐；隋氏尚吏道，貴其官位，故其人寡廉恥；唐承隋法，不改其理。此天所以待聖主正之。何者？進士以詩賦取人，不先理道；明經以墨義考試，不本儒意；選人以書判殿最，不尊人物。故吏道之理天下，天下奔競而無廉恥者，以教之者末也。閣下豈不謂然乎？
>
> ……
>
> 今海內人物，喁然思理。推而廣之，以風天下，即天下之士，靡然而至矣。是則由於有司以化天下，天下之士，得無廉恥乎？冕頓首。〔註45〕

柳冕提出建議，希望權德輿在主持考試期間更加注意士人的道德操守，要有廉恥之心。對權德輿寄以厚望，實際是對於權德輿給予高度信任與敬佩。應該注意的是，柳冕在這裡只是強調要克服「進士以詩賦取人，不先理道；明經以墨義考試，不本儒意；選人以書判殿最，不尊人物」的傾向，而注重培養考察舉子對於仁義道德、對於儒家思想、對於人物品行操守的理解與評價，完全是指內容方面而沒有文章形式方面的要求。實質也曲折反映出當時社會的普遍問題：部分文人沒有廉恥之心，為敲開科舉考試及第的大門四處鑽營運作，拜謁請託，甚至剽竊抄襲，更甚者以他人詩文行卷、矇騙，以至斯文掃地。這種情況在中唐時期實非個別現象。《唐詩紀事》記錄兩則相關事件：一是元和時期及第的李播任於蘄州時為李姓舉子所拜謁，所行之卷正是李播當年的行卷，追問所得，李姓舉子「頃於京師書肆百錢得此，遊江淮間二十餘年矣，欲幸見惠」，〔註46〕原是以錢財購得。二是貞元五年進士及第的楊衡早年隱居廬山時所作詩文被竊，及京師試試，見到竊盜者，問『『一一鶴聲飛上天』在否」，對方以「此句知兄最喜，不敢輒偷」〔註47〕作答。另一則據《唐

〔註45〕《全唐文》卷五二七，頁5353～5354。

〔註46〕計有功：《唐詩紀事》卷四十七，上海古籍出版社，頁720～721。

〔註47〕《唐詩紀事》，頁778。

語林》卷七「補遺」載：一舉子向衢州刺史盧鈞行卷。其中大多爲盧所作，問「君何許得此文」，舉子答「某苦心夏課所爲」。盧鈞實言相告「此文乃某所爲，尚能自誦」，舉子也以實言相答「某得此文，不知姓名，不悟員外撰述者」。這些文章從書肆購得，沒有署名，自然不知道爲盧鈞所作。

這三則事例說明當時買詩文行卷、偷詩文行卷來攀附權貴名流者不在話下，實則是缺乏羞恥之心的表現，所以柳冕才向在官場如日中天的權德輿提出這樣的希望。但通篇沒有提及關於駢文與古文的問題，可知當時文壇學術界對於這一問題並不太重視。這種情況對於後來古文的衰微和駢文的再度興起有關係。

貞元、元和時期科舉考試依然是詩賦爲主，即律詩與律賦，限韻嚴格。如周渭、王儲、獨孤授、袁司直等人都有律賦《寅賓出日賦》（以「大明在天，恒以授時」爲韻）留存。中唐文人保存這種律賦的現象尤其多。這種情況對於後來李商隱的文學創作應該有潛移默化的影響。

權德輿雖然主持三屆（時間是四年）進士考試，但他參與考試尤其是親擬試題的時間跨度更長。在權德輿文集中有明確標注年份的《貞元十三年中書試進士策問二道》一文，貞元十三年權德輿在中書舍人任上，並沒有主持考試，此文爲中書省考察進士的試題。在此文前面還有《進士策問五道》，未有年代記載，按照常規應該是在貞元十三年前所作。《元和元年吏部試上書人策問三道》是元和元年時爲吏部考試所擬試題。另外，權德輿爲「明經」考試、「道舉」考試、宏文崇文生考試都擬過策問試題，具體年代雖未明確，但可知在貞元元和時期多次考試他都介入過。李直方在《祭權少監文》中讚美道：「俾國家詔命，上逾十代。與周漢同風，爰登禮曹。實司選士，人罕其再。我三專美，雄文懿行。善價端士，禹邛周行。鱗集麕至，朝推厥德。」〔註48〕可謂實至名歸，並非溢美之詞。

再從權德輿本人的文學創作來看。《全唐文》中有權德輿文章二十七卷，共傳世三百九十七篇文章。其中絕大多數是駢文。於此可見權德輿不太在意文章的表現形式而更重視其內容。但從總體傾向來看，還是駢文的寫作數量大，質量也高。他與陸贄前後知貢舉主盟駢文文壇，與韓愈主盟古文文壇幾乎同時，可以看出當時古文與駢文分庭抗禮的局面。因爲古文前此始終未能上昇到足以與駢文並列的程度，因此在後世的文學史敘述中，在某種程度上

〔註48〕《全唐文》卷六一八，頁 6245。

誇大了古文的地位與當時在文壇受重視的程度，這樣給後人一個印象：韓柳大力提倡古文創作與大量創作古文時，駢文便式微甚至銷聲匿跡了，古文佔據文壇的主要位置而駢文退出文壇。如果我們本著實事求是的態度，對原生態文學創作情況進行還原研究時，就會發現：駢文創作始終都處在持續狀態，古文則是在韓柳時代形成高潮，開始受到社會各界的普遍關注而已。

再者，唐代科舉考試從來也沒有打壓過駢文而提倡過古文，即使中唐古文運動時期也如此。貞元八年陸贄知貢舉，而助手是梁肅，陸贄是著名駢文家，梁肅是古文家。韓愈、李觀、崔群、馮宿、李絳、歐陽詹都是這榜進士。受到天下讚美，認爲是「龍虎榜」，盡得天下之士。而韓愈、李觀等古文家都是梁肅推薦的，但一定要經過陸贄的肯定才得錄取，可見其時駢文與古文不相矛盾。

至韓愈卒後，韓門弟子文學成就逐漸下降，而古文家再未出現領軍人物，古文創作式微。相反駢文創作始終處在持續與發展中。陸贄是中唐駢文創作大家，其後令狐楚也足稱高手，而且駢文又是當時官場上用處最廣泛的形式。科舉考試的律賦也極大地推動駢文創作與發展，這些因素的綜合作用，便促成中晚唐之交駢文的再度興盛。而李商隱正是在這種形勢下走上文壇，並成爲晚唐駢文的代表人物。

第二章 「三十六體」述論

　　「三十六體」，被普遍理解為晚唐詩人李商隱、溫庭筠及段成式三人的合稱。因三人均排行十六，又詩文風格相類，故時人以此稱之。

　　在有關李商隱的學案中，「三十六體」是極富玩味的一則。它在劉昫書寫《舊唐書》時就被提及，又被宋祁編纂《新唐書》時重新認定，而歷代論者大多承襲《新唐書》之說，直到岑仲勉《唐人行第錄》才著重指出兩唐書的不同說法並重新判定「三十六體」所指。續岑氏後，學界對此關注頗多，衍生一系列論斷，直至今日也莫衷一是。「三十六體」關乎李商隱與溫庭筠、段成式這兩個詩、文風相近的同時期文士是否成為其時的關注焦點，達到何種程度，原因為何。想要弄清這些問題，勢必要對「三十六體」做一番考索。

第一節 「三十六體」之稱演變述論

　　「三十六體」相關稱謂最早出現在五代劉昫編纂的《舊唐書》卷一九〇《文苑傳》中：

　　　　商隱能為古文，不喜偶對。從事令狐楚幕。楚能章奏，遂以其道授商隱，自是始為今體章奏。博學強記，下筆不能自休，尤善為誄奠之辭。與太原溫庭筠、南郡段成式齊名，時號「三十六」。文思清麗，庭筠過之。

　　　　俱無持操，恃才詭激，為當塗者所薄。名宦不進，坎壈終身。

這裡的「時號三十六」幾字，從字面邏輯上看應承前言「與太原溫庭筠、南郡段成式齊名」而來。而三人齊名的原因，如果仍按字面邏輯推理，應是「博

學強記，下筆不能自休，尤善爲誄奠之辭」這句話，則指向兩個因素：一是三人均博文廣識，二是三人擅寫誄奠之辭。三人所撰的誄奠之辭基本爲駢體文，加上博聞強記，這句話主要說明一個意思，即李、溫、段三人對古今典故頗爲瞭解，寫文章擅長用典，在這一方面，三人齊名。對於舊書的「三十六」之稱，岑仲勉先生《玉溪生年譜會箋平質》丁項加以解釋：「《舊本傳》：『與太原溫庭筠、南郡段成式齊名，時號三十六。』因三人俱行十六，故有是稱。易言之即『李、溫、段』之綽號耳。」〔註1〕這裡涉及兩個問題：一是岑氏爲什麼視「時號三十六」爲綽號，二是岑氏據何認定李、溫、段三人皆行第十六？

問題一容易理解。岑氏是唐史專家，史學家治史時有將史事落到實處的思維定勢。本著這種思維定勢，李商隱、溫庭筠與段成式只不過均在族第中排行十六才同稱。也就是說，岑氏認爲「時號三十六」的歷史眞實就是三個老「十六」而已，「號」就是綽號的意思，並不涉及三人在文學創作風格上是否有相似性。這在下文論述新書「三十六體」中也會提及。

問題二有些複雜。從岑氏《平質》丁項的解釋看，「時號三十六」與「俱行十六」的因果關係是：「因三人俱行十六，故有是稱。」〔註2〕但其《唐人行第錄》中「又李十六商隱」條又云：「商隱行十六，見舊本傳及《小學紺珠》。」〔註3〕即《行第錄》認定李商隱行第十六的依據是舊本傳及《小學紺珠》。而舊本傳中除了「時號三十六」這幾字外，再無涉及李商隱行第之語，可見岑氏所據的就是「時號三十六」這幾字。那麼，岑氏自身的認定就是矛盾的。另，南宋王應麟所撰《小學紺珠・藝文類》卷四「三十六體」條云：「李商隱、溫庭筠、段成式三人皆行第十六。」〔註4〕「藝文類」所採史籍爲何，尚不得知。而有關溫庭筠、段成式的行第，揆諸史料，就目之所及，並無他者提及。作爲史學大家，岑氏是否有更確切的史料來源，或史書中有與「三十六」相類時號即指行第的情況，也未可得知，尚待探究。

《舊唐書・李商隱傳》這段文字，宋初楊億主編的《冊府元龜・幕府部・才學》引之：卷八四一中「與太原溫庭筠、南郡段成式齊名，時號『三十六』」

<hr>

〔註1〕 張采田：《玉溪生年譜會箋》（外一種），中華書局，1963年8月版，頁244。
〔註2〕 張采田：《玉溪生年譜會箋》（外一種），中華書局，1963年8月版，頁244。
〔註3〕 岑仲勉：《唐人行第錄》（外三種），上海古籍出版社，1978年3月版，頁54。
〔註4〕 王應麟：《小學紺珠》，中文出版社，1977年，頁4525。

等語被刪略；卷九一五幾乎全傳徵引，獨遺「時號『三十六』」一句；卷七一八中，「三十六」易爲「三才」：

> 商隱能爲古文，不喜偶對，楚能章奏，遂以其道授商隱，自是始爲今體章奏，博學強記，下筆不能自休，尤善爲誄奠之詞，與太原溫庭筠、南郡段成式齊名，時號三才。

這是有關李、溫、段「三才」之說的濫觴。關於《冊府元龜》是否直接承襲《舊唐書》一事，岑仲勉先生則認爲：「《元龜》之文，多采唐代實錄……舊紀、舊傳亦常直接或間接本自實錄，而刪削互有不同，故《元龜》與今本舊書之字句略異者，不能定謂《元龜》是採自舊書……」。〔註5〕的確，編纂《冊府元龜》時，距離唐代與五代未遠，唐與五代歷朝編纂的《實錄》、韋述等唐代史官所編寫的《國史》、柳芳、崔龜從所編寫的《唐曆》與《續唐曆》、賈緯的《唐年補錄》、薛居正所編修的《舊五代史》、范質的《五代通錄》並未散佚，則本自實錄當是情理之中。若《舊唐書》與《冊府元龜》皆本自實錄，當是在過錄的過程中出現「三十六」與「三才」之異。而《冊府元龜》宋本、明本皆作「三才」，並不能判定孰是孰非。陳冠明先生認爲在史書中文人並稱「三才」者居多，而「三十六」不經見，「『才』與『十六』字形又相近，故『三十六』訛爲『三才』」。〔註6〕一爲三字、一爲兩字，若視爲訛誤，仍待推敲或待新文獻印證。

到了宋祁編纂的《新唐書‧文藝傳》中，「三十六」被添一「體」字，易爲「三十六體」：

> 商隱初爲文瑰邁奇古，及在令狐楚府，楚本工章奏，因授其學。商隱儷偶長短，而繁縟過之。時溫庭筠、段成式俱用是相誇，號「三十六體」。

這很有意思，宋祁爲什麼要以「三十六體」易「三十六」，有些令人費解。從《舊唐書》問世到《新唐書》問世這一時段中，就目之所及，有關唐代的各政書、類書及筆記小說中並不見「三十六體」一說，也就是說宋祁很可能在沒有任何根據的情況下自行易說。那麼宋祁爲什麼要這樣做呢？

〔註5〕 岑仲勉：《冊府元龜多采唐實錄及唐年補錄》，《唐史餘沈》（外一種），中華書局，2004 年 4 月版，頁 235。

〔註6〕 陳冠明：《「三十六體」：宋祁總結、認定的駢文體派》，安徽師範大學學報，2002 年第 4 期，頁 396。

　　現在看來只有一種可能，即他認爲李、溫、段三人在辭藻及對仗方面的特徵相近，可構成某一文學體派的標準。從《舊唐書》對三人合稱到《新唐書》對三人文風合稱，史書的認定更近了一步。對此，陳冠明先生判定「是宋祁作爲一個文學家而不是史學家對李、溫、段三人文學作品的看法，是其根據自己的文學思想與文學實踐總結、認定的李商隱、溫庭筠、段成式三人的駢文體派」，〔註7〕此論頗爲中肯。作爲北宋第一代古文家，宋祁與歐陽修以紹續韓愈的志業爲己任，在編纂史書的過程中難免對文章風格、體派有極高的敏感度，尤其對與古文相對的駢文創作者，確切說是「繁縟過之」者的敏感是不言而喻的。因此，這種自行易說實爲事後的追認。事後追認也確是《新唐書》的一大特色。以貞元八年的「龍虎榜」爲例，《新唐書》卷二〇三《歐陽詹傳》記其事：「舉進士，與韓愈、李觀、李絳、崔群、王涯、馮宿、庾承宣聯第，皆天下選，時稱『龍虎榜』。」但揆諸史料，最早提及此說的《科名記》一書，最初成書也在大中十年或稍後，與其時這二十三人中進士第一事仍有一段距離。可見《新唐書》採拾「龍虎榜」一說，也是出於事後的追認，其「表述卻具有一種對歷史的重塑功能，它在客觀上將事後的追認轉化爲當下的認同」。〔註8〕

　　另，岑仲勉對「三十六體」一說加以辨正，《玉溪生年譜會箋平質》言：「自《新傳》改爲『號三十六體』，添一『體』字，易指人而指事，已失原意。《箋》更云，『三十六體亦指文言』，謂其稱限於文，尤誤中之誤」，〔註9〕岑氏此論承上文「三十六即綽號」說而發。「三十六體亦指文言」見《唐才子傳》中「號三十六體」下張采田箋注，顯然岑氏反對這種說法。張氏在新書傳「三十六體」下箋云：「馮氏云：《傳》中既承《舊書》之誤，亦自有誤者。」〔註10〕如此看來，馮武是第一個發現「三十六體」爲新書傳自行易說之人。

　　歷代論者果然多承襲這種易說，只不過在「三十六體」所指層面的認識多有不同。北宋《宣和書譜》卷三言：「復佐令狐楚，授以章奏之學，遂得名一時。當時工章奏者如溫庭筠之徒，俱以是相誇，號『三十六體』。蓋其爲文

〔註 7〕陳冠明：《「三十六體」：宋祁總結、認定的駢文體派》，安徽師範大學學報，2002 年第 4 期，頁 401。

〔註 8〕楊伯：《復古思潮與中唐士人心態研究》，南開大學出版社，2010 年 12 月版，頁 78。

〔註 9〕張采田：《玉溪生年譜會箋》（外一種），中華書局，1963，頁 244。

〔註10〕張采田：《玉溪生年譜會箋》（外一種），中華書局，1963，頁 13。

瑰邁奇古不可跂及，觀其四六稿草，方其刻意致思排比聲律，筆畫雖眞，亦本非用意。然字體妍媚，意氣飛動，亦可尚也。」〔註11〕直接認爲善工章奏是李商隱與溫庭筠齊名的原因。南宋計有功《唐詩紀事》云：「（李商隱與）溫庭筠、段成式俱以儷偶相誇，號三十六體。」〔註12〕認爲新書傳所說「俱是相誇」即指偶儷之辭。晁公武《郡齋讀書志》卷十八「別集類中」載：「今《樊南甲》、《乙集》皆四六，自爲序，即所謂繁縟者。又有古賦及文共三卷，辭旨怪詭，宋景文序傳中稱「譎怪則李商隱」，蓋以此。詩五卷，清新纖豔，故《舊史》稱其與溫庭筠、段成式齊名，時號『三十六體』云。」〔註13〕宋祁新書《文藝傳序》中視與李商隱同爲「譎怪」一派的另有李賀、杜牧。晁氏在這裡徵引舊書傳時已有訛誤，將「三十六」易爲「三十六體」，並首次將清新纖豔的共同詩風作爲李、溫、段三人並稱的因素。

元代辛文房《唐才子傳》又增補「獺祭魚」之說，卷七云：「商隱工詩，爲文瑰奇古，辭難事隱，及從楚學，儷偶長短，而繁縟過之。每屬綴，多檢閱書冊，左右鱗次，號『獺祭魚』，而旨能感人，人謂其橫絕前後。時溫庭筠、段成式各以穠致相誇，號三十六體。」〔註14〕這裡要注意一點的是，辛氏對李商隱的評價較之前代已由貶爲褒，並認定其文「橫絕前後」，而三人並稱的原因是「穠致」即綺豔。馬端臨的《文獻通考》卷二三三引用《新唐書》說法，「唐李商隱……詩五卷，清新纖豔，故舊史稱其『與溫庭筠、段成式齊名，時號三十六體』云。」〔註15〕也認爲三人以詩風相近而同稱。

明代胡震亨《唐音癸籤》與前代的認識大致無二，卷八云：「段成式詩與溫、李同號『三十六體』，思龐而貌瘠，故厥聲不揚。」〔註16〕而方以智《通雅·釋詁》則顯然承《小學紺珠》言說而來：「唐書用偶儷相誇，號三十六體，以李商隱、溫庭筠、段成式三人，皆行第十六。」〔註17〕

清人程夢星在《李義山詩集箋注·凡例》中言：「義山師承亦不一。集中有學漢魏者，有學齊梁者，有學韓者，有學李長吉。此格調之詭譎善幻也……

〔註11〕《宣和書譜》第十一函第六冊，民國十一年上海商務印書館影印本。
〔註12〕計有功：《唐詩紀事》（下）卷五三，上海古籍出版社，1987年，頁811。
〔註13〕晁公武：《郡齋讀書志》，四部叢刊，韓芬樓影印本。
〔註14〕辛文房撰，周紹良箋證：《唐才子傳箋證》（下），中華書局，2010年，頁1642。
〔註15〕馬端臨：《文獻通考》，中華書局，1986年9月版，頁1857。
〔註16〕胡震亨：《唐音癸籤》，古典文學出版社，1957年，頁62。
〔註17〕方以智：《通雅》，中國書店影印本，1990年，頁45。

要使論義山者不得以『三十六體』為肩隨，不得以西崑一派為祖述焉爾。」〔註18〕程氏此處言及李商隱詭譎之風，實指詩歌而言，與晁公武《郡齋讀書志》中認為李商隱古賦及文辭旨怪詭已有不同。

　　馮武在《清康熙戊子蘇州重刻西崑酬唱集序》中則認為「三十六體」是詩集，又將「三十六體」與楊億、劉筠、錢惟演等人的「西崑體」雜糅為一，創為「西崑三十六體」之說。〔註19〕四庫館臣對馮氏之說加以辯駁：「李義山傑起中原，與太原溫庭筠、南郡段成式皆以格調清拔、才藻優裕，為『西崑三十六體』。以三人俱行十六也。考《唐書》但有『三十六體』之說，無『西崑』字，億序是集稱『取玉山策府之名，題曰《西崑酬唱集》，則『三十六』與『西崑』各為一事。武乃合而為一，誤矣。」〔註20〕夏承燾《唐宋詞人年譜·溫飛卿繫年》也徵引四庫館臣辨正「西崑三十六體」一事。這裡要注意一點，四庫館臣認為李、溫、段並稱的原因是「格調清拔、才藻優裕」。

　　翁方綱《石洲詩話》卷七解說「元遺山《論詩三十首》」言：「此首特舉晉人風格高出齊、梁也，非專以斥薄溫、李也。後章『精純全失義山真』，豈此之謂乎？義山在晚唐時，與飛卿、柯古並稱『三十六體』，原自以綺麗名家，是又不能盡以義山得杜之精微而概例之也。」〔註21〕顯然，翁方綱極為推崇李商隱。「此首特舉」指《論詩絕句》第三首，「非專以斥薄溫、李」指「溫李新聲奈爾何」一句，「精純全失義山真」是第二十七首中的詩句，此首專批除黃庭堅外的江西詩派諸詩人既未學得杜甫的古雅，又未得李商隱精純之神韻，並指出李商隱雖得杜甫之精髓，但其綺麗之風卻非得之於杜。也很顯然，翁方綱提及「三十六體」時，已自然而然地將「綺麗」作為三人並稱之因。

　　「三十六體」的演變情況大致如此。對於宋祁易說之舉，馮武之前尚無人異議，而真正加以辨正的還要屬岑仲勉。這說明兩點問題：《新唐書》的影響超過《舊唐書》；後人對宋祁的篡改表示贊同，認為「三十六」與「三十六體」實質上並無區別，只是一種合稱。

　　至於對「三十六體」內涵的理解，歸納起來，分為以下幾類：《舊唐書》認為博聞強記、擅長誄奠之文；《冊府元龜》的「三才」說；《新唐書》所指

〔註18〕轉引自劉學鍇：《李商隱詩歌集解》，中華書局，1996年2月版，頁2035。
〔註19〕王仲犖：《西崑酬唱集注》，中華書局，2007年11月版，頁342。
〔註20〕《四庫全書總目》卷一八六，中華書局，1965年，頁1693。
〔註21〕郭紹虞編選，富壽蓀校點：《清詩話選編》（下），上海古籍出版社，1983年，頁1495～1496。

的「儷偶長短，而繁褥過之」文風；《郡齋讀書志》認爲的「清新纖豔」詩風；《小學紺珠》的「行第」說；《唐才子傳》以「獺祭魚」之說指示爲典故的繁多，兼指詩文；以及岑仲勉的「綽號說」。對此林林總總，當代學人曾做過專門研究，其中，李中華與陳冠明兩位先生論述最爲詳盡。前者認爲「三十六體」反映了晚唐詩歌的流行特色，它的特質是以豔情抒寫人生的體驗與憂傷，主要指李商隱等人描寫男女遇合的詩歌，以豔情抒寫人生的體驗與憂傷是它的情感基調。〔註22〕後者對「三十六體」的解釋既詳盡又客觀，通過考察李、溫、段三人文本，證明「三十六體」實指三人的駢文創作有相似特徵。

其實，無論是「三十六」、「三十六體」，抑或「三才」，都指向一個事實，那就是與李、溫、段三人同時代的人認爲三人在某一方面有相似之處。而這相似之處到底是指詩風還是文風，是行第還是才華，都不能無條件地僅從史料對三人的評價或三人現存的文學作品反推，因爲那僅僅是我們而不是「時人」對三人同稱認定的依據。當然，解決問題的關鍵還是在於「時」這個字。「時」，是當時，如果當時的人將三人並稱，則有兩種可能會引發這個結果：一是三人因某一相似特徵而引起周圍人注意時，有可能在同時共處同地；二是如果沒有同時共處同地，則有可能則有可能三人的這個特徵已十分顯著，且爲世所知。兩種可能性都比較大。

第二節　李、溫、段並稱時間及地點的推斷

關於李商隱、溫庭筠、段成式並稱的時間及地點，當有兩種可能：一爲三人同職長安時期，二爲溫庭筠、段成式於襄陽幕府唱和時期。這需要從考察李商隱、溫庭筠和段成式三人之間的交往入手。

李商隱與溫庭筠之間，溫庭筠與段成式之間都曾有詩文往來。約大中九年，溫庭筠贈《秋日旅舍寄義山李侍御》一詩於李商隱：「一水悠悠隔渭城，渭城風物近柴荊。寒蛩乍響催機杼，旅雁初來憶弟兄。自爲林泉牽曉夢，不關砧杵報秋聲。子虛何處堪消渴，試向文園問長卿。」〔註23〕從詩意體會，當是溫庭筠到長安，但李商隱已經離開長安到梓州幕府，溫庭筠在旅館感覺

〔註22〕李中華：《晚唐「三十六體」辨說》，《文學遺產》，2001 年第 1 期，頁 126～128。
〔註23〕陳貽焮：《增訂注釋全唐詩》卷五七六，頁 223。

寂寞便寫詩問候李商隱。李商隱接到此詩後，前後以兩詩復答。前一首《有懷在蒙飛卿》曰：「薄宦頻移疾，當年久索居。哀同庾開府，瘦極沈尚書。城綠新陰遠，江清返照墟。所思惟翰墨，從古待雙魚。」〔註24〕全詩描寫自己的孤獨與寂寞，最後兩句表示所思念和感興趣的只是朋友的書信而已。「在蒙」二字未見諸注有詮。考此詩背景，當有取《易經》「蒙」卦之意傾向。「蒙」卦「序卦傳」曰：「物生必蒙，故受之以蒙，蒙者蒙也，物之稚也。」意為萬物出生幼稚弱小，必受到阻礙。溫庭筠當時科舉失意，仕途不順。故李商隱說其「在蒙」，即幼稚弱小而被欺凌。詩中之意境可以說是兼及溫庭筠與自己。《聞著明凶問哭寄飛卿》：「昔歎讒銷骨，今傷淚滿膺。空餘雙玉劍，無復一壺冰。江勢翻銀漢，天文露玉繩。何因攜庾信，同去哭徐陵？」〔註25〕「著明」是晚唐詩人盧獻卿，懷才不遇，作有《愍徵賦》，在當世流傳甚廣，司空圖為其作注，被時人譽為庾信《哀江南賦》之亞，惜未流傳。盧獻卿約卒於大中九年，李商隱的詩當寫於盧獻卿卒後不久。從現存李商隱與溫庭筠詩文來看，這次詩歌酬唱是他們詩文交往的開始。張采田先生也認為：「溫李酬唱始此。」〔註26〕不過，從詩歌表達的情感看，兩人此時已情深誼厚，何時開始交往雖沒有明確記載，但必在此前。

另外有一材料則表明李商隱與溫庭筠很可能在大中五年時就相識。溫庭筠之子溫憲曾為當時著名畫家程修己撰寫墓誌銘即《程修己墓誌》，全稱《唐故集賢直院官榮王府長史程公墓誌銘並敘》，原石現藏陝西省博物館。該墓誌稱：「大中初，詞人李商隱每從公遊，以為清音玄味，可雪緇垢。憲嚴君有盛名於世，亦朝夕與公申莫逆之契。高遊勝引，非公不得預其伍。」〔註27〕從這段文字看，大中初年李商隱經常從程修己遊，與程熟識無疑，溫庭筠與程修己更是莫逆之交，也多次從遊，既溫憲得知李商隱稱頌程修己之語，則李、溫二人當時同從程遊並彼此熟知一事可確定。不過，文中所說的從遊時間待推敲。大中初年，李商隱三月就離開長安，隨鄭亞赴桂林幕，而溫庭筠本年春遊湖湘。從時間上看，兩人不大可能從遊。當然，溫憲所說的「大中初」

〔註24〕劉學鍇、余恕誠：《李商隱詩歌集解》，中華書局，1996年2月版，頁1274～1275。

〔註25〕《李商隱詩歌集解》，頁1276。

〔註26〕張采田：《玉溪生年譜會箋》，上海古籍出版社，1983年，頁190。

〔註27〕溫憲：《唐故集賢直院官榮王府長史程公墓誌銘並序》，見清代黃本驥《古志石華》卷二一。

未必指大中初年這一年，大中一朝共十三年，大中年間的前幾年都可視爲「大中初」。胡可先認爲：「參照杜牧大中五年至六年所撰《張幼彰程修己除諸衛將軍翰林待詔等制》，李商隱從程修己遊應在大中五年或六年爲宜」〔註28〕。大中五年，李商隱府主盧弘止卒，李商隱罷盧氏徐州幕後，其妻王氏春夏間病逝，李商隱感慨仕進無路，曾致書令狐綯，後補太學博士。是年七月，李商隱離長安入柳仲郢東川幕。如果李商隱從遊在大中五年或六年，則只能在大中五年初至七月即任太學博士這段時間。這段時間，溫庭筠也在長安，其作《春暮宴罷寄宋壽先輩》可證。這樣，李商隱與溫庭筠至少在大中五年就熟識，多年來交誼深厚，大中九年往來詩歌中流露的那些彼此深刻同情才更合乎情理。

不過，即便李商隱與溫庭筠交誼頗深、曾同從程修己遊，按照「同時共處同地」的假設，也不能說明大中九年及之前三人有並稱的契機，因爲尙無材料證明大中九年之前段成式與李商隱、溫庭筠有交往。根據三人生平活動推測，最有可能同時共處同地應在唐文宗開成四年（839）三月前後至五月間。

李商隱於唐文宗開成四年三月前後釋褐爲秘書省校書郎。關於段成式本年的活動，根據段成式開成二年（837）與開成五年（840）的活動可以推算出來。

> 開成二年，段成式三十五歲，在長安。《酉陽雜俎》續集《貶誤》云：「開成初，予職在集賢，頗獲所未見書。」按文昌卒於文宗太和九年三月，成式服喪期滿，任職集賢院，最早當於開成二年秋冬間。《舊唐書·段成式傳》謂「以陰入官，爲秘書省校書郎」，無任職集賢之記載。而《酉陽雜俎·物異》曾記集賢院校理張希復對其言及牛黃事；《喜兆》篇曾記集賢張希復學士對其言李揆拜相事。其後成式《與溫飛卿書》，有謂「近集仙舊史，獻墨二挺，謹分一挺送上』等語，故開成初，職在集賢，可信。又按：集賢院爲唐文學三館之一，掌四庫書，刊輯經籍。職官常以前資、常選、三衛、散官五品以上子孫爲之。故成式以陰入官集賢較可信，或先在集賢，後去秘省任校書郎，亦未可知。

〔註28〕胡可先：《〈唐程修己墓誌〉的文本釋讀與價值論衡》，《海峽兩岸唐代文學研討會論文集》，2011 年 8 月，頁 78。

唐文宗開成五年正月，段成式約三十八歲，在秘書省著作郎任，撰有《寂照和尚碑》。《全唐文》卷七八七錄此文。《隋唐五代文學編年史》「考畢沅《關中金石記》卷四：安國寺寂照和尚碑，開成五年正月立，段成式撰文，僧無可正書，顧元篆額，在咸陽。又《金石文鈔》卷八有《唐寂照和尚碑》，題「宣德郎守秘書省著作郎充集賢殿修撰上柱國段成式篆」。則此碑文最遲此時撰。〔註29〕

段成式在開成三年、四年的活動不詳。根據開成二年秋冬間入集賢院任職，開成五年正月已在秘書省任著作郎，可知其間大致在長安活動不差，這是其一。段成式由集賢院轉入秘書省就在開成三年、四年之內，如果這個轉入早於李商隱開成三年五月由秘書省校書郎調任弘農尉，那麼段、李二人有可能同在秘書省任職，一個是著作郎，一個是校書郎，這是其二。唐代著作局設著作郎二人，從五品上，掌管修撰碑誌、祝文、祭文、與佐郎分判局事。校書郎八人，正九品上，掌甲乙丙丁四部之圖籍，謂之四庫。經庫類十，史庫類十三，子庫類十四，集庫類三。

從《舊唐書》記載的秘書省官職情況看，李商隱與段成式官階相差很大，李商隱正九品上，段成式從五品上。兩人雖分工不同，但同在秘書省，彼此交流、共同探討典籍的情況也可能存在。

關於這一點，從李商隱詩用典上可見一斑。李商隱詩引用的諸多典故，段成式《酉陽雜俎》都曾採錄，下列各注家以《酉陽雜俎》注李商隱詩者：

李商隱《題僧壁》：若信貝多真實語，三生同聽一樓鐘。 段成式《酉陽雜俎》：貝多出摩伽陀國，西土用以寫經。 朱鶴齡注引
李商隱《聖女祠》：人間定有崔羅什，天上應無劉武威。 段成式《酉陽雜俎》：長白山有夫人墓。魏孝昭之世，清河崔羅什被徵夜此過。忽見朱門粉壁，一青衣出，遇什曰：『女郎須見崔郎。』什恍然下馬，入兩重門，青衣引前曰：『女郎乃平陵劉府君之妻，侍中吳質之女。府君先行，故欲相見。』什遂前入就床坐，其女在戶東立，與什敘溫涼。女曰：『比見崔郎息駕庭樹，嘉君吟嘯，故欲一敘玉顏。』什與論漢魏時事，悉與魏史符合。什曰：『貴夫劉氏，願告其名。』女曰：『狂夫劉孔才第二子，名瑤，字仲璋。比有罪，被攝，乃去不返。』什下床辭出，女曰：『從此十年，當更相逢。』什留玳瑁簪，女以指上玉環贈什。什上馬行數十步，回顧乃一大冢。後十年，什在園中食杏，忽云：『報女郎信』，俄即去。食一杏未盡而卒。

〔註29〕段成式撰，方南生點校：《酉陽雜俎》，中華書局，1981年，頁326～327。

李商隱《同學彭道士參寥》：月中桂樹高多少？試問西河斫樹人。 段成式《酉陽雜俎》：舊傳月中有桂，有蟾蜍，故異書言月桂高五百丈，下有一人，常斫之，樹創隨合。人姓吳，名剛，西河人，學道有過，謫令伐樹。 嚴有翼《藝苑雌黃》引
李商隱《房君珊瑚散》：不見姮娥影，清秋守月輪。月中閒杵臼，桂子搗成塵。 段成式《哭房處士》：獨上黃檀幾度盟，印開龍渥喜丹成，豈同叔夜終無分，空向人間著養生。 徐逢源、葉蔥奇注引
李商隱《異俗二首》：未曾容獺祭，只是縱豬都。 段成式《酉陽雜俎·諾皋記下》：伍相奴或擾人，許於伍相廟多已。舊說，一姓姚，二姓王，三姓汪。昔值洪水，食都樹皮餓死，化爲鳥都，皮骨爲豬都，婦女爲人都。在樹根居者名豬都，在樹半可攀及者爲人都，在樹尾者名鳥都。 朱鶴齡注引

　　注家引《酉陽雜俎》注李商隱詩歌，至少說明就其目之所及，李商隱詩中的這些典故最早出現在段成式的《酉陽雜俎》中，且較爲生僻。則存在這樣一種可能：李商隱與段成式在秘書省校書、修文期間累積了大量的典故軼事，且二人在此方面有相同的志趣好尚，以至所關注的典故軼事十分相類，也不排除二人因此互相交換觀點，進行探討的可能。另，從最後一條看，李商隱以比喻手法寫房處士配製養生秘方，葉蔥奇引用徐逢源的注解引出段成式一詩，可見兩人雖未有詩文往來，但都與同一人交往過，即便不熟識，也至少知道彼此情況。更重要的是，由於研美經籍、遍讀秘府，二人的博學強記很有可能在此時引起秘書省諸同僚的關注。

　　此時溫庭筠也在長安。按《唐宋詞人年譜·溫飛卿繫年》載：「（開成三年）若曾從太子游，則入京兆必在此年十月前」，〔註30〕又「（開成四年）秋試京兆，不第，歸」。〔註31〕按《唐摭言》卷二《等第罷舉》條載，溫庭筠在開成四年屬於「等第罷舉」即因故未能參加進士試。實際上，開成四年秋溫庭筠參加京兆府考試合格，薦送禮部參加明春進士試的排名其時已高居第二，只是結果出乎意料。〔註32〕溫庭筠從莊恪太子游結束在開成三年九月，則開成三年十月至開成四年秋這段時間，溫庭筠在長安一定爲進士考試做準

〔註30〕夏承燾：《唐宋詞人年譜·溫飛卿繫年》，古典文學出版社，1995年，頁394。
〔註31〕《唐宋詞人年譜·溫飛卿繫年》，頁394。
〔註32〕見劉學鍇：《溫庭筠傳論》，安徽大學出版社，2008年4月版，頁60～61。

備。此前在從太子游這段時間裏，溫庭筠「蘭扃未染，已捧於紫泥」（《謝襄州李尚書啓》），意即自己雖未登第入仕在秘書省任職，但已在東宮內執筆爲文字之役，足見他早已將自己比同於秘書省任職者，而其時，溫庭筠也應因「才思豔麗」爲眾人所知。

三人同時共處同地，即便未往來，但彼此相識，又因才華相當，人皆推崇，從而並稱。這種推測應該說比較合理。《舊唐書》卷一七三《李紳傳》就記載這樣一例：「歲餘，穆宗召爲翰林學士，與李德裕、元稹同在禁署，時稱『三俊』，情意相善。」唐穆宗長慶元年（821），元稹自祠部侍郎、知制誥充翰林學士，時李紳、李德裕同在翰林，才華相當，人稱「三俊」。這與李商隱、溫庭筠、段成式並稱「三十六」或「三才」情況頗似。

三人並稱的另一可能即因某一相似特徵而引起周圍人注意時，如果沒有同時共處同地，則有可能三人的這個特徵已十分顯著，且爲世所知。溫庭筠與段成式於襄陽幕府唱和時期相關事宜就符合這一條件。

溫庭筠與段成式的交往，可考最早在大中十二年。按劉學鍇《溫庭筠繫年》，大中十年，溫庭筠「攪擾場屋」，被貶隨縣尉，時鎮襄陽任的徐商將其調到襄陽幕府，署爲巡官。〔註33〕據戴偉華《唐方鎮文職幕僚考》，大中十年至咸通元年徐商鎮襄陽期間，幕府文職僚屬有溫庭筠、韋蟾、溫庭皓等。另，段成式大中十二年至咸通元年也遊襄陽幕，余知古則以進士身份從遊。諸人於幕府中賦詩唱和，詩文簡牘往還，頗富雅樂。後集酬和之作爲《漢上題襟集》，據《新唐書·藝文志》載，《漢上題襟集》共十卷，《郡齋讀書志》也作十卷。劉學鍇認爲：「《漢上題襟集》到南宋晁公武時仍爲十卷，可見當時幕中文士詩文唱和活動之頻繁與時間之長，絕非大中十三年至咸通元年徐商罷鎮前一年左右時間所能創作。」〔註34〕因此，最有可能的情況是，大中十年左右，溫庭筠便與韋蟾等在幕府任職者詩文唱和，至大中十二年段成式遊襄陽幕時，溫庭筠與段成式開始交往，幕府唱和達到一個高潮。

此期，溫庭筠與段成式無論在詩歌還是駢文方面的風格都極相似。段成式有《與溫飛卿書八首》，溫庭筠有《答段成式書七首》；段成式又有《寄溫飛卿葫蘆管筆往復書》，溫庭筠以《答段柯古贈葫蘆管筆狀》答之，皆爲駢文。詩則有《嘲飛卿七首》、《柔卿解籍戲呈飛卿三首》，極盡綺豔。兩人也當彼此

〔註33〕劉學鍇：《溫庭筠全集校注》，中華書局，2007年7月版，頁1340～1344。
〔註34〕《溫庭筠傳論》，頁135。

欣賞、瞭解，引爲知己，後至聯姻。不過，兩人這種就某一專題展開典故搜尋與運用的競賽，成爲文人間鬥才炫博之爲。李商隱在東川節度使柳仲郢幕時，也與幕主開展過類似的文字競賽，《謝河東公和詩啓》云：「及觀其唱和，乃數百篇，力鈞聲同，德鄰義比……豈知今日，屬在所天。坐席行衣，分爲七覆；煙花魚鳥，置作五衝……」〔註35〕李商隱遊西溪後曾作《西溪》一詩，柳仲郢和詩一首。爲答謝柳和詩之舉，李商隱以啓謝之。縱觀此啓，從楊素、薛道衡詩文唱和說到柳仲郢與自己的合唱，用典繁多，情致纏綿，沁人肺腑，與溫、段合唱之作比較，相似之處顯然。可想而知，李商隱、溫庭筠、段成式三人在其時雖未處同地，但都有徵事奧博的共同特點，因此有並稱的極大可能。

另，就在溫庭筠與段成式襄陽幕唱和期間，大中十二年（858）暮春，李商隱罷鹽鐵推官，還鄭州，未及病卒。如果在襄陽幕唱和時期，溫庭筠已知李商隱病故，以他的性情，一定會極力推崇李商隱，也可能將李商隱的作品推薦給其他詩友看，並一同追憶李商隱，感歎其一生才華橫溢卻不得志。余知古等人本欽佩溫庭筠與段成式的才華，又慨歎李商隱在才華上與溫庭筠、段成式有相通之處，從而將三人並稱，也是情理之中。從這個意義上講，「三十六」則是當時的文士及友人對李、溫、段三人才華的一致認同。

第三節　李、溫、段駢文創作比較

作爲同時代在駢文創作上有共同追求的文士，李商隱、溫庭筠、段成式三人的詩文既有共性又有差異，下文擬從三人對待駢文心理和駢文所體現的風格兩個角度分別探討這兩個問題。

李商隱以頗爲自許又不以爲然的態度對待自己的駢文創作。

《樊南集序》云：「樊南生十六能著《才論》、《聖論》，以古文出諸公間。後聊爲鄆相國、華太守所憐，居門下時，敕定奏記，始通今體。後又兩爲秘省房中官，恣展古集，往往咽噱於任、范、徐、庾之間。有請作文，或時得好對切事，聲勢物景，哀上浮壯，能感動人。十年京師寒且餓，人或目曰：韓文、杜詩，彭陽章檄，樊南窮凍，人或知之。仲弟聖僕，特善古文，居會昌中進士

〔註35〕劉學鍇、余恕誠：《李商隱編年文校注》，中華書局，2002 年 3 月，頁 1961～1962。

為第一二，常表以今體規我，而未焉能休。大中元年，被奏入嶺當表記，所為亦多。冬如南郡，舟中忽復括其所藏，火爇墨污，半有墜落。因削筆衡山，洗硯湘江，以類相等色，得四百三十三件，作二十卷，喚曰《樊南四六》。四六之名，六博、格五、四數、六甲之取也，未足矜。」〔註36〕此序清晰地勾勒了李商隱駢文創作的歷程。「以古文出諸公間」的「諸公」指令狐楚及常與令狐楚宴飲的政治詩文同僚如劉禹錫、白居易等人。在令狐楚幕中那些「水檻花朝，菊亭雪夜」的宴席上，李商隱以「將軍樽旁，一人衣白」的身份聆聽文壇前輩的高談闊論，每逢吟詩作賦，類似「皇都陸海應無數，忍剪淩雲一寸心」（《初食筍呈座中》）等好句難免傾倒四座。從少年時代「以古文出諸公間」到「為相國、太守所憐」，至在秘書省為官時的「恣展古集」，以「哀上浮壯，能感動人」評價自己的駢文，足見李商隱頗為自許的心態。而將多年來創作的駢文一朝結集，本身也意味著李商隱對自己才華的認可。對於從令狐楚習今體文時，早年《謝書》一詩深表心跡：「微意何曾有一毫，空攜筆硯奉龍韜。自蒙夜半傳衣後，不羨王祥得佩刀」。〔註37〕這首詩作於李商隱初次科舉考試失敗之際，李商隱將令狐楚授其時文比喻成五祖弘忍傳衣缽於六祖慧能，認為這比王祥得授佩刀更有價值，也有寄予駢文創作致其入仕的渴望。

　　同時，也可見李商隱對習駢文的不以為然態度。他把韓愈古文、杜甫詩歌和令狐楚駢文放到相同高度上，認為與之齊名的恐怕是自己的窮困潦倒。言外之意，仕途不順，長於駢文創作也並未使他暢通仕途，較之少年時代的態度殊異。李商隱為自己的駢文集取名為「樊南四六」，並認為「四六」本身是一種博戲方式，以遊戲之名為駢文集名，因此說「未足矜」，足見不以為然。另，《樊南乙集序》曰：「十月，宏農楊本勝始來軍中，本勝賢而文，尤樂收聚箋刺，因懇索其素所有，會前四六置京師不可取者，乃強聊桂林至是所可取者，以時以類，亦為二十編，名之曰《四六乙》。此事非平生所尊尚，應求備卒，不足以為名，直欲以塞本勝多愛我之意。遂書其首。」〔註38〕自言創作駢文並非平生所尚，只因他人關切才結集。

　　溫庭筠創作駢文則大有逞才之故。與李商隱對駢文矛盾心理相比，溫庭筠表現出「唯事屬對能」逞才心理。這從史料對其記載中可見一斑。

〔註36〕《李商隱文編年校注》，頁1713。
〔註37〕《李商隱詩歌集解》，頁39。
〔註38〕《李商隱文編年校注》，頁2177。

《舊唐書》卷一九○《文苑傳》載：「溫庭筠者，太原人，本名岐，字飛卿。大中初，應進士。苦心硯席，尤長於詩賦。初至京師，人士翕然推重。然士行塵雜，不修邊幅，能逐弦吹之音，為側豔之詞，公卿家無賴子弟裴誠、令狐縞之徒，相與蒲飲，酣醉終日，由是累年不第。徐商鎮襄陽，往依之，署為巡官。咸通中，失意歸江東，路由廣陵，心怨令狐綯在位時不為成名。既至，與新進少年狂遊狹邪，久不刺謁。又乞索於楊子院，醉而犯夜，為虞候所擊，敗面折齒，方還揚州訴之。令狐綯捕虞候治之，極言庭筠狹邪醜跡，乃兩釋之。自是污行聞於京師。」

孫光憲《北夢瑣言》卷四載：「宣宗嘗賦詩，上句有『金步搖』，未能對，遣未第進士對之，庭筠乃以『玉條脫』續也。宣宗賞焉。又藥名有『白頭翁』，溫以『蒼耳子』為對，他皆此類也。宣宗愛唱《菩薩蠻》詞。令狐相國假其新撰密進之，戒令勿他泄，而遽言於人，由是疏之。溫亦有言云：『中書堂內坐將軍。』譏相國無學也。」〔註39〕又同卷記：令狐綯「曾以故事訪於溫岐，對以事《南華子》。且曰：『非辟書也。或冀相公燮理之暇，時宜覽古。』綯益怒之，乃奏岐有才無行，不宜與第。……所以岐詩曰：『因知此恨人多積，悔讀《南華》第二篇。』」〔註40〕

計有功《唐詩紀事》載：「庭筠才思豔麗，工於小賦。每入試，押官韻作賦，凡八叉手而八韻成。時號『溫八叉』，多為鄰鋪假手，號曰救數人也。而士行玷缺，搢紳薄之。李義山謂曰：『近得一聯云：遠比趙公，三十六年宰輔』，未得偶句；溫曰：『何不云：近同郭令，二十四考中書』。」〔註41〕

如果把這幾段文字綜合起來，可以對溫庭筠有個很鮮明的印象：這是一個天分很高、才華橫溢、出口成章的文學天才，也是音樂天賦極高的才子。但這又是一個吃喝嫖賭無所不好，無所不長的放蕩浪子，屬於無行文人。剛到京師的時候，文人圈子對其推崇重視，但他本人過分放縱，賭博醉酒，故拖累其場屋失意。在考場經常幫助臨近舉子答卷，也有擾亂考場秩序的性質。醉酒違反城坊夜禁的規定，被擊落牙齒，甚至毀容，官司又一度升級到節度使衙門，令狐綯都無法保全。醜聞由揚州傳到京師，可見具有轟動效應，其劣跡與放浪的品性有很高知名度，其道德品質確實有問題。但其才華與思維

〔註39〕孫光憲撰，賈二強點校，《北夢瑣言》，中華書局，2002年6月版，頁89～90。
〔註40〕《北夢瑣言》，頁89～90。
〔註41〕《唐詩紀事》卷五四，頁823。

的敏捷也屬實令人佩服，尤其在對偶方面，更勝李商隱一籌。由此，溫庭筠的屬對之能其實只是自身生活中逞才的表達方式而已，是放蕩生活中一個點綴，他自己並沒有特別重視。

段成式對待駢文本著稽古集異心理，並以此為才。

《舊唐書》卷一六七《段文昌傳》載：「成式，字柯古，以蔭入官，為秘書省校書郎。研精苦學，秘閣書籍，披閱皆遍。累遷尚書郎。咸通初，出為江州刺史。解印，寓居襄陽，以閒放自適。家多書史，用以自娛，尤深於佛書。所著《酉陽雜俎》傳於時。」《金華子・雜編》又言：「博學精敏，文章冠於一時。著書甚眾，《酉陽雜俎》最傳於世」。〔註42〕足見其博學多識。

段成式生平參加的文學活動還包括唐武宗會昌三年（843）在秘書省著作郎任時與張希復、鄭符遊京中寺廟，多有聯句之詠，見《全唐詩》卷七九二《遊長安諸寺聯句》。這次聯句之詠，段成式五十一歲時在長安追憶起往事，將舊日所記編次成《寺塔記》兩卷。〔註43〕從這兩則材料看，段成式當時勾稽秘事，醉心典墳，大持有自娛態度，從其文章中可見一斑：

> 固服縫掖者肆筆之餘，及怪及戲，無侵於儒。

（《酉陽雜俎》）〔註44〕

> 予學儒外，遊心釋老，每遠神訂鬼，初無所信。常希命不付於管輅，性不勞於郭璞。至於夷堅異說，陰陽怪書，一覽輒棄。……以好道州人所嚮，不得不為百姓降志枉尺，非矯舉以媚神也。因肆筆直書，用酬神之不予欺。（《好道廟記》）〔註45〕

> 成式因覽歷代怪書，偶疏所記，題曰諾皋記。街談鄙俚，輿言風波，不足以辨九鼎之象，廣七車之對。然遊息之暇，足為觀覽云耳。（《諾皋記序》）〔註46〕

段成式對這些怪奇異事的態度跟傳統文人相同，但自認為皆是「肆筆」所為，

〔註42〕王雲五：《叢書集成初編・金華子雜編》，商務印書館，中華民國二十五年六月初版。

〔註43〕《酉陽雜俎》三十卷，前集二十卷，後集十卷，為志怪傳奇雜事集。據李劍國先生《唐五代志怪傳奇敘錄》所考，其續集乃《寺塔記》，成於本年，而大中「七年後事不見於續集」，因此其《酉陽雜俎》乃本年或稍後所編成。

〔註44〕方南生點校：《酉陽雜俎》，中華書局，1981年版，頁4。

〔註45〕《全唐文》卷七八七，中華書局，2009年9月版，頁8236。

〔註46〕《全唐文》卷七八七，頁8234。

作爲展示才華博學的一種方式。而與溫庭筠之間駢體書信更以能用生僻事爲能。下錄一組書信：

> 桐鄉往還，見遺葫蘆筆管，輒分一枚寄上。下走困於守拙，不能大用。濩落之實，有同於惠施；平原之種，本慚於屈穀。然雨思茶器，愁想酒杯。嫌苦菜而不吟，持長柄而爲贈。未曾安筆，卻省歲書。八月斷來，固是佳者。方知綠沈赤管，過於淺俗。求大白麥穗，獲臨賀石班，蓋可爲副也。飛卿窮素縕之業，擅雄伯之名。沿泝九流，訂銓百氏。筆灑瀝而轉潤，紙襞績而不供。或助操彈，且非玩好。便望審安承墨，細度覆毫，勿令仲宣等閒中詠也。成式狀。

（《寄溫飛卿葫蘆管筆往復書》）〔註47〕

> 庭筠累日來洛水寒疝，荆州夜嗽。筋骸莫攝，邪蠱相攻。蝸睆傷明，對蘭缸而不寢；牛腸治嗽，嗟藥錄而難求。前者伏蒙雅賜葫蘆筆管一莖，久欲含詞，聊申拜貺。而上池未效，下筆無聊。慚怳沉吟，幽懷未敍。然則產於何地，得自誰人，而能絜以裁筠，輕同舉羽。豈伊蓍草，空操九寸之長；何必靈芝，獨號三株之秀。但曾藏戢冊省，永貯仙居。卻笑遺民，遷茲佳種。惟應仲履，忽壓煩聲。豈常見已墮遺犀，仍抽直幹。青松所築，漆竹藏珍。足使玫瑰慚華，琉璃掩耀。一枚爲貴，豈異陸生；三寸見珍，遂兼揚子。謹當刊於巖竹，置以郊翰。隨纖管而爲牀，擬凌雲而作屋。所恨書裙寡媚，釘帳無功。實靦凡姿，空塵異貺。庭筠狀。

（《答段柯古贈戎蘆管筆狀》）〔註48〕

第一封是段成式寫給溫庭筠的信。別人贈給段成式一組毛筆，他分送一支給溫庭筠，然後謙虛說自己沒有才學，誇獎對方，並渲染毛筆的妙處。溫庭筠回信則把有關毛筆的掌故羅列一通，最後又謙虛一番。就一支毛筆就洋洋灑灑寫這麼多文字，實在無此必要。觀兩篇駢文，所用典故都爲生典，極彰顯博奧學識。

第二組書信也是如此。段成式信言：「飛卿博窮奧典，敏給芳詞。吐水千瓶，有才一石。成式寸紙寒暑，素所不閒，一卷篇題，從來蓋寡。竊以墨事故有，巾箱先無。可謂附驥驥而雖疲，遵繩墨而不跌者。忽記鄴西古井，更

〔註47〕《全唐文》卷七八七，頁8232。
〔註48〕《全唐文》卷七八六，頁8222。

欲探尋。貌略鏤盤，誰當倣效。況又劇間可答，但愧於子安；一見之賜，敢同於到惲乎。陣崩鶴唳，歌怯雞鳴。復將晨壓我軍，望之如墨也。豈勝（闕）居懾處之至。」〔註49〕文章誇對方有文采有大學問，並連續用一些讚美之辭，用典也比較生硬晦澀。其中「吐水千瓶」的典源至今尚無人注明。疑出自吳支謙譯《太子瑞應本起經》載：「令五百弟子，人持一瓶水，就擲滅火。」另西晉竺法護譯《普曜經》卷八載：「迦葉惶悚，令五百弟子，人一瓶水就持滅火。」〔註50〕兩者皆意謂迦葉命令自己的五百弟子每人拿一瓶水去滅火。溫庭筠在考場上幫助鄰鋪舉子答卷，由於「多為鄰鋪假手」，乃至於「大中末，山北沈侍郎主文。特召庭筠試於簾下，恐其潛救。是日不樂，逼暮，先請出，仍獻啓千餘言。詢之，已占授八人矣」。〔註51〕因好「助人為樂」，幫助臨近的考生答題，到底是口授還是傳紙條不太明確，如果推測來說，應該是後者。一張紙條可以在考生中傳來傳去，可以使很多人「受益」。因為溫庭筠太有名，考場作弊之事影響太大，所以這年的主考官沈詢特別安排照顧他在「簾下」，與其它考生有點距離。但他還是幫助八名考生作弊。這可以看出溫庭筠才思之敏捷，能夠在有限時間裏，同時幫助八個考生作弊，絕不是一般的才能。幫助他人在考場中解除困境，有類日常生活的「救火、滅火」，因此「吐水千瓶」，有可能就是說溫庭筠才能極高，經常在考場上很短時間便能幫助許多考生出困境，猶如「滅火」高手。迦葉讓五百弟子每人持一瓶水滅火，而溫庭筠張口一吐就等於千瓶水，可以滅許多火，彰顯才能之高。這樣理解「吐水千瓶」，與後面的「有才一石」才可以相互映襯，都是極力推崇溫庭筠的學問及才氣之高。做此解釋是否合適未知，暫且放置此處，以祈教於方家。下文「鄣西古井」、「貌略鏤盤」形容文辭典故深奧古澀，辭藻雕繪精細，也非常見之典。

溫庭筠回信道：「驛書方來，言泉更湧，高同泰時，富類敖倉。怯蒙叟之大匪，駭王郎之小賊。尤有（闕）中巧製，廟裏奇香。徵上黨之松心，識長安之石炭。馬黔靡用，龜食難知。窺虞器以成奢，（闕）梁刑而嚴罪。便當北面，不獨棲毫。庭筠狀。」〔註52〕先對段成式吹噓一番，句句用典，最後表

〔註49〕《全唐文》卷七八六，頁 8233。

〔註50〕《大正新修大藏經》（三），頁 186～186。

〔註51〕辛文房撰，周紹良箋證：《唐才子傳箋證》，中華書局，2010 年，頁 1864～1865。

〔註52〕《全唐文》卷七八六，頁 8223。

示自己要向段成式北面稱臣，不單單是文章寫作，而是任何方面都不如對方。

第三組書信中，段成式言：「韞牘遍尋，緘笥窮索。思安世篋內，搜伯喈帳中。更睹沈家令之謝箋，思生松黛；楊師道之佳句，才發煥華。抑又時方得賢，地不愛寶。定知災祥不兩，誰識穹昊所無。還介方酬，鬱儀未睍。羽驛沓集，筆路載馳。豈知石室之書，能迷中散；麻襦之語，獨辨光和。底滯之時，徵引多誤。殫筆搦紙，慚怯倍增。」〔註53〕說自己雖然遍查典籍，閱盡圖書，依然還是「底滯之時，徵引多誤」，因此每當要殫精竭慮寫作時，依然非常慚愧膽怯。

溫庭筠則覆信：「庭筠閱市無功，持摝寡效。……至於繾從墨制，既御秦兵；綏匪舊儀，仍傳漢制。張池造寫，蔡碣舍舒。荷新瀅之恩，空沾子野；發冶城之沼，獨避元規。窘類頡羹，辭同格餒。其為愧怍，豈可勝言。庭筠狀。」〔註54〕回答說自己寫作更費力枯澀，自己的慚愧簡直都無法形容。

後段成式又信曰：「飛卿筆陣堂堂，舌端袞袞。一盟城下，甘作附庸。」〔註55〕表示對溫庭筠的臣服，甘心作附庸。溫庭筠則表示：「豈敢猶彎楚野之弓，尚索神亭之戟。謹當焚筆，不復操觚矣。」〔註56〕如果段成式如此說的話，則自己只能把毛筆都燒了，不敢再寫作文章。

相互敬佩，但都是雕章鏤句，炫耀才能學問，內容則空虛無物，誠如孔子所批評的「好行小慧，言不及義」，好耍小聰明，而所說的都不涉及大道與真正的社會與人生意義，足見段成式與溫庭筠稽古集異、逞才的駢文創作心理。

這裡值得思考的是，大體而言，李商隱、溫庭筠、段成式三人創作駢文的心態相近，都有不以為然、彰顯學識之意。但細究起來，李商隱與溫、段二人仍有異。其一，李商隱雖流露出不以為然，但從自己為其駢文結集之舉看，仍很重視自己的駢文創作，希望為世所重。溫、段二人駢文則多逞才之舉，並有戲謔成分。其二，李商隱屬對精當，用典恰切，毫無生硬之感。溫、李則一味堆砌、難免掉書袋之嫌。要說明的是，這一點不只適於駢文，同樣也適於三人的詩歌。這也是清人認為李商隱高出溫、李的原因之一。

〔註53〕《全唐文》卷七八六，頁8234。
〔註54〕《全唐文》卷七八六，頁8223。
〔註55〕《全唐文》卷七八六，頁8234。
〔註56〕《全唐文》卷七八六，頁8223。

袁嘉穀《臥雪詩話》評段成式詩文風格：「段酉陽與溫、李並稱『三十六體』，非惟不及李、亦不及溫，僻典澀體，至不可解，與所著《酉陽雜俎》類書相似。其奇麗似長吉，實非長吉；其沉厚似昌黎，實非昌黎；其纖密似武功，實非武功，當為唐詩別派，後人亦鮮傚之者。」〔註57〕袁氏從典故運用方面比較李、溫、段三人，認為段成式的典故運用晦澀至不可理解，這是不及李商隱之處。

朱鶴齡在《箋注李義山詩集序》中道：「義山之詩，乃風人之緒音，屈宋之遺響，蓋得子美之深而變出之者也。豈徒以徵事奧博，擷採妍華，與飛卿、柯古爭霸一時哉！學者不察本末，類以『才人』『浪子』目義山，即愛其詩者，亦不過以為幃房昵媟之詞而已，此不能論世知人之故也。」〔註58〕

紀昀《四庫全書總目提要》中對比李商隱和溫庭筠二人詩：「商隱詩與溫庭筠齊名，詞皆縟麗。然庭筠多綺羅脂粉之詞，而商隱感傷時事，尚頗得風人之旨。」〔註59〕

兩者皆認為李商隱與溫庭筠、段成式合稱，認為這是對李商隱詩作價值的貶低，他們認定李商隱的詩實為豔情其外、寄託其內，與「香草美人」的詩學路線一脈相承。而溫、段則是名副其實的豔情。朱鶴齡是李商隱詩歌「寄託」說的首創者，劉學鍇先生認為「是李商隱詩接受史上一篇重要的文獻」〔註60〕。朱鶴齡的觀點在在清代廣為盛行，錢錫龍、馮班及清末民初的黃侃都持這種觀點〔註61〕。

總的來看，清代學者多數認為李商隱高於溫庭筠與段成式，三人不應該並稱，更不能並列。

第四節 「三十六體」產生的原因

我們今天討論「三十六體」產生的原因，確切地說，應稱為「李商隱、溫庭筠與段成式並稱現象」產生的原因，這與有唐一代重視駢體公文創作的社會背景有關，究其實質，還應歸解到唐代的藩鎮制度上。

〔註57〕袁嘉穀：《袁嘉穀文集》卷三，雲南人民出版社，2001 年。
〔註58〕《李商隱詩歌集解》，頁 2023。
〔註59〕《四庫全書總目》（下）卷一五一，中華書局，1965 年，頁 1297。
〔註60〕劉學鍇：《清代前期對李商隱詩的接受》，《李商隱詩接受史》，安徽大學出版社，2002 年，頁 89。
〔註61〕黃侃：《李義山詩偶評》，學海出版社，1974 年，頁 5。

　　唐代前期，以制敕爲本職的中書舍人常以其所作敕文爲時所稱，成爲風靡一時的「大手筆」。《新唐書》卷一二五《蘇頲傳》載：自景龍後，（蘇頲）與張說以文章顯，稱望略等，故時號「燕許大手筆」。這裡所說的蘇頲與張說擅長的文章，即指詔誥制冊類公文。其實，在景龍之前，「大手筆」就頻頻湧現，《舊唐書》卷七〇《房玄齡傳》記其「在秦府十餘年，常典管記，每軍書表奏，駐馬立成，文約理贍，初無稿草」；貞觀朝的太子舍人、崇賢館直學士李義府，《舊唐書》卷八十六記其「與太子司議郎來濟俱以文翰見知，時稱來、李」；則天朝的鳳閣舍人李嶠，《舊唐書》卷九十四載：「朝廷每有大手筆，皆特令嶠爲之」。「大手筆」標誌著唐代社會對駢體公文的重視，並且在唐代中期及晚期贏得了更廣泛的社會關注。《新唐書》卷一六六《令狐楚傳》言其「於箋奏制令尤善，每一篇成，人皆傳諷」。《舊唐書》卷一六三《盧簡能傳》附子知猷，「器度長厚，文辭美麗，尤工書，落簡錯翰，人爭模仿」。《舊唐書》卷一六六元稹、白居易合傳的傳末論贊曰：「臣觀元之制策，白之奏議，極文章之堂奧，盡治亂之根荄。」白居易文集中的百道判，即以工整明白的駢體寫作的判文，當時風行遐邇，被許多士人奉爲學習寫作判文的範本，正如《與元九書》所說：「日者，又聞親友間說，禮、吏部舉選人，多以僕私試賦判傳爲準的。」〔註62〕及《舊五代史》卷六〇言李襲吉「論列是非，交相聘答者數百篇，警策之句，播在人口，文士稱之」。《資治通鑑》卷二四四載李德裕「請依楊綰議，進士試議論，不試詩賦」，所謂「議論」即謂駢體公文。《北夢瑣言》又記盧光啓「受知於租庸張浚，清河出征并、汾，盧每致書疏，凡一事別爲一幅，朝士至今傚之。蓋八行重疊別紙，自公始也」。〔註63〕足見「大手筆」的傳統貫穿有唐一代。

　　中晚唐重視駢體公文這一習慣，與藩鎮制度有著密不可分的關係。當諸藩鎮需要朝廷批准請示、奏議或進獻、舉薦時，通常以表、狀上書；當表達對朝廷的忠心、賜物時，通常以謝賀公文上書。藩鎮之間平日相互照應，維持應有禮數，固有賀官、賀節、候問起居及答謝等與對朝廷差不多名目相同的儀節，需要箋啓往來。對於藩鎮維繫內部穩定來說，書、狀會發揮更大的作用。《舊唐書》卷一七二《令狐楚傳》記載令狐楚臨危受任、文安軍變之事：「……軍中喧嘩，將有急變，中夜十數騎持刃迫楚至軍門，諸將環之，令草

〔註62〕《全唐文》卷六七五，頁6890。
〔註63〕《北夢瑣言》卷四，頁78～79。

遺表。楚在白刃之中，拗管即成，讀示三軍，無不感泣，軍情乃安，自是聲名益重。」足見駢體公文維穩之力。其時以駢體公文創作得名的文士不乏其人。《太平廣記》卷二〇〇「文章三」載羅紹威事：「當時藩牧之中，最獲文章之譽。每命幕客作四方書檄，小不稱旨，壞裂抵棄，自襞箋起草，下筆成文，雖無藻麗之風，幕客多所不及。」〔註64〕《舊唐書》卷一三七《於公異傳》則載：「文章精拔，爲時所稱。建中末，爲李晟招討府掌書記。興元元年收京城，公異爲露布上行在云：『臣已肅清宮禁，祗奉寢園，鍾簴不移，廟貌如故。』德宗覽之，泣下不自勝，左右爲之嗚咽。」這些有才之士成爲藩鎮爭奪的對象。對於駢體公文創作者來說，這不失爲進身的一個好途徑。如劉禹錫、呂溫、杜牧等在入朝前，幾乎均有被藩鎮使府辟召的經歷。可見少年李商隱將得授令狐楚章奏之學形容爲「自蒙夜半傳衣後，不羨王祥得佩刀」（《謝書》）是深切其理的。但其中也有迫於生計、屈從現實的成分，正如溫庭筠的感歎「發跡豈勞天上桂，屬詞還得幕中蓮」（《送崔郎中赴幕》）。

正因藩鎮制度的影響，大量駢體公文在唐代中後期應運而生，自輯駢文公文成集的如李太華《掌記略》、《新掌記略》、林逢《續掌記略》，武元衡《臨淮尺題》、夏侯韞《大中年與涼州書》、黃臺《江西表狀》、羅隱《吳越掌記集》、《湘南應用集》等。李商隱《樊南甲乙集》與溫庭筠《漢南眞稿》也是這一時期的產物。《東觀奏記》卷下所言「（李商隱）文學宏博，箋表尤著於人間……（溫庭筠）少敏悟，工爲辭章，與李商隱皆有名，號『溫李』」，〔註65〕指兩人因擅長駢體公文而並稱，則與這種時代背景相符。而藩鎮在選擇人才時，又多好才思敏捷者，在這種文學審美定勢之下，時人就將熟識典故、博學多才的段成式與李商隱、溫庭筠並稱了。

可以說，李商隱、溫庭筠、段成式因在文學創作、稟賦方面有著相似之處而被同時代人並稱，但三人並未提出趨同的明確的文學創作主張，甚至不能肯定李商隱與段成式一定有過文學觀點上的交流，因此「三十六體」本身並不能視爲文學流派或文學團體。

〔註64〕 李昉等編：《太平廣記》（第四冊），中華書局，1986年3月版，頁1507。
〔註65〕 裴庭裕：《東觀奏記》，清光緒三十四年刻本。

第三章　與李商隱駢文創作相關二事考索

　　「知人論世」是孟子提出的探討學問的一個重要觀點，我們必須瞭解文人的身世以及當代的社會政治、經濟、文化背景，再進一步就是他交際的圈子和所遇到的各種偶然事件。出身往往影響其交往之人的地位，性格將影響其交往之人的品格。仔細思來，「人以群分，物以類聚」的成語確實有深刻的道理。不是一類人不可能成爲眞正的朋友，也不可能有相同的政治觀與人生觀。對於李商隱人生道路與品格的評定，也是很艱難的事情。但如果要眞正理解其駢文以及全部詩文，則必須在這方面下一定的功夫。李商隱生平大致情況，一般學者都很清楚，故不在這些方面多著墨，而是著意於對李商隱駢文創作有影響的兩件大事。一是從大和六年（832）到開成二年（837）這六年間與令狐楚的書信往來，主要是呈給令狐楚的七篇狀文，充分表達李商隱對令狐楚感恩，恰好反駁了後世對李商隱的「背恩」說，這樣，有必要對「背恩」說進一步瞭解。二是從李商隱駢文創作分佈表看，大中元年隨鄭亞入桂幕後，李商隱的駢文數量大幅度增加，尤其是狀文和啓文的創作獲得豐收。這種文學成就的得來並非偶然。會昌六年（846），李商隱重官秘書省，兒子袞師出生，但他大中元年（847）旋即追隨鄭亞，辭掉穩定工作、拋家別子之舉頗令人費解。因此也有必要深入瞭解其中原委。

第一節　李商隱與令狐綯關係裂痕起因探析

「牛李黨爭」政治局面中李商隱的個人表現是李商隱生平研究重點之一。關於李商隱與「牛李黨爭」關係及與令狐綯矛盾糾葛，清初朱鶴齡在《箋注李義山詩集序》中有專評：

> 夫令狐綯之惡義山，以其就王茂元、鄭亞之辟也。其惡茂元、鄭亞，以其爲贊皇所善也。贊皇入相，薦自晉公，功流社稷，史家之論，每曲牛而直李。茂元諸人，皆一時翹楚，綯安得以私恩之故，牢籠義山，使終身不爲之用乎？綯特以仇怨贊皇，惡及其黨，因並惡其黨贊皇之黨者，非有其憾於義山也。太牢與正士爲仇，綯父楚比太牢而深結李宗閔、楊嗣復。綯之繼父，深險尤甚。〔註1〕

誠如朱鶴齡所言，李商隱一生人際關係的轉折始於開成初年娶王茂元女兒爲妻併入王茂元幕府及在宣宗初年入鄭亞幕府這兩件事。不過，「非有其憾於義山也」的結論尚待探討。令狐綯對李商隱有所憾恨，其原因並非後者，即娶王茂元女兒併入幕，而是在長達半年多的時間裏，李商隱沒去探望病重的令狐楚。事有微細，需仔細斟酌揣摩。二人關係裂痕的起點就在開成二年。

開成二年（837），李商隱及第後的一些表現尤其是積極求婚於王茂元的行爲引起令狐綯及牛僧孺黨人不滿，說他「背恩」。乍看此事，好像令狐綯等人心胸過於狹窄。還原當時具體情況後，我們才能看清事情眞相，也容易理解雙方當時的心理及所作所爲。簡單概括，雙方都有責任，但責任大小不同，性質不一。

李商隱在人生道路上遇到的首位關鍵人物令狐楚對他有知遇之恩，且終身不渝。令狐楚「夜半傳衣」，授駢文之技於李商隱，從生活到仕途都給他以很大的幫助。李商隱十八歲時，便被令狐楚聘爲幕僚，是沒有任何出身的白衣巡官，所謂「將軍樽旁，一人衣白」。在這種情況下，得到人生的第一個官職，對於九歲就喪父的李商隱來說，在內心深處將恩師視爲父親也是很自然的事。高山仰止，大恩深重，因此《奠相國令狐公文》的書寫飽含深情，血淚俱下。

李商隱開成二年進士及第，也是令狐楚之子令狐綯鼎力推薦而成。令狐綯力薦李商隱是否得於令狐楚的暗示不可而知，但令狐綯身後沒有令狐楚爲

〔註 1〕《李商隱詩歌集解》，頁 2021。

倚靠恐怕也難以成功。令狐楚、令狐綯父子對李商隱確實恩重如山，這是沒有疑問的。李商隱自己也非常清楚。他大和六年到開成二年一組共七篇上給令狐楚的狀文也將這種感激一再重複。〔註2〕

李商隱參加開成二年的科考前，還收到令狐楚送來的經濟資助，爲其能夠體面地參加考試。《上令狐相公狀之四》記載了這件事：

> 伏奉月日榮示，兼及前件綃等。退省屏庸，久塵恩煦。致之華館，待以嘉賓。德異顏回，簞瓢不稱於亞聖；行非劉寔，薪水每累於主人。束帛是將，千里而遠。蘊袍十載，方見於改爲；大雪丈餘，免虞於偃臥。下情無任捧戴感勵之至。〔註3〕

從「蘊袍十載，方見於改爲；大雪丈餘，免虞於偃臥」兩句看，李商隱用這筆錢買件袍子，原來的舊袍已經穿了十年，這樣參加考試時能夠體面一點。「袁安臥雪」一典引出自己在大雪寒天可以出門活動，免得蜷縮在家裏的情形。這樣寫不完全是誇張，北宋陳師道因爲衣舊不耐寒，又不肯跟自己的連襟趙挺之相借，在參加重要活動中凍病，其後身亡，就是一例。這足以證明令狐楚的救濟確實爲李商隱雪中送炭。且李商隱能夠金榜題名，完全仰仗令狐綯的推薦。這一點，李商隱非常清楚，而且絲毫不隱瞞。《與陶進士書》中說：

> 故自大和七年後，雖尚應舉，除吉凶書及人憑倩作箋啓銘表之外，不復作文。文尚不復作，況復能學人行卷耶？時獨令狐補闕最相厚，歲歲爲寫出舊文納貢院。既得引試，會故人夏口主舉人，時素重令狐賢明，一日見之於朝，揖曰：「八郎之交誰最善？」綯直進曰：「李商隱」者。三道而退，亦不爲薦託之辭，故夏口與及第。然此時實於文章懈退，不復細意經營述作，乃命合爲夏口門人之一數耳。〔註4〕

文中有關令狐綯的舉薦行爲，都交代得很清楚。

李商隱及第後，第一件事是立即向恩師令狐楚報告，《上令狐相公狀》寫道：

> 今月二十四日禮部放榜，某徼倖成名，不任感慶。某材非秀異，

〔註2〕《上令狐相公狀》七篇，分別作於大和六年、大和七年、開成元年十月、開成元年冬、開成二年正月、開成二年三月、開成二年夏秋間。

〔註3〕《李商隱文編年校注》，頁106。

〔註4〕《李商隱文編年校注》，頁433。

> 文謝清華，幸忝科名，皆由獎飾。昔馬融立學，不聞薦彼門人；孔
> 光當權，詎肯言其弟子？豈若四丈屈於公道，申以私恩，培樹孤株，
> 騫騰短羽。自卵而翼，皆出於生成；碎首糜軀，莫知其報效。瞻望
> 旌榮，無任戴恩隕涕之至。〔註5〕

興奮的心情和感恩的激動充塞字間。本狀當是李商隱及第後寫的第一封信，
劉學鍇、余恕誠兩位先生考定此文作於「開成二年正月二十四日稍後」的判
斷很準確。兩個多月後，李商隱基本完成了新進士集體活動的各項程序，回
濟源看望母親，臨行前再給令狐楚寫信告知行期以及解釋不能立即前去興元
令狐楚幕的理由。《上令狐相公狀六》交代了事情始末：

> 前月七日過關試訖。伏以經年滯留，自春宴集，雖懷歸苦無其
> 長道，而適遠方俟於聚糧。即以今月二十七日東下。伏思自依門館，
> 行將十年；久負梯媒，方霑一第。仍世之徽音免墜，平生之志業無
> 虧。信其自強，亦未臻此。願言丹慊，實誓朝暾。雖濟上漢中，風
> 煙特異；而恩門故國，道里斯同。北堂之戀方深，東閣之知未謝。
> 夙宵感激，去住彷徨。彼謝掾辭歸，繫情於皋壤；楊朱下泣，結念
> 於路歧。以方茲辰，未偕卑素。況自今歲，累蒙榮示，軫其飄泊，
> 務以慰安。促曳裾之期，問改轅之日，五交辟而未盛，十從事而非
> 賢。仰望輝光，不勝負荷。至中秋方遂專往起居未間。瞻望旌旆，
> 如闊天地。伏惟俯賜照察。〔註6〕

將後兩封信涉及的日期歸納一下，可以勾畫出李商隱在開成二年整個春季的
活動主線。即正月二十四發榜，二月初七到吏部進行關試，三月二十七回濟
源。

　　在李商隱興高采烈參加及第新進士的各種活動並給恩師連續寫兩封信的
時候，令狐楚正在興元尹、充山南西道節度使任上。《舊唐書》卷一七二《令
狐楚傳》載：「開成元年上巳，賜百僚曲江亭宴。楚以新誅大臣，不宜賞宴，
獨稱疾不赴，論者美之。以權在內官，累上疏乞解使務。其年四月，檢校左
僕射、興元尹，充山南西道節度使。」〔註7〕可知令狐楚是在開成元年四月出
任興元尹、山南西道節度使的。此時到任已經一年，並曾幾次請李商隱入幕。

〔註5〕《李商隱文編年校注》，頁115。
〔註6〕《李商隱文編年校注》，頁118。
〔註7〕《舊唐書》卷一七二，頁4014。

但李商隱因為「北堂之戀方深」，因此「東閣之知未謝」，因惦念老母親，所以暫時不能到恩師那裡。從「況自今歲，累蒙榮示，軫其飄泊，務以慰安。促曳裾之期，問改轅之日，五交辟而未盛，十從事而非賢。仰望輝光，不勝負荷」幾句來看，可知在本年，令狐楚已經幾次邀請李商隱入幕，並曾經督促其盡快前去。令狐楚再度出任節度使，當然需要人才，而他對李商隱非常瞭解，感情很深，將近十年的師生之情，令狐楚對李商隱的期待和盼望是可以理解的。

李商隱信中說得很清楚，及第後的各種應酬程序全部完成後他急於回濟源看望母親，因此暫時不能前去興元。「至中秋方遂專往起居未間」，到中秋時節有可能前去。這應該說沒有什麼，於情於理都很正常。但不知什麼原因，李商隱到秋天並沒有到興元去。後令狐楚病重之際急召李商隱，李商隱是從長安疾馳前去而非濟源。

李商隱春末回濟源省親，在家不會逗留很長時間。夏天便可回到長安，但他沒有去興元，一直留在長安參加社交活動，謀求婚姻與仕進。下面我們便從李商隱詩文考察他在開成二年進士及第到去興元看望令狐楚這段時間的行蹤。

李商隱在本年發榜後回濟源之前曾到韓瞻豪宅作客，並作詩兩首《寄惱韓同年時韓住蕭洞二首》：

> 簾外辛夷定已開，開時莫放豔陽回。
> 年華若到經風雨，便是胡僧話劫灰。
>
> 龍山風雨鳳樓霞，洞裏迷人又幾家。
> 我為傷春心自醉，不勞君勸石榴花。〔註8〕

關於這兩首詩，注家說法不一，對於時間地點的看法都有不同意見。從內容和表達的情感看，兩首詩應作於《韓同年新居餞韓西迎家室戲贈》之前。如果這點成立，那麼本詩當作於李商隱春末回家之前。從「簾外辛夷定已開」詩句推斷，時間約在二月左右。正月二十四放榜，二月初七吏部關試完畢，李商隱在這段時間不回家也比較合理。那麼本詩當作於長安而非涇源王茂元幕府，詩中的「蕭洞」即指王茂元在長安城中為韓瞻建造的新居。

如果在涇原的話，離長安畢竟有一定距離，據杜佑《通典‧州郡三》「安

定郡：去西京四百八十七里，去東京一千三百八十里。」〔註9〕涇原節度使王茂元幕府治所在涇州，即安定郡安定縣縣治，距離長安四百八十七里，每天按照百里計算，單程需要五天，往返則要十天以上。在新進士放榜後，活動非常頻繁，有許多活動是集體性質的，如送喜報、謝座主、拜宰相、杏園探花宴、大雁塔題名、曲江池歡慶大會等這些必須的節目，此外，還有許多宴會名目，大相識、次相識、小相識、聞喜、櫻桃、月燈、打球、牡丹、看佛牙、關宴等。前面五種活動是全部新進士都要參加的，後面十種活動一般也都要求參加。這麼多活動一般要在兩個月左右時間完成，前後十五種活動，兩個月才六十天，平均四天左右就要有一次。可以知道，李商隱三月二十七離開長安到濟源去，那麼本年的曲江池歡慶大會一定在此之前，應該是二十五日比較合適。所以韓瞻和李商隱在二月都不會離開長安到涇原去，因為根本不可能有十多天的時間，故這兩首詩在長安創此作為合理。

我們再看《韓同年新居餞韓西迎家室戲贈》一詩：

籍籍征西萬戶侯，新緣貴婿起朱樓。

一名我漫居先甲，千騎君翻在上頭。

雲路招邀回彩鳳，天河迢遞笑牽牛。

南朝禁臠無人近，瘦盡瓊枝詠四愁。〔註10〕

這首詩應該寫在初秋季節，「天河迢遞笑牽牛」雖屬於用典，但可能也與七夕這個時間有關。可以確定的是李商隱此時已經與王氏訂婚，與韓瞻連襟身份已定，而李商隱這種身份的確定便是在從家回來之後到寫作本詩之前。那麼時間便只能是五六月份了。於是我們可以推測，這兩個月之間李商隱很可能隨韓瞻到王茂元幕府作客，受到王茂元的欣賞而訂下婚事。「一名我漫居先甲，千騎君翻在上頭。」在進士及第的榜文上，按照徐松《登科記考》開成二年的記錄，李商隱後一名便是韓瞻。當然，也有這種可能，即徐松依據的就是李商隱這首詩。不過李商隱名次肯定在韓瞻之前則可以確定，而在成為王氏門婿方面韓瞻卻在他的上頭。這裡的「在上頭」可以兼有二義：一是時間在前，從「西迎家室」四字看，韓瞻已完婚，故其結婚時間在李商隱前。二是位置也在我前面。即韓瞻之妻是李商隱妻的姐姐。這樣理解分析應該是可以的，而且也是最順暢的，因此本詩傳遞出李商隱剛剛訂婚而又盼望結婚

〔註9〕杜佑：《通典》（四）：中華書局，1988年，頁4518。

〔註10〕《李商隱詩歌集解》，頁198。

的喜悅心情。如果李商隱在此時訂婚，他去過涇原節度使幕府是肯定的，從雙方看，一方是新進士，一方是節度使千金，都不可能在沒有見到本人之前確定婚姻大事。

這樣，把這首詩和前兩詩綜合思考，便可以進一步確定《寄惱韓同年時韓住蕭洞二首》的寫作時間。「寄惱韓同年」說明李商隱已經進士及第，而當時沒有訂婚，但這首詩說明已經訂婚，《寄惱韓同年時韓住蕭洞二首》之詩的寫作時間便限定在及第之後到本詩之前這段時間了。而李商隱三月二十七回家，辛夷花開在二月，這樣幾個因素結合在一起，便可以確定該詩寫在二月關試之後的時間裏。甚至就是關試過後不久的事情。關試過後，新進士則歸屬吏部，有入朝為官的資格，值得慶祝，故韓瞻約請李商隱到家作客，共同慶賀。當然更主要的是二人相互結交。

另外，還有兩首詩值得注意，即《病中早訪招國李十將軍遇挈家遊曲江》及《又一首》。為理解和說明問題的方便，我們將兩首詩錄下：「十頃平波溢岸清，病來唯夢此中行。相如未是真消渴，猶放沱江過錦城。」《又一首》「家近紅蕖曲水濱，全家羅襪起秋塵。莫將越客千絲網，網得西施別贈人。」〔註11〕

從詩題可以知道李商隱在病中去拜訪李十將軍，正遇到李十將軍帶領全家去遊曲江。關於這位李十將軍到底是誰，先達多有考證，但未能取得一致意見。劉學鍇、余恕誠二先生加按語說：「李十雖非執方，而『急求作合』之解殆非妄測。詳味詩題及二詩，似李十有意於戚屬女子中為義山作合，義山此次往訪，或即因求偶及與此女子謀面。前詩囑己莫失良機，後詩囑李十莫『別贈人』，其意固較然矣。馮系二詩於開成二年登第後，雖無確證，然以詩中病『渴』之強烈觀之，或不大謬。」〔註12〕因此《集解》將本詩亦繫於開成二年中。簡言之，從這兩首詩體會出李商隱求偶之心很切，則必在及第後就婚王氏之前，從「全家羅襪起秋塵」句看當是初秋季節。此亦關乎商隱當年行蹤之詩，尤其是可能與就婚王氏有關係，故要提及。

除了頻繁與韓瞻接觸以及可能到過涇原節度使幕府外，本年夏秋之際李商隱還寫了兩首值得注意的五言古詩，即《哭遂州蕭侍郎二十四韻》和《哭虔州楊侍郎虞卿》，因為這兩首詩所哭悼的人物都是所謂「牛李黨爭」中「牛黨」的重要人物，詩中表現出對二人深切的同情以及對施害者的忿恨。

〔註11〕《李商隱詩歌集解》，頁 203。
〔註12〕《李商隱詩歌集解》，頁 208。

　　蕭浣和楊虞卿都不是本年去世，但從《哭虔州楊侍郎虞卿》中「楚水招魂遠，邙山卜宅孤」兩句詩看，是楊虞卿歸葬時所作。哭蕭浣詩與此詩是前後所作，《集解》將其編年在開成二年夏秋之際很可信。蕭浣之貶是受楊虞卿牽連，而楊虞卿之貶，則與大和九年朝廷激烈的政治鬥爭有關。

　　在文宗大和九年夏秋兩際，朝廷「山雨欲來風滿樓」，內部鬥爭極其尖銳，已開始白熱化。文宗為削弱宦官的勢力，不加考慮而重用依靠李訓、鄭注齷齪之流與宦官勢力對抗。而李、鄭二人則大勢排斥異己，大批有資質的官員被排擠流放。與朝廷重臣李宗閔、李德裕有關係的官員也多被貶黜。史載：

　　　　九月癸卯朔，奸臣李訓、鄭注用事，不附己者，即時貶黜，朝
　　　　廷悚震，人不自安。是日，下詔曰：「朕承天之序，燭理未明，勞慮
　　　　襟以求賢，勵寬德以容眾。頃者臺輔乖弼諧之道，而具僚扇朋比之
　　　　風，翕然相從，實斁彝憲。致使薰蕕共器，賢不肖並馳，退跡者咸
　　　　後時之夫，登門者有迎吠之客。繆戾之氣，堙鬱未平，而望陰陽順
　　　　時，疵癘不作，朝廷清肅，班列和安，自古及今，未嘗有也。今既
　　　　再申朝典，一變澆風，掃清朋附之徒，匡飭貞廉之俗，凡百卿士，
　　　　惟新令猷。如聞周行之中，尚蓄疑懼，或有妄相指目，令不自安，
　　　　今茲曠然，明喻朕意。應與宗閔、德裕或新或故及門生舊吏等，除
　　　　今日已前放黜之外，一切不問。」〔註13〕

這是九月初一下的詔書，可以想見當日朝廷人心惶惶的程度，聖旨中明確說「應與宗閔、德裕或新或故及門生舊吏等，除今日已前放黜之外，一切不問。」李宗閔、李德裕的新舊朋友以及門生故吏，在今日放逐貶黜之外，就不再貶黜。屬於安民告示，實際是安官告示。那麼，言外之意就是已經貶謫的就維持原來狀態，而蕭浣與楊虞卿恰恰都是在聖旨發佈前就被貶出。楊虞卿的被貶很殘酷，也很富有戲劇性。

　　　　六月乙亥朔，西市火。以前宣武軍節度使李程為河中節度使。
　　　　庚寅夜，月掩歲。癸巳，以吏部尚書令狐楚為太常卿。丁酉，禮部
　　　　尚書溫造卒。京兆尹楊虞卿家人出妖言，下御史臺。虞卿弟司封郎
　　　　中漢公並男知進等八人搥登聞鼓稱冤，敕虞卿歸私第。己亥，以右
　　　　神策大將軍劉沔為涇原節度使。壬辰，詔以銀青光祿大夫、守中書
　　　　侍郎、同平章事、襄武縣開國侯、食邑一千戶李宗閔貶明州刺史，

時楊虞卿人皆以爲冤誣，宗閔於上前極言論列，上怒，面數宗閔坐
貶。〔註14〕

　　秋七月甲申朔，貶京兆尹楊虞卿爲虔州司馬同正。……癸丑，
以右司郎中、兼侍御史、知雜事舒元輿爲御史中丞。貶吏部侍郎李
漢爲汾州刺史，刑部侍郎蕭浣爲遂州刺史。（同前）〔註15〕

這裡籠統說「京兆尹楊虞卿家人出妖言」，沒有說什麼妖言和事情的前因後
果。《舊唐書》卷一七六《楊虞卿傳》記載：

　　九年四月，拜京兆尹。其年六月，京師訛言鄭注爲上合金丹，須
小兒肝，密旨捕小兒無算。民間相告語，扃鎖小兒甚密，街肆恟恟。
上聞之不悅，鄭注頗不自安。御史大夫李固言素嫉虞卿朋黨，乃奏曰：
「臣昨窮問其由，此語出於京兆尹從人，因此扇於都下。」上怒，即
令收虞卿下獄。虞卿弟漢公並男知進等八人自繫，撾鼓訴冤，詔虞卿
歸私第。翌日，再貶虔州司馬，再貶虔州司戶，卒於貶所。〔註16〕

這段記載說鄭注給文宗醫病而得寵，與李訓共同把持大權，朝廷政治因此烏
煙瘴氣。百姓怨恨鄭注，便傳言說鄭注正在給文宗煉合金丹，需要小兒心肝，
有密旨秘密捕捉民間小兒很多。這種傳言擴散很快，人心惶惶。文宗大怒，
楊虞卿政敵御史大夫李固言說這種謠言出自京兆尹的隨從，於是楊虞卿入
獄。身爲京兆尹的楊虞卿不可能在自己轄地散佈這樣的謠言，很明顯是陷害。
但楊終於也因此事被一再遠謫。

　　至於蕭浣是受到楊虞卿的牽連，也都因爲與李宗閔關係密切而再貶，最
後死於貶所。李商隱對此非常清楚。因此對於當時存在黨爭，李商隱也非常
清楚。在《哭遂州蕭侍郎二十四韻》中說：「初驚逐客議，旋駭黨人冤」。〔註
17〕當時的黨爭，並不是後世所謂的「牛李黨爭」，而是鄭注、李訓利用朋黨的
藉口排擠打擊李德裕、李宗閔兩個政治集團的成員。李宗閔與李德裕是「牛
李黨爭」的黨魁，李宗閔和牛僧孺同黨，而牛僧孺名氣比李宗閔大，故一般
都將牛僧孺與李德裕並提，否則便是二李黨爭了。因此在這次鬥爭中，李德
裕和李宗閔兩個人屬下的成員都是被排擠清洗的對象，性質與是非很明確，

〔註14〕《舊唐書》卷十七《文宗本紀》，頁 3552。
〔註15〕《舊唐書》卷十七《文宗本紀》，頁 3552。
〔註16〕《舊唐書》卷一七六《楊虞卿傳》，頁 4026。
〔註17〕《李商隱詩歌集解》，頁 228。

楊虞卿與蕭浣是冤枉的。對於這種情況，《集解》評價說：「蕭、楊雖非進步人士，然據史傳所載，亦無明顯劣跡穢行，與李逢吉、李宗閔等均有不同。且蕭、楊之被貶逐，確係鄭、李之黨冤誣所致，此事件本身，並非無是非可言，蕭、楊自有可同情之處，鄭、李亦自難逃輿論之譴責。而詩中所反映之現象，亦有助於認識當時政治之混亂與統治集團內部之矛盾傾軋。然義山同情蕭、楊，亦非純出於公心，其中感個人知遇之恩成分相當濃重，此固不必為之飾。」〔註18〕這種理解與評價可以接受。

本文提及這兩首詩目的有兩點：一、李商隱對於黨爭是有認識的，並非是很單純的書生；二、李商隱是很重感情的，有報恩的願望。從他對蕭浣的感情看，很深厚真誠。其時蕭浣已死，除了感激報恩外不可能有別的。而李商隱在大和四年曾經隨令狐綯進京陪伴令狐綯參加當年的進士考試，令狐綯就是那年及第的。而當年主考官便是蕭浣，李商隱肯定隨令狐綯拜見過蕭浣，蕭浣對李商隱應該很不錯，否則李商隱不會那麼動情。或許蕭浣很賞識李商隱，可惜第二年即大和五年李商隱首次參加進士考試時，主考官就換成賈餗了，如果蕭浣繼續主考的話，李商隱完全有可能一舉中第。又蕭浣在大和七年為鄭州刺史時曾經幫助過李商隱，故李商隱對其很感激。從這兩首詩看，李商隱有強烈的是非觀念，有強烈的感恩情結，絕不是「背恩」小人。

我們將李商隱在開成二年及第後到開成三年博學宏詞被黜落前這一時間段的主要行蹤與表現再概括一下：開成二年正月二十四禮部發榜，李商隱進士及第，很快便給令狐楚寫信。其後緊鑼密鼓參加新進士各項活動。其間抽空接受韓瞻邀請，到韓瞻在長安新宅作客，創作《寄惱韓同年時韓住蕭洞二首》兩詩。三月二十七日回家省親。回家前給令狐楚寫第二封信。約在四月末五月初回到長安。但並沒有去興元，而是繼續在長安活動。五六月間去涇原幕府。六七月間曾拜訪李十將軍，可能有請託為媒之舉動。又參加韓瞻迎接家屬到長安的活動，並有詩作，可以確定此時已經與王氏訂婚。

一直到令狐楚病危，來信催促，李商隱才急匆匆趕去。那麼，從李商隱及第到接到急信催促前去興元，經歷了九個多月的時間。如果說前兩個月應酬活動多無法離開，然後先回家看望母親是天經地義的話，那麼從家回到長安後，令狐楚又多次來信催促前去，李商隱就應該去興元。令狐楚當時是節度使，需要人才，急切催促邀請李商隱，而且隨著催促李商隱信件的發出，

〔註18〕《李商隱詩歌集解》，頁209。

其病情也逐漸惡化，這樣盼望心情可想而知。但李商隱並沒有盡可能快點去，而是在長安逗留，這難免使令狐楚不愉快，而一直護理服侍令狐楚的令狐綯當然會有想法，這也是人之常情。應當說，令狐綯對於李商隱的不滿意，應當從這時開始。在令狐楚喪事辦完後，李商隱便到涇原王茂元幕府完婚併入幕。

其實，令狐楚死後，李商隱就婚王氏並加入王茂元幕府，可能並不是李商隱和令狐綯矛盾隔閡的主要原因。因為令狐楚死後，便不可能招聘李商隱了，而令狐綯本人在當時也不可能出任節度使、觀察使或防禦使，當然沒有招聘任用幕僚的權利，就沒有理由不讓李商隱進入他人幕府。至於婚姻，那是李商隱的自由，令狐綯可能也不會有太多的想法。令狐綯心胸肯定有點狹窄，但還不至於到這種程度。因此，令狐綯和李商隱隔膜的起因就是李商隱及第後，令狐楚多次催促他前去入幕，李商隱卻遲遲不動身，也沒有明確態度，尤其是令狐楚患病並不斷加重，而李商隱還遲遲不去，這確實令人生氣。假如李商隱娶的不是王茂元女兒，令狐綯可能也會生氣，故裂痕之產生在這裡。李商隱娶王茂元之女可能是加重了這種裂痕的程度。

至於令狐楚如何看待這期間李商隱的表現我們已無法知道了。但從令狐楚死前急召李商隱並讓他代替自己寫遺表的舉動看，令狐楚對李商隱感情很深，極其信任愛護，沒有絲毫嫌隙，這是肯定的。至於對李商隱遲遲不到，可能在盼望中也許會有一些不滿與怨艾，具體情形我們無法知道。李商隱後半生的人生際遇主要與令狐綯有關。

令狐綯與李商隱年齡雖有一定差距，令狐綯比李商隱年長十八歲，《舊唐書》中《令狐楚本傳附令狐綯本傳》載：「十三年，以本官為鳳翔尹、鳳翔隴節度使，進封趙國公，食邑三千戶，卒。」〔註 19〕又據《唐詩大辭典》吳在慶先生所撰「令狐綯條」云「七十八歲卒」。咸通十三年是 872 年，如果以七十八歲逆推，令狐綯生在 794 年，李商隱生在 812 年，〔註 20〕令狐綯則長李商隱十八歲，但畢竟屬於同輩人。是令狐楚一步步將李商隱培養起來，是令狐綯極力向主考高鍇推薦，李商隱才金榜題名。而李商隱及第後雖然也給令狐楚先後寫來兩封信，並說要來，但幾個月過去，卻一直也不見李商隱前來。從令狐綯立場來看，父親病重，盼李商隱到來望眼欲穿，直至病入膏肓時人

〔註 19〕《二十五史》，頁 4014。
〔註 20〕從劉學鍇、余恕誠說。見《李商隱詩歌集解》，頁 2055。

方到。對於這一點，令狐綯應該很生氣，這可以理解。任何人都會不快，區別只是程度而已。至於後來李商隱「背恩」的說法，應該指這種情況，不是李商隱就婚王氏並加入王茂元幕府。如果用平常心來看待這件事，令狐綯的這種怨恨心理和看法也有一定道理。

　　筆者不是爲李商隱辯護，也沒有必要辯護，而是要站在客觀的立場上，從李商隱一方來設想。李商隱在及第前一直很抑鬱苦悶。場屋連續失利，愛情生活也沒有著落，「東風無力百花殘」。在大和九年到開成元年期間，李商隱簡直如同在煉獄，是人生最困難時期，無論科舉道路上還是個人愛情生活方面都感覺非常壓抑苦悶。所以及第後，這種壓抑之感得到完全的釋放，他需要入仕，更需要婚姻，因此在這兩個方面表現出積極的態度是完全可以理解的，也屬於人之常情。

　　已經二十六歲的李商隱確實到了成婚年齡，而且家庭責任也很重，這樣他努力尋求解決婚姻問題便是很正常的。他及第以及要回家都給恩師令狐楚彙報，表明他對令狐楚的尊敬與熱愛。可能因爲機會難得，故他抓緊時間搞定自己的婚事也沒有什麼不對。問題是李商隱無論如何也想不到令狐楚身體狀況會那麼糟糕，更想不到會很快就去世。如果能夠想到這一點的話，李商隱無論如何也會先去看望令狐楚的。從李商隱角度來想，恩師身體本無大礙，以後歲月漫長，自己還可以盡力報答老師的深恩。等他到達興元看到恩師彌留時，一切爲時已晚，無論怎麼後悔也來不及。歷史不能假設，如果令狐楚再活一些年，李商隱的人生道路可能就不會那麼坎坷。令狐楚很快去世，實際等於加重了李商隱的錯誤，同時也失去了解釋和補救的機會。所以，如果我們能夠冷靜客觀看待這件事情，就會得出這樣的結論：李商隱沒有想到恩師的身體會那麼糟糕，故延遲了去看望，雖然有一定原因，但還是很不妥當。可謂「欲報恩而師不待」，當時李商隱的處境，就是如此尷尬。

　　如果說李商隱「背恩」，「忘恩負義」則過於嚴重。李商隱從來沒有忘記令狐楚父子對自己的恩德，在諸多文章詩歌中都表露過，不必舉例。從令狐綯角度來看，父親病入膏肓，思念李商隱，而李商隱就是遲遲不到，他能夠理解父親盼望李商隱的心情，越理解便會對李商隱不滿，這種心情和情緒也是可以理解的。

　　簡言之：令狐楚幾次召李商隱入幕，李商隱遲遲不到，令狐楚病重，李商隱還是遲遲不到，在半年多時間裏都如此。這是令狐綯和李商隱感情隔閡

的開端，也是誤會的緣起，後來發生的一切事情都與此有關係。尤其是李商隱在開成三年春參加博學宏詞考試，先被周墀、李回二先生錄取，後被一「中書長者」黜落，並說「此人不堪」，更直接源於此。關於此事，劉學鍇先生有不同看法，在《李商隱傳論》中明確說：

> 這位中書長者，馮浩以為必令狐（綯）輩相厚之人，張采田也同意此說。這是因為馮、張都認為商隱入王茂元涇原幕、娶王氏女在先，試宏辭在後，故因入茂元幕娶其女遭到令狐綯及與令狐相厚的牛黨中人的嫉恨，將其黜落。而實際上，是商隱試宏辭在先（開成三年初春或仲春），入王茂元幕在後（暮春），娶王氏女則更在其後（詳下）。因此，馮、張的說法既無任何實據，亦與實際情況不符。
>
> 中書長者究竟是誰，亦難考實。〔註21〕

如果從邏輯上推論，馮浩與張采田先生的觀點是可取的，劉學鍇先生的觀點則令人有很大困惑：先生強調李商隱博學宏詞考試在先，而娶妻王氏與入王茂元幕在後，故其被黜落與娶妻入幕沒有因果關係。也就是說，李商隱開成三年參加博學宏詞考試遇到的挫折與「牛李黨爭」沒有關係。如果這樣，那麼那位中書長者到底因為什麼說「此人不堪」？除娶妻與入幕外，李商隱還能有什麼不堪？這個問題不解決，依然無法解釋。

先生認為李商隱考試在前，而入幕與娶妻在後，如果從辦理手續上看可能是這樣。但沒有正式入幕和結婚不等於沒有進行這方面的工作，如前所述，李商隱在本年夏秋兩季，主要是求婚議婚於王氏，並可能到過王茂元幕府，故遲遲沒有到興元令狐楚幕府去。雖然沒有正式舉行婚禮和正式入幕，但到過王茂元幕府並有入幕意向，求婚並訂婚這些舉動，與令狐楚患病卻遲遲不見人影之行為相對照，這才是令狐綯生氣並疏遠李商隱的原因。因為有這種感情上的隔膜，令狐楚剛剛去世，令狐楚親朋故舊一定多去問候，令狐綯難免流露出一些不滿的情緒，才會出現中書長者的話和黜落的殘酷現實。

可以確定，在開成三年春夏，李商隱娶妻王氏並加入王茂元幕府，這是沒有疑問的。但其訂婚議婚則是在開成二年夏秋之季，在李商隱趕赴興元看望令狐楚病之前，於是才會發生這種不愉快。也就是李商隱在開成二年夏秋之際積極求婚王氏與有意加入王茂元幕府而未能及時前去興元令狐楚幕府之

〔註21〕劉學鍇：《李商隱傳論》，安徽師範大學出版社，2002 年，頁 141。

行爲與開成三年考博學宏詞被中書長者黜落有直接的因果關係，是李商隱與令狐綯裂痕的開端，也是李商隱「一生襟抱未曾開」的起點。

第二節　李商隱入鄭亞幕府始末考略

　　李商隱三入秘書省後曾追隨鄭亞入桂林幕。對李商隱整個人生來說，這次選擇使他的生活和仕途一再陷入困境；對李商隱的文學創作而言，卻使他的駢文創作進入高峰期。大中元年到大中二年任職桂幕兩年中，李商隱共創作駢文 112 篇，總數量多於其它任何時期。狀文、啓文數量空前，祝文大多也創作於此期。入桂幕後，李商隱受鄭亞之託爲李德裕《會昌一品集》作序，這也可能使他滋生編訂《樊南甲乙集》的想法。可以說，入鄭亞桂幕這個人生選擇客觀上使李商隱步向駢文創作高峰，下文試探討這一過程的形成。

　　會昌末年到大中初期即武宗死，宣宗即位這段時間，朝廷官員新舊更替頻繁。如果從歷史文化角度看，這次大規模的人事變動是李唐王朝由盛入衰的轉折點。隨著李德裕被一貶再貶至「投荒萬死」，「牛李黨爭」這一困擾當時政治的難題近乎消解，並以牛黨勝利而告終。

　　李德裕一生能夠施展才能的時期就是武宗朝。武宗主政五年以來一直是李德裕執政，君臣配合默契。困擾李唐王朝的兩大毒瘤藩鎭割據與宦官干政都得到一定的抑制。武宗明斷、用人不疑，李德裕才幹卓越、明敏睿智。由於武宗的信任倚重，李德裕在當時確實把握實權，甚至有專權的嫌疑。《資治通鑒》載：「李德裕秉政日久，好徇愛憎，人多怨之。自杜悰、崔鉉罷相，宦官左右言其太專。上亦不悅。給事中韋弘質，上疏言宰相權重，不應更領三司錢穀。德裕稱制置職業，人主之柄。弘質受人所導，所謂賤人圖柄臣，非所宜言。十二月，弘質坐貶官。由是重怒愈甚。」〔註22〕對於這種情況，我們要辯證看待。這段文字指責李德裕過於專權，有很明顯的貶抑色彩。從另一方面看，當時武宗病情很重，君臣幾乎不見面，人心不穩之時李德裕大權在握，對於穩定局面很有作用，但權勢過重也爲他日後遭受打擊埋下禍根。

　　會昌元年，武宗「正月乙卯不視朝」，本年正月癸卯朔，〔註23〕乙卯則是正月十三。而三月「甲子，上崩」，三月壬寅朔，甲子是二十三。通過這兩個

〔註22〕《資治通鑒》卷二四八，頁 1709。
〔註23〕張培瑜：《三千五百年曆日天象》，河南教育出版社，1990 年，頁 236。

日子的確定，我們可以知道從正月十三武宗不視朝，不處理政事，至三月二十三武宗駕崩，正好七十天。這七十天實際的軍國大權都掌握在李德裕手中。

有唐一代，從玄宗朝開始，宦官開始登上政治舞臺。德宗時期，宦官開始掌管神策軍，宦官勢力壯大。順宗朝時，王叔文變法失敗，從宦官集團手中奪回左右神策軍權力未果，此後宦官勢力增強，漸控皇帝廢立之權。

憲宗就是因宦官而立而廢。其後幾帝都借助宦官勢力登基。每當皇帝臨終，最忙碌的是宦官集團。當時可謂「及上疾篤，旬日不能言。諸宦官密于禁中定策。辛酉，下詔稱，皇子沖幼，須選賢德。光王怡，可立爲皇太叔，更名忱，應軍國政事，令權勾當」。〔註24〕辛酉是三月二十，三天後武宗駕崩。實際上是在武宗駕崩的前三天，宦官集團便確立武宗的叔父李忱爲接班人。這樣可以看出，宣宗能夠登基，也完全是宦官的力量，不是李德裕的意見，而宦官權力卻在武宗朝得到有效的控制，可想宦官對李德裕的態度，以恨之入骨形容並不爲過。

李德裕是武宗朝的權臣和威臣，宣宗之立出自宦官集團，李德裕到底持何種態度，宣宗也不得而知。

另外一個層面也需要瞭解，宣宗是憲宗之子，穆宗是他的長兄，而在宣宗之前的三位皇帝敬宗、文宗、武宗都是宣宗的侄子。宣宗小時略顯遲鈍，成年後韜光養晦，文宗和武宗對他都有不敬的情況，「文宗、武宗幸十六宅宴集，強誘其言，以爲戲劇，謂之『光叔』。武宗氣豪，尤不爲禮。及監國之日，哀毀滿容，接待群僚，決斷庶務，人方見其隱德焉」。〔註25〕很明顯，文宗和武宗當年都曾經拿這個有點遲鈍的叔叔開玩笑，武宗尤甚。僅從這點上看，宣宗即位就絕對不會是武宗的意見，當然也不可能是李德裕的意見。這樣，宣宗對前三個侄皇帝都不滿意，尤其不滿意武宗，在個人感情上看就是可以理解的。那麼，他從感情上反感武宗，因而要推翻武宗執政時的全部政策，第一個要罷黜的自然是李德裕。會昌六年三月丁卯，「宣宗即位，宣宗素惡李德裕之專。即位之日，德裕奉冊既罷，謂左右曰：『適近我者，非太尉邪？每顧我，使我毛髮灑淅。』夏四月辛未，朔，上始聽政。……壬申，以門下侍郎同平章政事李德裕同平章事充荊南節度使。德裕秉權日久，位重有功，眾不謂其遽罷，聞之莫不驚駭。甲戌，貶工部尚書判鹽鐵轉運使薛元賞爲忠州

〔註24〕《資治通鑒》卷二四八，頁 1709。
〔註25〕《舊唐書》卷一八《宣宗本紀》，頁 3559。

刺史，弟京兆少尹權知府事元龜爲崖州司戶，皆德裕之黨也。」〔註26〕丁卯日是二十六，四月辛未朔，是初一，壬申是初二。甲戌是初四，便把李德裕的兩名同黨貶謫，可謂迅雷不及掩耳，難怪「聞之莫不驚駭」。

八月，在武宗朝被貶謫的大臣牛僧孺、李宗閔、崔珙、楊嗣復、李珏同日召回，牛黨開始全面掌握朝政。李德裕成爲被對方全力打擊的對象，李德裕同黨也就成爲被打壓的對象。李德裕最欣賞而且確實有才幹的鄭亞是對方打壓的重點。於是在宣宗大中元年正月，「以檢校太尉、東都留守李德裕爲太子少保，分司東都；以給事中鄭亞爲桂州刺史、御史中丞、桂管防禦觀察等使」。〔註27〕

隨著李德裕被貶，鄭亞難免受魚殃之災，《舊唐書・鄭畋傳》記載鄭亞被貶經過：「李德裕在翰林，亞以文干謁，深知之。出鎮浙西，辟爲從事。累屬家艱，人多忌嫉，久之不調。會昌初，始入朝爲監察御史，累遷刑部郎中。中丞李回奏知雜，遷諫議大夫、給事中。五年，德裕罷相鎮渚宮，授亞正議大夫，出爲桂州刺史、御史中丞、桂管都防禦經略使。大中二年，吳汝納訴冤，德裕再貶潮州，亞亦貶循州刺史，卒。」〔註28〕從本傳可以看出，鄭亞一生幾乎都與李德裕同榮辱，李德裕是他的知己與上級。鄭亞本人也「聰悟絕倫，文章秀發」，是李德裕最欣賞最信任的助手，當然也就成爲牛黨打擊的重點，因此才和李德裕同日被貶。

至於李德裕的人品，史傳所載有所偏頗，因爲李德裕在被貶後，他的故舊門生皆被打壓下去，從此沒有話語權，所以遭受一些不恰當的攻擊。李德裕並不是心胸狹隘，好黨爭之人，「以柳仲郢爲京兆尹，素與牛僧孺善，謝德裕曰：『不意太尉恩獎如及此，仰報厚德，敢不如奇章公門館。』德裕不以爲嫌」。〔註29〕京兆尹可是重要官職，李德裕提拔柳仲郢完全是出自公心，是任人唯賢，故很坦然。

而牛僧孺等人被召回朝時，宣宗猶記令狐楚爲父親憲宗送葬時長跪棺槨、不避風雨而聘令狐綯爲宰相。

這樣簡明勾勒後，可以看出當時大勢是李德裕極其同盟同黨都處在被嚴

〔註26〕《資治通鑑》卷二四八，頁 1710。

〔註27〕《資治通鑑》，頁 3559。

〔註28〕《舊唐書》卷一七八，頁 4035。

〔註29〕《資治通鑑》卷二四八，頁 1708。

屬打擊的處境，而牛僧孺一黨都春風得意，炙手可熱。正是在這種情況下，李商隱應鄭亞之聘隨其入桂幕。在鄭亞走前李商隱已經正式入幕，並隨鄭亞入朝謝恩。

李商隱在入幕之前，並不是沒有職務，而是正在秘書省正字任上。關於這一點，前人有詳細的考證，〔註 30〕此處不贅。回顧李商隱的前半生，從少年喪父到五次參加進士考試，其間輾轉天平、太原、華州、兗海、涇原幾幕，旋入秘省，短暫任職後出爲弘農尉，辭官後再入陳許幕，拔萃後二入秘省，未幾丁母憂，忙於遷葬後又移家永樂，再加以赴鄭州、居洛陽後到三度入秘省之前，一直處於奔波漂泊的生存狀態，所謂「半紀飄零」即指此段時期，而三入秘省標誌著他穩定生活的開始，夫妻和睦，兒子袞師也剛剛出生，秘書省正字雖然較初入秘省的秘書郎一職官階低半格，但畢竟身處京城，尚有升職的可能，更重要的是闔家團聚，安定平穩。而李商隱卻在此時做出應鄭亞之聘入幕，跟隨鄭亞到遙遠的桂林，這實在令人費解。

關於這一點，劉學鍇先生在《李商隱傳論》中的判斷很恰切：「在牛黨勢力復熾，李德裕政治集團遭到有計劃的打擊時，商隱罷秘書正字而入李德裕主要助手之一鄭亞的幕府，其行動的政治含義和所表現的政治傾向是相當清楚的。這既不能用『爲貧而仕』來解釋，也不是單純酬答恩知，而是在較長時間的觀察與思考上作出的一種政治抉擇。」〔註 31〕

入幕跟隨鄭亞本來已經引起令狐綯等人的強烈不滿，李商隱還寫了《海客》一詩，更增加了對方的憤怒程度。詩曰：「海客乘槎上紫氛，星娥罷織一相聞。只應不憚牽牛妒，聊用支機石贈君。」完全用比興手法寫成，符合李商隱的文學理論與其詩歌創作的風格。「海客」明顯比喻鄭亞，「星娥罷織」比喻自己罷原來之職務即辭去秘書省正字，「牽牛」比喻令狐綯以及牛黨，「支機石」比喻自己的才能。這樣明顯的比興意義當時文人多數都能夠明白。劉學鍇先生說：「從牛黨的立場看，商隱自爲不忠於『牽牛』的『星娥（織女）』了。商隱這首詩，雖用了隱諱的寓言方式，但就其內容來說，倒像是一首政治上的宣言。」〔註 32〕

傅璇琮先生觀點與此相近，他在《李商隱研究中的一些問題》中指出：「李

〔註 30〕參見《李商隱傳論》，頁 237。
〔註 31〕《李商隱傳論》，頁 249。
〔註 32〕《李商隱傳論》，頁 237。

商隱確實是捲入了黨爭的」、「是會昌末、大中初代表進步傾向的李黨走向失敗的時候開始，它顯示了李商隱極為可貴的政治品質，表示了李商隱絕不是歷史上所說的汲汲於功名仕途、依違於兩黨之間的軟弱文人」。〔註33〕這種分析很深刻，李商隱的入幕和這首詩，表明他這次應聘是在牛李黨爭中的政治抉擇。與前次就婚王氏與加入王茂元幕府不同，前次牛李黨爭之局面不明朗，李商隱可能不清楚這種政治局面，因此如果說他那時是不自覺陷入黨爭也是可以接受的。但這次不同，兩軍對壘多年，宣宗有計劃有步驟要打擊李德裕政治集團的行為已經露出端倪，牛黨要取代李黨的傾向已經極其明顯。在這種情況下，李商隱辭去秘書省正字的京官，加入沒有故交的鄭亞幕府，實在是令人難以理解的舉動。可能正是在這種意義上，令狐綯大怒，牛黨之人大為惱火。對於令狐綯以及牛黨之人來說，這也是可以理解的。

那麼，李商隱為何這樣做呢？李商隱對於政治形勢估計不足，他不可能知道宣宗要務反武宗之政，要嚴厲打擊李德裕及其一黨。因為在前此十餘年時間裏，牛李兩黨勢力起伏不定，文宗朝牛黨和李黨都有得勢的時候。因此他可能認為李黨雖然當時被打擊，但或許還有東山再起的機會。如果他能夠預料到李黨最後之結局的話，是不會答應鄭亞之聘而入幕的。這是其一。其二，李商隱在秘書省正字任上一定很鬱悶，或許當時官場氛圍不好，而且收入可能確實有限，李商隱要改變一下生活現狀也是在情理之中的。其三，鄭亞與李商隱雖然沒有舊交，但鄭亞當時是給事中，與李商隱一定相識，二人可能互相認同，才會發生聘請與應聘的情形。其四，鄭亞之子鄭畋在會昌二年進士及第，當年十八歲，「畋年十八，登進士第，釋褐汴宋節度推官，得秘書省校書郎。二十二，吏部調選，又以書判拔萃」。〔註34〕二十二歲是會昌六年，那麼在會昌六年前鄭畋則在秘書省校書郎職位上。秘書校書郎和秘書正字都屬於秘書省，兩者品級相似工作性質相似。秘書省校書郎「大唐置八人，掌校讎典籍，為文士起家之良選。其弘文、崇文館，著作、司經局，並有校書之官，皆為美職，而秘書省為最」。〔註35〕其時，李商隱正在秘書省正字任上，「秘書正字：隋置四人。大唐因之，掌刊正文字，其官資輕重與校書郎同」。〔註36〕都在秘書省，校書郎八人，正字四人，工作性質相近，李商隱和鄭畋

〔註33〕《文學評論》，1982 年第 3 期，頁 76。
〔註34〕《舊唐書》卷一七八《鄭畋傳》，頁 4034。
〔註35〕《通典》，頁 736。
〔註36〕《通典》，頁 736。

肯定會認識。鄭畋知識淵博，爲人正直有才幹，年輕才俊，正是奮發有爲之時，李商隱一定非常欣賞他。而李商隱的學識和文采同樣會得到鄭畋的欽佩。李商隱答應鄭亞的邀請而入幕可能與結識鄭畋也有一定關係，而且可能是很重要的原因。這一點雖然暫時沒有找到文獻資料佐證，但確實是極爲可能的。因未見有學者指出，故特別提出。由於這幾種情況的綜合作用，才促使李商隱在如此明朗的政治局面下，做出很不聰明的政治抉擇。

　　李商隱入鄭亞幕本來已經可以看清楚他的政治態度與傾向，而爲李德裕的《會昌一品集》作序則更是鮮明的政治立場。遭到宣宗和牛黨極力打壓和否定的李德裕不但是下臺宰相，而且是被批判被追究的人。李商隱卻爲他在會昌年間所寫作的奏議誥命等作序。「伏奉別紙榮示，伏承以所撰武宗一朝冊書誥命並奏議等一十五軸，編次已成，爰命庸虛，俾之序引」，〔註37〕膽識可見一斑。李商隱在給李德裕的回信中說：「伏惟武宗皇帝，英斷無疑，睿姿不測。綠疇緝美，瑞鼎刊規。太尉妙簡宸襟，式光洪祚，有大手筆，居第一功。」〔註38〕對於武宗皇帝和李德裕的政治作爲給予如此高的讚美，李德裕的政敵看了將作如何感想想像可知。

　　在《太尉衛公會昌一品集序》中讚美李德裕說：「許靖廊廟之器，黃憲師表之姿。何晏神仙，叔夜龍鳳。宋玉閒麗，王衍白皙。馬援之眉宇，盧植之音聲。此其妙水鏡而爲言，託丹青而爲裕。至於好禮不倦，用和爲貴，敬一人而取悅，謙六位而無咎。意以默識，確乎寡辭。車匠胡奴，罔迷於半面；背碑覆局，無俟於專心。……成萬古之良相，爲一代之高士。係爾來者，景山仰之。」〔註39〕可見李商隱是發自內心的敬佩和讚美，但李德裕的政敵們不會這樣認爲，他們對李德裕反感至極，更會對爲李德裕大唱讚歌的李商隱極其反感甚至痛恨。再次掌權的牛黨政要對李德裕大加撻伐，從貶謫李德裕的《李德裕崖州司戶制》中可以看到這一點：

　　　　李德裕早藉門第，叨踐清華，累膺將相之榮，惟以奸傾爲業。
　　當會昌之際，極公臺之榮，騁諛佞而得君情，遂恣橫而持國政。專
　　權生事，妒賢害忠，動多詭異之謀，潛懷僭越之志。秉直者必棄，
　　向善者盡排。誣眞良造朋黨之名，肆讒構生加諸之釁。計有逾於指

〔註37〕《李商隱文編年校注》，頁 1606。
〔註38〕《李商隱文編年校注》，頁 1607。
〔註39〕《李商隱文集編年校注》，頁 1665～1666。

鹿，罪實見於欺天。頃者方居鈞衡，曾無嫌避，委國史於愛婿，寵
秘文於弱子之身。洎參命書，亦引親昵。……又附會李紳之曲情，
斷成吳湘之冤獄。凡彼簪纓之士，過其進取之途。驕倨自誇，狡猾
無對。擢爾之髮，數罪無窮。再窺罔上之由，益驗無君之意。〔註40〕

將李德裕斥責爲大姦臣，「擢爾之髮，數罪無窮」用在昏君暴君身上也不過如
此。於此可見宣宗以及令狐綯等人對李德裕的刻骨仇恨。毫無疑問，由於爲
李德裕文集作序，大唱讚歌，也使李商隱付出極高的代價，其後歲月一直處
在被壓抑的處境中。

「虛負淩雲萬丈才，一生襟抱未嘗開」的詩句是對李商隱一生政治生活
最精彩的概括。確實，李商隱在仕途方面遇到的打擊實在太多。李商隱仕途
的坎坷與人生的鬱悶主要源自於上述兩次人際關係的處理。不管李商隱的初
衷如何，也不管李商隱的責任究竟有多大，其後果都是遭受壓抑。朱鶴齡《箋
注李義山詩集序》中認爲：「古人之不得志於君臣朋友者，往往寄遙情於婉孌，
結深怨於蹇修，以序其忠憤無聊，纏綿宕往之致。唐至太和以後，閹人暴橫，
黨禍蔓延，義山阨塞當塗，沉淪記室，其身危，則顯言不可而曲言之；其思
苦，則莊語不可而謾語之。計莫若瑤臺璚宇，歌筵舞榭之間，言之者可無罪，
而聞之者足以動。」〔註41〕這種情況造成李商隱詩文含蓄蘊藉，委婉深沉，
深情綿邈的特點。

韓愈在《柳子厚墓誌銘》中有一段話：「子厚前時少年，勇於爲人，不自
貴重顧藉，謂功業可立就，故坐廢退。既退，又無相知有氣力得位者推挽，
故卒死於窮裔，材不爲世用，道不行於時也。使子厚在臺省時，自持其身已
能如司馬、刺史時，亦自不斥；斥時有人力能舉之，且必復用不窮。然子厚
斥不久，窮不極，雖有出於人，其文學辭章，必不能自力以致必傳於後如今，
無疑也。雖使子厚得所願，爲將相於一時，以彼易此，孰得孰失，必有能辨
之者。」〔註42〕韓愈認爲柳宗元之被貶謫才激發他文學創作的激情，被壓抑
的經歷是他取得文學成就的原因，故柳宗元在不幸中卻有幸運，這就是使他
的文學作品流傳後世，實際等於延長了他的生命。而李商隱追隨鄭亞，與柳

〔註40〕 轉引自《李商隱傳論》，頁 344～345。
〔註41〕 《李商隱詩歌集解》，頁 2022。
〔註42〕 韓愈著，馬其昶校注，馬茂元整理：《韓昌黎文集校注》，上海古籍出版社，
　　　　1987 年，頁 511。

宗元的遭遇異曲同工。因為加入鄭亞幕府，為給李德裕作序，給他人生帶來許多坎坷，卻為他的文學創作提供感情的源泉與動力。因為給李德裕《會昌一品集》作序，可能才啓發促使他整理自己的駢文並編訂《樊南甲乙集》。而且在鄭亞幕府近兩年時間，是李商隱駢文創作的豐收期，共創作駢文一百一十二篇，近李商隱一生駢文創作總數的三分之一。〔註43〕因此，李商隱桂幕之行有得有失。

〔註43〕參見附錄一。

第四章　李商隱駢文分體研究（上）

　　關於學習與進入駢文創作的過程，李商隱在《樊南甲集序》中有一段話說得很清楚：「樊南生十六能著《才論》、《聖論》，以古文出諸公間。後聯爲鄆相國、華太守所憐，居門下時，敕定奏記，始通今體。後又兩爲秘省房中官，恣展古集，往往咽噱於任、范、徐、庾之間。有請作文，或時得好對切事，聲勢物景，哀上浮壯，能感動人。十年京師寒且餓，人或目曰：韓文、杜詩，彭陽章檄，樊南窮凍，人或知之。仲弟聖僕，特善古文，居會昌中進士爲第一二，常表以今體規我，而未焉能休。」〔註1〕可知令狐楚的培養，現實生活的需要，兩入秘書省大量閱讀獲取古代文化的營養滋潤，對於美文的愛好，這些因素共同促成李商隱大量創作駢文並取得突出的成就。

　　在中國駢文史上，李商隱的駢文佔有一定地位。孫梅在《四六叢話》卷三二中評價：「自有四六以來，辭致縱橫，風調高騫，至徐、庾極矣；筆力古勁，氣韻沉雄，至燕公極矣；驅使卷軸，詞華絢爛，至四傑極矣；意思精密，情文婉轉，至義山極矣。」又說：「徐、庾以來，聲偶未備，王、楊之作，才力大肆。沿及五代，不免靡弱。宋代作者，不無疏拙。惟《樊南甲乙》，則今體之金繩，章奏之玉律也。」〔註2〕從駢文發展史角度指出李商隱的突出地位。

　　范文瀾先生在《中國通史》中也對李商隱駢文高度讚美，他說：「李商隱四六文的特長，就在『好對切事』一語。四六文如果作爲一種不切實用，但形式美麗不妨當作藝術品予以保存的話，李商隱的四六文是唯一值得保存的。其餘四六文作者固然還有不少名家，按古文運動的標準，都可以歸入陳

〔註1〕《李商隱文編年校注》，頁1713。
〔註2〕王水照：《歷代文話》（五），復旦大學出版社，2007年，頁4941。

言務去的一類，全部廢棄並不可惜。」〔註3〕范文瀾先生的《中國通史》產生於「破四舊」、「打倒孔家店」的年代，古代文化面臨全面被批判的命運，而他公然說「形式美麗不妨當作藝術品予以保存的話，李商隱的四六文是唯一值得保存的」，是需要一定勇氣的，更主要的是李商隱的駢文確實有極高審美價值，有迷人的魅力才會獲取如此殊榮。或許其中也有毛澤東喜歡「三李詩」的原因，但這裡說的是李商隱的駢文，於此可見李商隱駢文確實獲得後世學術界的關注與喜歡。

從數量上看，《樊南甲集》和《樊南乙集》兩集所收的文章超過八百篇，其後所作文章並未收入，故李商隱生平所作駢文當逾千篇，但目前可考只有三百三十餘篇，其中各體駢文數目分別為：表文二十七篇，狀文一百五十一篇，啓文七十七篇，牒文十二篇，祝文二十七篇，祭文二十四篇，箴文一篇，碑銘文三篇，書文一篇，序文一篇，黃籙齋文六篇。至於李商隱駢文創作在時間上的分佈，可參看附錄一。

第一節　李商隱的表文創作概述

劉勰《文心雕龍》釋章、表：「章者，明也。《詩》云『為章於天』，謂文明也。其在文物，赤白曰章。表者，標也。《禮》有《表記》，謂德見於儀，其在器式，揆景曰表。章表之目，蓋取諸此也。」〔註4〕可知表用以使對方知曉明白。漢代的表文主要用於向皇上陳事，「標著事序，使之明白」。如《全漢文》中魏相的《表奏採易陰陽明堂月令》和劉歆的《上〈山海經〉表》。六朝時期表文創作極為繁盛，隋唐以來，表文在公文中也佔據重要地位。據《新唐書·百官志》記載，唐時門下省和尚書省的上行文書中，都有表文。且自唐以後，表文成為科舉考試內容之一。據《新唐書·選舉志》記載，建中二年，中書舍人趙贊權知貢舉，在進士科考試中以箴、論、表、贊代替詩、賦。〔註5〕唐宋以後，表文依然是重要的上行公文文體，至宋、明、清三代，都是科舉考試中的重要內容。

李商隱的表文創作正處於六朝向北宋的過渡期。李商隱的駢文在有唐一

〔註3〕范文瀾：《中國通史》（四），人民出版社，1965年，頁332。
〔註4〕范文瀾：《文心雕龍注》，人民文學出版社，1958年9月版，頁406。
〔註5〕《新唐書》卷四四，頁129。

代當屬翹楚，其駢體表文在有唐一代自然也頗具代表性。因此，探討李商隱表文在範式上的繼承與新變，有助於勾勒唐代表文發展線條，有助於我們弄清表文從漢代至六朝、唐代一直到宋代的大致發展脈絡。

總體看，李商隱表文共二十七篇，數量上看在其文體中排列第三。其中代崔戎（安平公）上表四篇，均創作於文宗大和八年（834）；代令狐楚（彭陽公）兩篇，令狐兄弟（緒、綯）一篇，均創作於文宗開成二年（837）；代王茂元（濮陽公）創作六篇，前五篇成於開成三年至五年間，另一篇遺表成於武宗會昌三年（843），同時代王元茂長子王瓘上表謝武宗宣弔一篇（《爲王侍御瓘謝宣弔並賻贈表》）；代周墀（汝南公）創作五篇，成於會昌元年正月至二年正月間；代李璟（懷州李中丞）創作謝表一篇，成於會昌三年十一月；代盧貞（河南尹）創作賀表一篇，成於會昌五年正月；代鄭亞作表六篇，均成於宣宗大中元年（847）。至於在盧弘止徐幕和柳仲郢梓幕時期沒有創作表文，是因爲李商隱在這兩幕中均不擔任掌書記職，謝上表和賀表都不由他代筆。〔註6〕於此李商隱的表文創作主要在他幕府生活早期，大中元年入鄭亞幕府之前。類型上看主要是謝表、賀表和遺表。

表的具體功能，李善說「以曉主上」，漢代的表確實主要用於向君王陳說。明黃佐《六藝流別》認爲：「謝恩陳情，章表一耳。」除了謝恩陳情，漢代表也具有納諫、薦舉等功能，如劉安的《諫伐閩表》即屬於納諫之表。除此外，徐師曾《文體明辨序說》總結漢以後的表「有論諫，有請勸、有陳乞，有進獻，有推薦，有慶賀，有慰安、有辭解，有陳謝，有訟理，有彈劾」〔註7〕等功能。吳曾祺《文體芻言》中表文分類又增加「降表」和「遺表」兩種表文。〔註8〕李商隱表文的文體功能大致不出以上幾種，其中賀表十篇，謝表七篇，遺表、慰上表各三篇，讓表、論表、陳情表各一篇。

行文模式方面，表文格式首通常稱「臣某言」，尾通常稱「臣某誠惶誠恐頓首頓首死罪死罪」。李商隱表則常以「謹言」、「無任」言說方式結尾，如「謹差押衙某官某馳奉恩告，陳讓以聞」或「無任望闕瞻天結戀屏營之至」。

對表文傳統的寫作規範，李商隱也有所打破。劉勰《文心雕龍・章表》

〔註6〕　《李商隱傳論》，頁777。

〔註7〕　徐師曾著，羅根澤校點：《文體明辨序説》，人民文學出版社，1998年，頁122。

〔註8〕　吳曾祺：《韓芬樓文談・附錄》，商務印書館，中華民國二十二年三月版，頁14～15。

認爲表要遵循一定的創作要求：「然懇惻者辭爲心使，浮侈者情爲文使，繁約得正，華實相勝，唇吻不滯，則中律矣。」結尾「贊」曰：「敷表降闕，獻替黼扆。言必貞明，義則弘偉。肅恭節文，條理首尾。君子秉文，辭令有斐。」〔註9〕即情、辭兩方面要結合起來，適中得當，言辭方面要大義凜然且簡明，對事序的安排要有條不紊，且要有一定文采。宋王應麟《辭學指南》對表文的寫作提出了要求，他認爲：「大抵表文以簡潔精緻爲先，用事不要深僻，造語不可尖新，鋪敘不要繁冗，此表之大綱也。」〔註10〕因爲表的最終目的是要將事情原委、來龍去脈及道理清楚地表明給對方，所以行文上要求簡潔、明瞭，這是必然的。李商隱的表文在用情方面稱得上更勝一籌，但用事深僻、繁複恰恰險些淹沒文采。如果用事超過了應有的度，難免會削弱簡明要約的程度，這樣李商隱的表文實際違背了傳統表文的行文要求。也許有人要說用事繁複、生僻是李商隱駢文整體特徵，不單單表一類。具體考察其表文的用典，繁複程度遠甚於狀文、啓文等其它公文。如「思宗社之靈，惟德是輔；念蒸藜之廣，以位爲憂。求衣未明，觀書乙夜。壽域既臻於躋俗，大庭微闕於怡神」〔註11〕一句，就連用三典，分別引用《尚書》中「皇天無親，惟德是輔」，《漢書・董仲舒傳》中「堯受命，以天下爲憂，而未以位爲樂也」及《漢書・鄒陽傳》中「孝文皇帝據關入立，寒心銷志，不明求衣」三處典故，不厭其煩，而「壽域既臻於躋俗，大庭微闕於怡神」一句將各種帝釋典故會通融合，從字面上看無法確定到底徵引哪一個。

除此外，李商隱表文的另一大特點是在全文倒數第二句或第三句的位置用人物事典，委婉收束全文。如《代安平公遺表》最後說：「生入舊關，望絕班超之請；力封遺奏，痛深來歙之辭。」〔註12〕《代安平公遺表》兩個典故都出自《後漢書》。其一出自《後漢書・班超傳》：「超久在絕域，年老思歸，乃上疏曰：『臣不敢望到酒泉郡，但願生入玉門關。』」另一典出自《後漢書・來歙傳》：「自書表曰：『臣夜入定後，爲何人所賊傷，中臣要害。』投筆抽刃而絕。」前者說自己不能活著回到朝廷，後面說自己親自封表，更能體會來歙當時的痛心。與原典本義不同，只取部分意義。暗示此表雖爲李商隱代筆，卻爲崔戎親手所封。

〔註 9〕《文心雕龍注》，頁 406。
〔註10〕王應麟：《玉海》卷二〇三，江蘇古籍出版社，1987 年版。
〔註11〕《代安平公華州賀聖躬痊復表》，《李商隱文編年校注》，頁 27。
〔註12〕《李商隱文編年校注》，頁 81。

　　《爲安平公謝除兗海觀察使表》中「帝城思入，雖有類於陳咸；關外恥居，安敢同於楊僕」〔註13〕一句也是這樣的用法。據《漢書・陳咸傳》記載：「起家復爲南陽太守。時王音輔政，信用陳湯，咸數予湯書曰：『即蒙子公力，得入帝城，死不恨。』」《漢書》又載：「元鼎三年，徙函谷關於新安。注：應劭曰：時樓船將軍楊僕，數有大功，恥爲關外民，上疏乞徙關，以家財給其用度。武帝意亦好廣闊，於是徙於新安，去弘農三百里。」這是崔戎被任命爲兗海觀察使後向皇帝謝恩的表文，最後兩典對應的意義是：雖然如同陳咸那樣依戀京師，希望到首都任職，但也會服從朝廷的任命，不敢像楊僕那樣認爲居住在關外就是恥辱，而要安心就職，將表主崔戎彼時的心情表達得准確而且得當。

　　《爲尙書濮陽公涇原讓加兵部尙書表》中「俟陶侃之書勳，方加羽葆；待班超之立績，始議鼓鼙」〔註14〕句用陶侃與班超典故。開成三年，朝廷加王茂元兵部尙書銜，李商隱代寫此表，主要表達謙讓推辭，這兩典說等待自己建立如同東晉初年陶侃平定蘇峻叛亂那樣的大功和班超那樣的歷史功績後，才敢接受這種榮譽和待遇。「羽葆」和「鼓鼙」都是朝廷高官的儀仗，這裡代指高品級。

　　《爲濮陽公論皇太子表》中有「龍樓獻直，戴逵之詞翰蔑聞；鳳闕拜章，張儼之精誠未泯」〔註15〕之句。開成三年九月，文宗受人蠱惑後廢太子，太子暴薨。此表勸諫皇帝收回成命，以復太子之位。太子母德妃晚年因楊妃受寵而自己失寵，所以太子被廢黜、死亡，是宮廷鬥爭的犧牲品。此表用東晉戴逵著《皇太子箴》這一典故，《箴》曰「無謂父子無間，江充掘蠱，無謂兄弟無攜，倡優起舞」，極言皇權在父子與兄弟之間照樣有陷阱與陰謀。張儼是三國時期吳國人，曾上《請立太子師傅表》，全力輔助太子。這裡用這兩個典故表明對太子的支持，恰切妥帖。

　　《爲濮陽公陳許謝上表》中有「任棠水薤之規，臣當可服；黃霸米鹽之政，臣亦不遺」〔註16〕句。本文是王茂元被任命爲陳許節度使後上給皇帝的謝恩表。典故中涉及到的兩個人物都是漢代的。「任棠水薤之規」取其勤政抓

〔註13〕 《李商隱文編年校注》，頁 42。
〔註14〕 《李商隱文編年校注》，頁 169。
〔註15〕 《李商隱文編年校注》，頁 232。
〔註16〕 《李商隱文編年校注》，頁 500。

一面，取自《後漢書・龐參傳》。參爲漢陽太守，郡人任棠者有奇節，隱居教授。參到，先候之。參不與言。但以薤一大本，水一盂置戶屏前，自抱孫兒伏於戶下。主簿白以爲倨。參良久曰：「棠是欲曉太守也。水者，欲吾清也，拔大本薤者，欲吾擊強宗也。抱兒當戶，欲吾開門恤孤也。」於是歎息而還。「黃霸米鹽之政」取其深入細緻工作的一面。兩典合用，則是向皇帝表忠心，一定勤政爲民。

《爲汝南公華州賀赦表》中有「司馬談闕陪盛禮，沒齒難忘；蕭望之願立本朝，馳魂莫及」〔註17〕句。本表用司馬遷父親司馬談未能參加漢武帝封禪大典而遺憾，用蕭望之願意在國朝任職而非地方來表達上表主人周墀的心願。很委婉貼切。

《爲京兆公陝州賀南郊赦表》中「召公邑內，敢思棠樹以追蹤；尹喜宅中，惟望靈符之復出」〔註18〕句。前一典故用西周初年著名大臣召公的愛民美政來激勵自己勤政簡政以愛護百姓，後句用天寶元年所謂玄元皇帝即老子出現在丹鳳門告知賜靈符在尹喜故宅的典故，希望再出現祥瑞。陝州當年屬於召公治理範圍，而尹喜故宅在靈寶，也是陝州屬地，故這兩個典故有切合地方的特點。

《爲懷州李中丞謝上表》中「獻封人富壽之祝，未卜其時；懸子牟江海之思，莫知其極」〔註19〕句中兩典均出自《莊子》，委婉表達對皇帝的祝福與自己對於國家大事的關注。

以上對句都出現在表文結尾處，基本都在倒數二三句的位置上，都是兩位古人的事典，用來表達自己對於某種事件的態度，抒情委婉有餘味。這成爲李商隱表文一個重要特點。這種情況，在李商隱其它駢文中也時有出現，但表文更集中一些，故在這裡特別指出。

林紓在《春覺齋論文》評價唐代表文：「鄙意漢魏、六朝以降，唐之章表，則切實取陸贄，典重取常袞，宋之章表，則雅趣橫生，各擅其勝，能於此留意，必爲章表中之好手筆也。」〔註20〕林氏認爲有唐之代的章表，陸贄最爲切實，常袞典故最多。翻檢兩人表文，陸贄現存表文共七篇，皆是代皇帝作，

〔註17〕《李商隱文編年校注》，頁542。
〔註18〕《李商隱文編年校注》，頁551。
〔註19〕《李商隱文編年校注》，頁751。
〔註20〕范先淵校點：《春覺齋論文》，人民文學出版社，1959年11月版，頁66。

篇幅短小，簡明要約，典故運用的確切實，意脈貫通。如《答百僚請停大禮表》和《答百僚賀利州連理木表》：

> 朕再經播遷，久曠禋祀，不惟霜露之感，實貽墜失之憂。賴先澤在人，上帝臨我，克平大難，再復舊京。朕之失德，非曰能補，旋欲請罪宗廟，展敬郊丘。迫以群情，俟於獻歲。今滌牲撰吉，甫及近期，齋心永懷，明發不寐。忽覽來表，良深矍然！雖嘉備慮之誠，實乖昭事之意。朕志先定，期於必行，即斷來表也。〔註21〕

> 珍木呈祥，允符靈貺，顧惟不德，何以當之？朕聞人事畢修，天休乃答。今則凶渠尚在，戎役方殷，虐旱妨農，飛蝗害稼，諒咎徵之未弭，曷嘉瑞而復臻？所冀公卿大夫，交匡不逮，睹茲稱述，益用懷慚。〔註22〕

《全唐文》錄常袞表文共七十一篇，篇數較多，其「典重」主要體現在援引六經較多。如《中書門下賀雨第三表》：「臣聞春秋，龍見而雩，以其盛德在火，萬物炳然，陽驕而旱也。周禮所以修一縣之大祀，命三公以卜郊。則知古之勤雨，首於是月，蓋聖人順天以垂訓，王者奉時以告虔。」〔註23〕又如《賀納諫表》中一連四處援引經書：

> 易曰：感人心而天下和平。今之所感，可謂深矣。……禮曰：天子齋戒受諫。又曰：近而不諫則尸利，帝道莫盛於有虞，書之美舜，則曰：嘉言罔攸伏，萬邦咸寧。王道莫過於有周，詩之頌文，則曰思皇多士，惟周之楨。〔註24〕

常袞引用《易》、《禮》、《書》、《詩》中四處原話，並與自己的語言相結合，尚未達到李商隱融典入文的高度。而從李商隱表文用典情況看，「典重」比較明顯，有唐一代的表文中，「初唐四傑」駢文也有「典重」現象，如果說「切實」與「典重」並存，應該非李商隱莫屬。

孫梅在《四六叢話》中道：「表以道政事，達辭情，《文心》論之詳矣。粵自孔明《出師》，忠懇而純篤；劉琨《勸進》，慷慨而壯激。並傾寫素志，不由緣飾。羊祜《讓開府》，婉轉以明衷；庾亮《讓中書》，雍容而敘致。夫

〔註21〕王素點校：《陸贄集》，中華書局，2002年，頁202～203。
〔註22〕王素點校：《陸贄集》，頁206。
〔註23〕《全唐文》卷四一五，頁4253。
〔註24〕《全唐文》卷四一六，頁4256。

唯大雅，卓爾不群。」〔註25〕魏晉時期的表文文風樸實，造語清新自然，飽含深情，孫梅例舉這四類表文風格，都是「達辭情」的典範。劉勰認為表要「對揚王庭，昭明心曲」，強調寫作表文需要真情實感。表文自魏晉以來，有唐一代，李商隱應該最具這一特徵。

表文有「昭明心曲」之用，一些本身具有很高文學修養的作者在撰寫表文時往往能曲盡其致地抒發內心的真實情感。但最容易打動人心的便是最普遍的人生感情，如愛國之情，親情等。諸葛亮的《前出師表》一直被反覆傳唱，感動了無數後來讀者的原因就在於真情的流露，李密的《陳情表》也是膾炙人口的好文章，都是內情感受的直接抒發。應該指出，李商隱身份低微，沒有直接上表給皇帝的資格，故全部表文都是代人執筆。即使如此，通過表中的文字，也可以曲折傳達出李商隱的心曲。因為只有與上表之人的心靈相通，方能寫出那麼精美的文字，方能表達那麼深沉真摯的感情。如代令狐楚和王茂元遺表中的兩段文字，下面分別引錄並簡析之。

> 臣聞達士格言，以生為逆旅；古者垂訓，謂死為歸人。苟得其終，何怛於化？臣永惟際會，獲遇昇平，鍾鼎之勳莫彰，風露之姿先盡，雖無逃大數，亦有負清朝。今則舉纊陳詞，對棺忍死，白日無分，玄夜何長。淚兼血垂，目與魂斷。……臣之年亦極矣，臣之榮亦足矣。以祖以父，皆蒙褒寵；有弟有子，並列班行。全腰領以從前人，歸體魄以事先帝。此不自達，誠為甚愚。但以將掩泉扃，不得重辭雲陛，更陳屍諫，猶進瞽言，雖叫呼而不能，豈誠明之敢忘！伏惟皇帝陛下，春秋鼎盛，華夏鏡清，是修教化之初，當復理安之始。然自前年夏秋以來，貶譴者至多，誅僇者不少。伏望普加鴻造，稍霽皇威。歿者昭洗以雲雷，存者沾濡以雨露，使五稼嘉熟，兆人樂康。用臣將盡之苦言，慰臣永蟄之幽魄。臣某云云。

（《代彭陽公遺表》）〔註26〕

這是令狐楚臨終上給文宗皇帝的遺表。古代大臣在臨死前慣例都要上遺表，最後表達自己的意見，可以是對於國家大政方針的建議，也可以在生活方面提出一些要求。本文前段文字寫臨終前的人生感悟，深沉憂傷而又表現出曠達情懷，感情極其複雜。「然自前年夏秋以來」一段則提出為「甘露之變」中

〔註25〕《歷代文話》，頁 4446。
〔註26〕《李商隱文編年校注》，頁 141～143。

被害的大臣們平反昭雪，實際接觸到當時最重大也最複雜的大事件。「甘露之變」是文宗錯用李訓、鄭注要誅除宦官不成，反而被宦官勢力殺害大批無辜大臣的慘劇。接著，宦官勢力把持朝政，居然敢對大臣頤指氣使，氣焰十分囂張。使許多正常工作都受到干擾。連文宗皇帝都受其挾制。因此，對甘露之變中被殺害的大臣以及百官進行撫恤，對這一事件造成的一些政治後果撥亂反正，是當時朝廷的當務之急，但很多大臣都噤若寒蟬。令狐楚利用遺表這種形式對這種情況提出看法，表明他是時刻關注國家命運的忠誠志士。李商隱能夠心領神會令狐楚的意願，並能夠準確清晰地將其表達出來。可以看出李商隱與令狐楚的心是相通的，同樣也是極其關注國家前途與命運的。我們閱讀一下李商隱關於甘露之變所創作的《有感》、《重有感》等詩，便可以理解他將令狐楚這種心情表達得如此恰切的原因。

　　王茂元是李商隱人生所遇到的第二個重要人物，又是岳父，故感情也很深，對其思想也非常理解，《代僕射濮陽公遺表》同樣表現出王茂元對於國家皇帝忠心耿耿的品格：

　　　　臣某言：臣聞螻蟻知雨，雖通感於玄天；蒲柳望秋，必凋華於厚夜。況臣攝生寡要，將命無方，寒暑頓侵，精神坐竭。竈乏傳薪之火，餘焰幾何；隙無留影之駒，殘光即盡。叩心戀闕，忍死封章。叫白日而不回，望青天而永訣。……昨者分領許昌，兼臨河內，當上黨阻兵之始，是孽童拒詔之初。臣方將奮勵疲駑，指揮精銳，所冀解鞍赤狄，息駕晉城，大攘蜂蠆之群，以雪人神之憤。自前月某日後，軍聲大振，賊勢少衰，人一其心，士百其勇。燕頷有相，曾無定遠之期；馬革裹屍，實負伏波之願。而精誠靡著，志望見違。援桴之意方堅，就木之期俄及。忽自今月某日，疾生腹臟，弊及筋骸，藥劑之攻擊愈深，神祇之禱祠無益。固已騰名鬼錄，收氣人寰，復然無望於死灰，更起難同於仆樹。然臣素窺長者，曾慕達人，省知變化之端，粗識死生之理。豈其有貪富貴，敢冀長延？但以未報國恩，未誅賊黨，視胃長免，對弓莫彎，思犬馬以自悲，悼鐘漏之先迫。志有所在，傷如之何！撫節而乏淚可流，伏弢而無血可略。……伏願時推明略，光啟〔註27〕睿圖，內則收德裕、讓夷、紳、鉉之嘉謨，外則任彥佐、元逵、宰、沔之威力，廓清華夏，昭薦祖宗。然

〔註27〕「啓」，《李商隱文集編年校注》爲「闓」，今從《全唐文》。

後瘞玉勒成，鏤金垂烈，臣雖百死，復何恨焉！臣精爽已虧，言辭
失次。氣無復續，蒙以纊而莫勝；口不能言，飯用貝而何益！故國
千里，明君萬年。永捐覆載之恩，長入幽冥之路。殘魂不昧，雖溫
序之思歸；枯骨有知，遇杜回而必亢。回望昭代，哀號不能。〔註28〕

從結構上看，與普通遺表基本相同，開頭先陳述臨終前的傷感與悲情，接著
交待自己工作狀況以及對後續工作的意見，再向朝廷提出自己對大政的看法
與建議。「伏願時推明略」以下幾句是最關鍵的意見：即建議皇帝在朝廷內部
要堅決採納支持李德裕、李讓夷、李紳、崔鉉的意見與決策，在前線則任用
李彥佐、望遠逹、王宰、劉沔等將領，這樣有利於平定劉稹之叛亂。這是當
時國家之首要大事，劉稹叛亂，對於國家統一、朝廷權威都是挑戰。李德裕
是堅決的主戰派，堅決維護中央集權制的宰相，王茂元也是堅定維護中央集
權制的將領。在自己臨終之時，強烈建議朝廷要重用信任主張平叛的文臣武
將，表現對國家命運的關注。王茂元遺表中這段話真正體現出他能夠認識天
下政治的關鍵，以自己臨終遺言的方式向皇帝表示忠心，也是對李德裕等執
政大臣的最好支持。李商隱與岳父王茂元的意見完全一致，故能夠寫出如此
態度鮮明，感情濃鬱的好文章。

除了情深特徵外，以上兩封遺表也有抓住當時最關鍵政治問題的特徵。
爲令狐楚所寫遺表中，抓住當時甘露之變帶來的嚴重政治後果需要糾正這一
關鍵，而提出爲那些冤死的大臣與百官平反昭雪，使朝廷秩序走上正軌，可
謂是當時歷史背景下關鍵之關鍵，委婉表達出對宦官勢力的深惡痛絕，可謂
是當時社會的共同意識。而在王茂元遺表中，則抓住堅決平定叛亂，維護國
家統一，維護皇權這一關鍵。前者主要針對宦官勢力，後者主要針對叛亂的
藩鎮割據勢力而發。宦官專權亂政與藩鎮跋扈割據成爲晚唐政治中兩大無法
剷除的惡性毒瘤。所以，令狐楚和王茂元的兩封遺表各針對兩大毒瘤之一提
出一些補救的措施。於此亦可以看出李商隱的政治態度。

第二節　李商隱狀文的繼承和創新

從字意角度講，「狀」字有形容、描摹的意思。《古今韻會舉要・漾韻》：
「狀，形容之也。」如《文心雕龍・物色》：「灼灼狀桃花之鮮，依依盡楊柳

〔註28〕《李商隱文編年校注》，頁 696～698。

之貌。」〔註29〕其中的「狀」就是描摹形容的意思。「狀」字還有陳述的意思。《古今韻會舉要‧漾韻》又說：「狀，陳也」，便是「陳述」的意思。

從文體角度辨析，「狀」是行狀的簡稱，同時，「狀」也是一種獨立的文體。

「狀」作為一種文體概念首次出現在文論著作中，始於《文心雕龍》，但《文心雕龍》中的「狀」是「行狀」的簡稱：「狀者，貌也。體貌本原，取其事實，先賢表諡，並有行狀，狀之大者也。」〔註30〕行狀取的是前者字義，側重點在「行」字上，即行為的狀況，是對已故者生前之行的描摹，屬於古代寫作墓誌銘以及記入正史的素材，主要敘述記載人物，所謂「門生故舊狀死者行業上於史官，或求銘志於作者之辭也」〔註31〕。行狀是我國古代傳記文學中的一種，但其特點有別於普通傳記文學，其概念的界定基於對文體定型時期及定型前期的考察。行狀文體在歷史發展過程中有不同的名稱表現：狀、行狀、行述、行實等等，還有變體的逸事狀、幾個人一起的合狀。

「行狀」與「狀」在名稱上很容易混淆，但兩者屬於不同文體。

「狀」則是一種向上級陳述意見或記載事件的文書，又稱「奏狀」，取的是後者即「狀」的本義。古代文章總集和文體學著作基本都將狀這種文體列在「奏狀」類中，《唐文粹》即如此，「奏狀」類所收狀文按內容可以分為尊號、赦宥、舉官、府庫、內人、無濫賞、兵機、論功幾類。《文體明辨》「奏疏」類列有「奏狀」，《古文辭類纂》雖未明確列有狀類，但「奏議」類收入了韓愈的《復讎狀》，可見仍認定狀文的奏議屬性。

除了上奏朝廷陳述作者對政治、邊事的看法外，狀文還有另一屬性——書牘。狀文的這一屬性從清代兩部文章總集中也能看出。《唐宋十大家類選》在「奏疏類」和「書狀類」子目中都列有「狀」，《涵芬樓古今文鈔》也依次分類，將「狀」分別列在「奏議類」和「書牘類」子目中。文體發展到清代，分類才相對明晰。

那麼，狀文從何時起開始由奏議性質過度到書牘性質，這一轉變又與李商隱有何關係，我們不妨從狀文具體文本考察，勾畫出狀文兩種屬性更替與流變的過程。

〔註29〕《文心雕龍注》，頁693。
〔註30〕《文心雕龍注》，頁459。
〔註31〕吳訥：《文章辨體序說》，人民文學出版社，1998年，頁50。

現存李商隱狀文共一百五十二篇，占《全唐文》所錄狀文的十分之一還多。〔註32〕《文苑英華》錄入狀文三百一十七篇〔註33〕中，李商隱狀文有二十三篇。《文苑英華》將狀單列為一類文體，分為「謝恩」、「賀」、「薦舉」、「進貢」、「雜奏」、「陳情」六類。這個分類種類基本涵蓋了李商隱狀文內容。在李商隱的狀文中，有一百零七篇是代人所寫。李商隱自己寫作的有四十四篇，不到三分之一。如果再從後代學者將「狀文」區別為「奏議類」和「書牘類」兩大類來看，代人而作的基本屬於奏議類，自己寫作的則基本屬於書牘類。李商隱的狀文在狀文私化進程中有所新變。

狀從問世伊始，所呈獻的對象一直都是帝王，是一種政治性極強的公文文體。漢代開始即有《上書告張湯奸狀》、趙充國《條上屯田便宜十二事狀》、《對問罷邊備事狀》、《初置五經博士舉狀》等奏狀問世。先唐的狀大多是稟報政事，篇幅普遍短小，有些只是隻言片語，很可能是殘篇，劉彭祖《上書告張湯奸狀》、但欽《上書言匈奴狀》、闕名《奏楊後起功狀》都是這類作品。但也有長篇累牘者，如趙充國《條上屯田便宜十二事狀》、郎顗《對狀尚書條便宜七事》、荀勖《奏條牒諸律問列和意狀》、溫子升《為廣陽王淵具言城陽王徽構隙意狀》和陳仲儒的《答有司符問立準以調八音狀》。

到了唐代，狀文的呈獻對象有了相對改變。《舊唐書‧職官志》載：「凡都省掌舉諸司之綱紀與百僚之程序，以正邦理，以宣邦教。凡上之所以逮下，其制有六：曰制、敕、冊、令、教、符。天子曰制，曰敕，曰冊。皇太子曰令。親王、公主曰教。尚書省下於州，州下縣，縣下鄉，皆曰符也。凡下之所以達上，其制亦有六，曰表、狀、箋、啓、辭、牒。表上於天子。其近臣亦為狀。箋、啓上皇太子，然於其長亦為之。非公文所施，有品已上公文，皆曰牒。庶人言曰辭也。」〔註34〕其中狀文也可以上給「近臣」，狀文呈獻的對象範圍有所擴大。但這種改變在李商隱之前並不明顯。從《全唐文》所錄狀文來看，隋唐五代狀文中，只有寥寥幾篇呈獻的對象不是君王，如獨孤及

〔註32〕《全唐文》現存狀文約1300餘篇。

〔註33〕《文苑英華》狀類文錄入五篇篇名為表的文章，有權德輿《謝賜冬衣表》、韓愈《賀冊尊號表》、柳宗元《百僚賀冊皇太子表》、令狐楚《賀順宗諒議表》、《賀靈武破吐蕃表》，彭叔夏、周必大、胡柯精校後移入表類，在狀類存目，又元稹《又謝官狀》經彭考訂確認原題為《為蕭相公讓官表》，移入卷五七四的表類中，只在狀類存目，則《文苑英華》狀類中實錄狀文為311篇。

〔註34〕《舊唐書》卷四十三《職官志》，頁220。

《上陝州刺史裴積諡狀》、尚華《上高中丞狀》和羅隱《與某博士狀》，除此外，劉禹錫的《蘇州上後謝宰相狀》、《蘇州加章服謝宰相狀》、《上宰相賀改元赦書狀》、《上宰相賀德音狀》、《汝州上後謝宰相狀》、《上宰相賀德音狀》、《上宰相賀改元赦書狀》、《薦處士嚴毖狀》和《薦處士王龜狀》都屬於這種情況。唐代的狀文總體上看，龍朔二年對邊事的討論和對沙門是否拜俗的熱議佔據了半壁江山。從各人狀文創作情況看，張九齡的狀文篇幅長短較均勻，賀祥瑞佔了內容的一半比例，對於邊事的討論也比較多，呈狀對象都是帝王。陸贄狀文相當於後來文體學總集中的「論」，內容基本以議論國事為主，兼發揮對皇帝的規勸作用。陸贄擅諫，連進貢瓜果都要連做兩篇狀文，《幸梁州論進獻瓜果人擬官狀》、《又論進瓜果人擬官狀》對皇帝進行規勸，且長篇累牘，其狀文之長，在唐代狀文中首屈一指，其呈狀對象都是帝王。韓愈的狀文因復古思想的影響，基本用古文書寫，議論性極強，除了《潮州謝孔大夫狀》和《賀徐州張僕射白兔狀》兩篇狀文外，呈狀對象都是帝王。白居易狀多發議論，呈狀對象也是帝王。權德輿的狀文主要分為幾類，一類是賀軍事報捷，一類是謝御製新詩、新樂並和詩，另一類大量創作的是自代狀，通過自代狀，可以得知權德輿曾經擔任的職務有太常博士、右補闕、起居舍人、駕員外郎、司勳郎中、中書舍人、禮部侍郎、戶部侍郎、兵部侍郎、吏部侍郎、太子賓客、平章事、太常卿、禮部尚書、東都留守等，呈狀對象也都是帝王。令狐楚狀內容主要分為謝恩、舉薦、進貢、賀上幾類，對仗工整。李德裕狀文數量較多，因其身份地位的關係，呈獻的對象也都是帝王。杜牧有四篇上給上級長官的狀，具有投知、干謁、陳情的性質，即《上鄭相公狀》、《上淮南李相公狀》、《上吏部高尚書狀》、《上刑部崔尚書狀》四篇，實際也有私人書信之性質，這對李商隱應該有所啟發。在中唐以前狀文基本還是一種呈獻給帝王的文體。直到李商隱，呈狀對象才發生重大變化。

在李商隱現存的一百五十二篇狀文中，其中大部分是代幕主或他人撰擬的公私文函，餘下四十四篇狀文〔註35〕的呈狀對象已非君王，而是呈給尊貴者或上級長官，這在宋前狀文中是一個特殊現象。而比起如上提及的劉禹錫狀文，李商隱的狀文更具書信的特徵，已超出謝恩、賀官這種模式化的範圍，

〔註35〕《全唐文》錄李商隱呈獻對象非帝王狀文共 46 篇，《李商隱文編年校注》只錄 43 篇，有 3 篇未錄，分別為《上漢南李相公狀》、《上李太尉狀》、《上張雜端狀》。

私化程度增強，並非只發揮公函的作用。應該說，李商隱是用狀文書寫私人信件，與書信很接近，這是以前文人沒有的。《舊唐書・職官志》所記錄的情況到了李商隱這才基本落實。

在李商隱這些私化的狀文中，呈獻給令狐楚的七篇狀文最具書信性質，並且在形式上有所新變。

首先，「上令狐七狀」在狀文發展史上第一次具備了組狀性質。劉學錯先生總結「上令狐七狀」時這樣說：「時間跨度從大和六年春到開成二年夏，前後長達六年，其中敘及兩人的交往則始自大和三年，終於開成二年，可以說記錄了商隱與令狐楚的全部交往過程。不但對瞭解商隱的前期經歷交遊有重要價值，而且反映出商隱對令狐楚感情的深摯。」〔註 36〕雖然從時間跨度上看，這七篇狀文間隔較長，前後歷時六年，但從文章傳達的意思情感看卻是一脈相承的。如果沒有這七篇狀文，我們今天也無法得知李商隱與令狐楚交往的始末，也無法得知他對令狐楚的感情是如此之深，那些「水檻花朝，菊亭雪夜，篇什率徵於繼和，杯觴曲賜其盡歡。委曲款言，綢繆顧遇」的酒宴歌席，對於初入官場的布衣少年李商隱來說，都是一次次歷練的機遇，是他初入社會的第一個平臺。因此，李商隱一生都將令狐楚視為恩人、貴人，在這七篇狀文中，他也將無法表達的感激之情一再重複：

委曲款言，綢繆顧遇。（第一狀）〔註 37〕

空懷博我之恩，寧發啟予之歎。（第二狀）〔註 38〕

伏思昔日，嘗忝初筵。今者綿隔山川，違舉旌旆。

（第三狀）〔註 39〕

蘊袍十載，方見於改為；大雪丈餘，免虞於偃臥。

（第四狀）〔註 40〕

碎首糜軀，莫知其報效。（第五狀）〔註 41〕

北堂之戀方深，東閣之知未謝。（第六狀）〔註 42〕

〔註 36〕 《李商隱傳論》，頁 783。
〔註 37〕 《李商隱文編年校注》，頁 1。
〔註 38〕 《李商隱文編年校注》，頁 12。
〔註 39〕 《李商隱文編年校注》，頁 102。
〔註 40〕 《李商隱文編年校注》，頁 106。
〔註 41〕 《李商隱文編年校注》，頁 115。

從第一、二、五、六狀可看出李商隱對令狐楚的感情頗深，而第三、四兩狀雖未明言，卻一者回憶當年「叨陪末座」情形與今日山川阻隔相對來烘託思念之情，一者反用袁安臥雪典故來暗示令狐楚贈送的棉袍使自己心存感激。至於第七狀是向令狐楚報告其子令狐緒到自己所在地方後疾病好轉的情況，「伏承博士七郎自到彼州，頓痊舊疾，無妨步履，不廢起居」〔註43〕，並寬慰令狐楚，「此皆四丈德契誠明，七郎行敦孝敬，才當撫觀，並愈疲羸」〔註44〕。

與「上令狐七狀」相似的還有《上李舍人狀》七篇〔註45〕，也可視為一組狀文。這是李商隱寫給從叔李褒的七封信，從會昌五年五、六月間起始，到會昌六年冬結束，歷時一年半。

> 前者伏奉指命，令選紀紫極宮功績。某自還京洛，常抱憂煎，骨肉之間，病恙相繼。（《上李舍人狀二》）〔註46〕

> 紫極刊銘，合歸才彥，猥存荒薄，蓋出恩私，韋彊以成，尤累非少。（《上李舍人狀三》）〔註47〕

> 某已決取此月二十一日赴京。東望門牆，違遠恩顧，寄誠誓款，實貫朝暾。伏計亦賜識察。舍弟義叟，苦心為文，十二叔憫以弟兄孤介無徒，辛勤求己。（《上李舍人狀四》）〔註48〕

> 今春華以煦，時服初成，竹洞松岡，蘭塘蕙苑，聚星卜會，望月舒吟。……去歲陪遊，頗淹樽俎；今茲違奉，實間山川。曲水冰開，章臺柳動。（《上李舍人狀五》）〔註49〕

> 道心歸意，貫動昔賢。然外以安危所注，內以婚嫁之累，竊惟時論，或阻心期。（《上李舍人狀六》）〔註50〕

〔註42〕《李商隱文編年校注》，頁118。
〔註43〕《李商隱文編年校注》，頁122。
〔註44〕《李商隱文編年校注》，頁122。
〔註45〕張采田認為《上李舍人狀一》中的李舍人非李褒，劉學鍇從此說，認為第二至七狀仍為李褒。見《李商隱文編年校注》，頁1078，注〔一〕。
〔註46〕《李商隱文編年校注》，頁1106。
〔註47〕《李商隱文編年校注》，頁1109。
〔註48〕《李商隱文編年校注》，頁1110。
〔註49〕《李商隱文編年校注》，頁1134。
〔註50〕《李商隱文編年校注》，頁1154。

> 舍弟介特好退，龍鍾寡徒，獲依強宗，頓見榮路。忻慰之至，
> 遠難諧陳，伏計亦賜鑒察。(《上李舍人狀七》)〔註51〕

第二、三兩狀言紫極宮之事，第四、七狀感謝李褒對弟弟李羲叟的關愛垂憐，第五狀是隱居長安時對當時生活情景的描述，第六狀是李褒打算隱居江南，李商隱勸其稍待時日再做打算。兩組組狀在意脈都各自相通，所言事序和感情都遵循各自方式。在狀文發展過程中，組狀的出現對前代是一突破。

其次，「上令狐七狀」開啟了狀文私化進程。既然李商隱把令狐楚作為一生中內心裏最有分量的一個人，寫給令狐楚的書信是不可能用「書」這種文體的，也許李商隱翻看前朝文章，發現雖然狀文的呈獻對象是帝王，但依然存在劉禹錫等人寥寥數篇呈現對象並非帝王的狀文，這或許給李商隱一個提示，對於尊貴者，對於自己一生的恩人，選擇用狀文來書寫是比較合適的。這大概就是「上令狐七狀」產生的由來。

按照劉學鍇先生的考訂，這七篇狀文是李商隱早期作品，時間上距李商隱入天平幕師從令狐楚學習駢文創作較近，尤其是《上令狐相公狀》(「不審近日尊體何如」)被列在李商隱編年文的第一篇，此時正是大和六年令狐楚鎮太原幕不久，商隱應舉不第，來去無定，身無官職，希望令狐楚援引入太原幕。如果這是李商隱生平的第一篇狀文，那麼他正好藉此機會歷練了令狐楚「夜半傳衣」的文章絕技。此例為先，後則承襲而來。這樣就不難理解他的大量狀文將達官顯貴和知遇之恩的人作為他呈狀對象的原因。如其後在華州幕府備禮部試時上給崔戎的狀文(《上崔大夫狀》)；崔戎卒、蕭浣由鄭州刺史入刑部侍郎、商隱希望得到援引而上給蕭浣的狀(《上鄭州蕭給事狀》)；開成四年上給鄭肅的狀(《上河中鄭尚書狀》)；開成五年，商隱尚在弘農尉，周墀由工部侍郎出為華州刺史時，商隱上給周墀的狀(《上華州周侍郎狀》)；商隱移家長安前至河陽拜謁李執方前後上的二狀(《上河陽李大夫狀》)；移家長安後上給李執方的狀(《上李尚書狀》)；王茂元卒後上給李執方的狀(《上易定李尚書狀》)；李執方離開易定行將到達許昌前後上的二狀(《上許昌李尚書狀一》、《狀二》)；商隱居母喪期間上給李景仁的狀(《上容州李中丞狀》)；商隱移居永樂時謝李褒賜粥狀(《上鄭州李舍人狀一》)；商隱閒居洛陽，時多病，希冀得到援引入京上給李回的狀(《上座主李相公狀》)；商隱由鄭抵洛期間上給李褒的九狀(《上李舍人狀二》至《七狀》、《上鄭州李舍人狀二》至《狀四》)；

商隱母喪期間，等待起復，希望得到援引上給孫戁的狀（《上孫學士狀》）；周
墀在江西任時上給周墀的狀（《上江西周大夫狀》）；商隱在長安時上給孫戁的
狀（《賀翰林孫舍人狀》）；病居洛陽時上給韋琮的狀（《上韋舍人狀》）；商隱
時在秘書省上給奉詔入京的李執方的狀（《上忠武李尚書狀》）；上給河南給事
盧貞的陳情狀（《上河南盧給事狀》）；商隱隨鄭亞入桂幕行至鄧州時上給盧弘
止的狀（《上度支盧侍郎狀》）；襄陽至荊州途中上給盧簡的狀（《上漢南盧尚
書狀》）；商隱罷桂幕還京時上給崔龜從的狀（《上度支歸侍郎狀》）〔註52〕；商
隱離京赴徐州上給白景受的二狀（《與白秀才狀》、《與白秀才第二狀》）；商隱
東川幕罷歸後上給任憲的狀（《上任郎中狀》）。這些狀文的對象於李商隱而言
都是尊貴者或摯友，這在狀文文體發展過程中是比較少見的，筆者認爲正因
爲有「上令狐七狀」在先，奠定了與尊貴者書信往來用狀文書寫這一規則，
才使得李商隱形成慣例，將此方式沿用下來。

　　因此從私化角度而言，李商隱將狀文書信化，打破了狀文在中古只呈帝
王，在唐代基本呈獻帝王的常規。李商隱的狀文又極具抒情特色，使狀文具
有書信特點，在書寫模式上又有別於書信的隨意性。從狀文文體發展角度看，
李商隱的狀文有很大的創新，拓展了狀文的發展空間。

　　李商隱的「陳情」類狀文不乏感人之處，代人而作的也不乏佳篇佳段，
我們可從不同視角去閱讀理解。在代人寫作的篇章中，如果呈交對象是李商
隱熟悉或者敬仰的人物，李商隱有話可說的，則值得注意。下面先將李商隱
狀文放在歷史發展進程中的地位來觀察，最後再對上面兩種情況結合作品進
行闡釋與簡評。

　　李商隱平生遇到的第一個恩人便是令狐楚，作爲一個家境貧寒，生活艱
難，舉步維艱的少年，到東都留守這樣品級的高官府邸求見，便受到令狐楚
的青睞，不但提供良好的學習條件，親自教授時文，而且爲生活提供一定資
助，這對於李商隱來說無異於雪中送炭，恩德確實是天高地厚。當令狐楚到
太原幕府時，李商隱給他寫了第一封信，但沒有稱作「書」或「啓」，而是直
接叫《上令狐相公狀》，這是李商隱平生所寫第一狀。誠如前文提到的那樣，
李商隱在確定文體時，一定會仔細斟酌而費了一些腦筋。可能看到前輩劉禹
錫在呈給非帝王的尊敬長者時用了「狀」這種文體，尤其是杜牧上給上級或

〔註52〕《李商隱文編年校注》，頁1770。本爲「龜」，但從舊作「歸」。

長者用來陳情干謁的文章也用了「狀」這種文體時，決定自己給令狐楚恩師的書信便用「狀」。因爲這篇狀很重要，全部引錄如下：

> 不審近日尊體何如？太原風景恬和，水土深厚，伏計調護，常保和平。某下情無任忭賀之至。豐、沛遺疆，陶唐故俗。自頃久罹愆尤，頗至荒殘。軒車才臨，日月未幾，旱雲藏燎於天末，甘澤流膏於地中。堡郭復完，污萊盡闢。此皆四丈膚靈嶽瀆，稟氣星辰，係庶有之安危，與大君之休戚。再勤龍闕，復還鳳池。凡在生靈，冀在朝夕。伏惟爲國自重。

> 某才乏出群，類非拔俗。攻文當就傅之歲，識謝奇章；獻賦近加冠之年，號非才子。徒以四丈東平，方將尊隗，是許依劉。每水檻花朝，菊亭雪夜，篇什率徵於繼和，杯觴曲賜其盡歡。委曲款言，綢繆顧遇。自叨從歲貢，求試春官，前達開懷，後來慕義。不有所自，安得及茲？然猶摧頹不遇，拔刺未化，仰塵栽鑒，有負吹噓。倘蒙識以如愚，知其不佞，俾之樂道，使得諱窮。則必當刷理羽毛，遠謝雞鳥之列；脫遺鱗鬐，高辭鱣鮪之群。逶迤波淫，沖噉宵漢。伏惟始終憐察。〔註53〕

前段是對令狐楚到太原幕府後政績卓著的歌頌，屬於書信啓狀文的習慣寫法，但對仗工整，富有文采。後段敘述自己在令狐楚幕府受到信任寵愛時的幸福情景。「每水檻花朝，菊亭雪夜，篇什率徵於繼和，杯觴曲賜其盡歡」幾句有很大的內容含量與感情含量。概括力強而情境自出，在春花秋月的良辰美景中，在水中樓閣上，菊花錦簇的亭榭中，賓主飲酒賦詩，談古論今，盡情歡笑。「委曲款言，綢繆顧遇」八字更是寫出侃侃而談，感情非常親切，相互顧盼，心領神會的神情。那是知心者的交往，實在令人嚮往。我們可以感受到李商隱在書寫這些文字時幸福的神情。而這種知己知遇之恩是很難遇到的。尤其是文化水準越高，學識越豐富知音越難求。這是可遇而不可求的人生境遇。就從這一點來看，李商隱是幸福的。「自叨從歲貢，求試春官，前達開懷，後來慕義」幾句明確無誤地告訴我們，在此之前，李商隱已經參加過進士考試了。「不有所自，安得及茲」則是對令狐楚爲其創造條件深深地感激。唐代參加進士考試，能夠獲取資格就很不簡單。要經過基層的選拔到京師禮

〔註53〕《李商隱文編年校注》，頁1。

部報名是一個很費周折的過程，如果沒有令狐楚，李商隱參加考試的資格恐怕都大有問題。因此李商隱對令狐楚的感激之情發自肺腑。純真的感情再用精妙的語言表現出來，使這篇文章今日讀來仍然很感人。在進士及第後，李商隱立即給令狐楚寫信報告喜訊，這封信便是李商隱寫給令狐楚的第五篇狀文。

> 今月二十四日，禮部放榜，某徼倖成名，不任感慶。某材非秀異，文謝清華，幸忝科名，皆由獎飾。昔馬融立學，不聞薦彼門人；孔光當權，詎肯言其弟子？豈若四丈屈於公道，申以私恩，培樹孤株，騫騰短羽。自卵而翼，皆出於生成；碎首糜軀，莫知其報效。瞻望旌榮，無任戴恩隕涕之至。〔註54〕

在科舉考試連續受挫，心理受到很大打擊，曾經將行卷的詩文全部毀棄，心灰意冷之後，突然金榜題名，李商隱喜悅的心情可想而知，多年的鬱悶一掃而光，在欣喜歡快的心情深處，感激之情「培樹孤株，騫騰短羽。自卵而翼，皆出於生成」是真實的情況，令狐楚確實培養他如同扶植培育一棵孤獨的幼樹，其恩德也確實是「碎首糜軀，莫知其報效」，情感上沒有絲毫虛偽與矯飾。

到大和七年春天，李商隱已經連續三次落榜，心理受到嚴重打擊。落榜後令狐楚已經回京師任職，不能再聘他為幕僚。李商隱再次遇到困難即沒有安身之處。但他又遇到一個賞識他的高層官員即華州刺史兼觀察使崔戎。崔戎是李商隱堂叔的表兄，對李商隱愛護備至，聘他入幕。並讓李商隱到他的樊南別墅中靜心學習，同時陪伴輔導他的兩個兒子讀書。舉子落榜，因路途遙遠難以還家，集中整個夏季時間溫習功課準備來年再考，實為「夏課」之舉。李商隱實際便屬於「夏課」，不過以入幕的形式避免了缺少金錢維持生計的尷尬，因此他對崔戎充滿感激。崔戎本為李商隱做好來年即大和八年參加科舉考試的準備。大和八年的主考官是韓愈門婿李漢，與崔戎交好，答覆了崔戎推薦李商隱的請求。李漢的弟弟李潘其時在崔戎幕府作幕僚，與李商隱屬於同僚關係。如果李商隱在大和八年參加考試應該非常順利，卻因病錯過時機。崔戎被朝廷提升為兗海節度使後，李商隱可以繼續在崔戎幕僚任職，但崔戎在到任前也患病去世。李商隱當時可謂難借他人之力，又失去眼前的靠山。就在李商隱進入崔戎幕府的前後，蕭浣對李商隱關懷照顧有加。崔戎

〔註54〕《李商隱文編年校注》，頁115。

去世後，李商隱再度陷入困境，於是給蕭浣寫信抒發自己當時的心情，也表達對崔戎與蕭浣的感激。《上鄭州蕭給事狀》道：

> 某簪組末流，丘樊賤品。倏忽三載，遭迴一名。豈於此生，望有知己！兗海大夫，時因中外，嘗賜知憐；給事又曲賜褒稱，便垂延納。朱門才入，歡席幾陪。辱倒屣於蔡伯喈，合先王粲；枉開樽於孔文舉，宜在禰衡。豈伊庸虛，便此叨幸？今者方牽行役，遽又違離。躡履食魚，兼預原、嘗之客；御車登榻，俱參陳、李之門。生死之寄皆深，去住之誠並切。伏惟特賜亮察。〔註55〕

從文中可以體會到，崔戎招納李商隱入幕時，「給事又曲賜褒稱」，蕭浣曾經推薦褒揚李商隱，因此這篇狀文寫自己三年來科場失意，得到蕭浣的讚美與崔戎的器重，可惜崔戎又去世。「生死之寄皆深，去住之誠並切」，無論是死者還是生者對於自己所寄託的希望都很大，無論逝者還是在世者對自己都真誠關切，自己則心領神會，希望對方也能夠理解這種心情。雖有求於人，卻無乞憐之象，言語得體不失分寸。

另一類代人而寫的狀文中，如果上書對象是李商隱熟悉敬佩之人，李商隱也會在狀文中抒發自己的傾慕之情。以《爲濮陽公上淮南李相公狀》爲例：

> 某竊思章武皇帝之朝，元和六年之事：鎮南建議，初召羊公；征北求人，先咨謝傅。故得齊剗封豕，蔡剔長鯨。伏惟相公清白傳資，馨香襲慶。始自辛卯，至於庚申，雖號歷四朝，而歲才三紀。淮王堂構，既高大壯之規；漢相家聲，復有急徵之詔。桂苑之舊賓未老，金縢之遺字猶新。燮理雖繫於陰陽，怵惕固深於霜露。
>
> 　且廣陵奧壤，江都巨邦，爰在頃時，亦經蕪政。風移厭劾，俗變侵淩。家多紛若之巫，戶絕變兮之女。相公必實於理，大爲其防。鄴中隳河伯之祠，蜀郡破水靈之廟。然後教之厚俗，喻以有行。用榛栗棗修，遠父母兄弟。隱形吐火，知非鬼不祭之文；抱布貿絲，識爲嫁日歸之旨。化高方岳，威動列城。陳於太史之詩，列在諸侯之史。
>
> 　今者重持政柄，復注皇情，便當佐禹陳謨，輔堯考績。鄉誄下比，朝舉養廉。中臺獎枕杖之郎，外郡表斬衰之婦。然後司成立學，

謁者求書，大講廢官，咸修闕政。致於仁壽，煦以和平。凡在生靈，
孰不欣望。〔註56〕

文章從李德裕父親李吉甫堅決主張對叛逆的藩鎮淮西吳元濟用兵寫起，歌頌
父子兩代歷史功績，尤其對李德裕前此在揚州執政時恩威並用，破除迷信，
引導百姓努力生產而取得卓越政績的描寫，很具體可感。雖然代王茂元執筆，
但李商隱對李德裕的欽佩與敬重從中可見。這對於李商隱瞭解李德裕、認識
李德裕都有影響，爲其後來爲李德裕《會昌一品集序》作序奠定認識基礎與
感情基礎。

第三節　李商隱啓文的繼承和創新

啓文是《樊南文集》中篇數僅次於狀文的文體，共七十七篇，占樊南文
總數的五分之一，約占現存全唐啓文總數的四分之一，在唐代作家中，大量
創作啓並不多見，可謂分量之重。李商隱啓文創作有鮮明的特徵，在啓文發
展演變的進程中既有繼承，又有所創新。

在李商隱之前，啓體文作爲一種文體發生及流變經歷了長時期的過程。
歷代文學總集對啓體文類的歸類沒有統一的標準，極爲雜亂〔註57〕；文論著

〔註56〕 《李商隱文編年校注》，頁 422。
〔註57〕 《文苑英華》啓類錄入三篇，分別爲《諫東宮啓》、《諫東宮左右非其人啓》、
《諫東宮引突厥達哥友入宮內啓》，彭叔夏根據《舊唐書》所載這三篇文都是
于志寧向太子承乾的「上書」，認爲當歸屬書類，所以移到書類中，《諫東宮
啓》改爲《諫太子承乾營造麴室書》，《諫東宮左右非其人啓》改爲《諫太子
承乾左右非其人書》，《諫東宮引突厥達哥友入宮內啓》改爲《諫太子承乾引
突厥達哥友入宮書》，而在啓類依然存目。下級對上級的上書到底稱爲啓還是
書，《英華》的編者和校者顯然意見不同，而《全唐文》三篇均錄入，《諫太
子承乾營造麴室書》改爲《諫太子承乾書》，《諫太子承乾引突厥達哥友入宮
書》改爲《諫太子承乾引突厥達哥支入宮書》，《文苑英華》作「友」，「友」
爲「支」之訛，惟有《諫太子承乾左右非其人書》題目仍還原爲啓，作《諫
太子承乾啓》。《全唐文》是以周必大、胡柯與彭叔夏精校的明刻閣本參校，
對於《英華》的編者和校者的處理都不同，現從《貞觀政要》和《舊唐書》
所載原文看，三篇中獨《諫太子承乾啓》以「謹啓」二字結尾，這就明白了
《全唐文》與《文苑英華》處理不同的原因。而《全唐文》把原出處有「謹
啓」字樣的文均定題爲啓。這就是《文苑英華》啓類中的上書性質文章，在
彭叔夏校中卻歸爲書類，在《全唐文》中又部分還原爲啓類的原因。此類的
文章還有兩例，一是張玄素的《重諫東宮啓》，彭改爲《重諫太子承乾書》，
歸爲書類，因結尾是「謹言」，《全唐文》也定題爲書；另一例是姚珽的《諫

作對啓文屬性的定義也不盡相同，使啓一直處於與其它相近文體牽連夾雜的狀態中，這主要源於對呈啓對象的定位問題上。下文試作分析。

文論家對呈啓對象的定位有一個演變的過程。啓第一次被列入文學理論著作始於《文心雕龍》，劉勰將啓歸入筆類，在闡述內涵時將奏、啓合論。先談奏：「昔唐虞之臣，敷奏以言；秦漢之輔，上書稱奏。陳政事，獻典儀，上急變，劾愆謬，總謂之奏。奏者，進也。言敷於下，情進於上也……若乃按劾之奏，所以明憲清國。昔周之太僕，繩愆糾謬；秦有御史，職主文法；漢置中丞，總司按劾；故位在鷙擊，砥礪其氣，必使筆端振風，簡上凝霜者也。」〔註58〕明確指出秦漢之際「上書稱奏」，廣義的奏分爲「陳政事，獻典儀，上急變，劾愆謬」四種類型，狹義的奏是「按劾之奏」。「奏」相當於「上書」，奏的對象是君王。

啓作爲一種文體被列入文學總集，始於《文選》，在所選三十九類文體中，與上書並列一卷。《文選》所選任昉啓文爲《奉答敕示七夕詩啓》、《爲卞彬謝修卞忠貞墓啓一首》和《啓蕭太傅固辭奪禮》。從內容方面看，與所選上書的納諫性質有所不同；從呈獻對象方面看，任昉的三篇文章既有君王，也有上級長官。蕭統可能是從臣對君言事的角度出發來將兩者歸編一處。這樣奏與啓的對象在君王方面有重疊。但與奏不同，奏的呈獻對象只能是君王，而啓的呈獻對象還有地位高於自己的上級長官，啓呈獻對象的範圍比奏要廣。

明代徐師曾的《文體明辨》在古代文學總集中分類最爲繁詳，在書記類的子目中，錄有書、奏記、啓、簡、狀、疏幾類，從中可以找到關於啓的一些材料：

> 按劉勰云：「書記之用廣矣。」考其雜名，古今多品，是故有書，有奏記，有啓，有簡，有狀，有疏，有牒，有箚；而書記則其總稱也。……以上六者，秦漢以來，皆用於親知往來問答之間；而書、啓、狀、疏，亦以進御。獨兩漢無啓，則以避景帝諱而置之也。……〔註59〕

東宮啓三首》，彭改爲《上節愍太子書四首》均移入書類，因結尾均無「謹啓」或「啓」字樣，《全唐文》都定題爲書。《全唐文》尊重作家本意定題，這樣的處理比較合理，因此本文文本主要參照《全唐文》。

〔註58〕周振甫：《文心雕龍今譯》，中華書局，1986年，第212～214頁。
〔註59〕羅根澤校點：《文體明辨序說》，人民文學出版社，1962年8月版，第128頁。

這則材料表明，啓在秦漢以來，除用於臣對君的上書言政事，又有了新的功能即親知往來問答之間，則啓的呈現對象又多了親朋一類，和書信的呈獻對象趨同。

在李商隱之前，啓文的呈啓對象分爲兩類。反觀文論家對呈啓對象的確定，現據可考例證，啓作爲一種文體問世應以漢桓帝延喜元年（158）趙息所作《啓京兆尹》〔註60〕爲標誌。《啓京兆尹》實爲向上級長官提出一個應時建議，事瑣言少，簡明要約。魏晉、劉宋時期的呈啓對象是帝王公卿，歌功頌德意味較強烈，或多抒寫個人生活感受情趣。梁陳時期，啓文內容瑣雜，以謝恩爲主，兼議論時政。縱觀從漢代到六朝末期的啓文，呈獻對象分兩類，一類是君王，一類是王公公卿。

唐代啓文創作數量增加，據不完全統計，《全唐文》中就有二百九十篇。從現存全唐啓文來看，啓的功用正如《文體明辨》中所說，大多用於「親知往來問答之間」，王勃的《上從舅侍郎啓》、《上武侍極啓》、《再上武侍極啓》，杜牧的《上知己文章啓》等都屬於這一類。宋代文章總集《文苑英華》將唐人這類啓稱爲「投知啓」，意爲向知己所投之文，分七卷，共收錄七十二篇。

李商隱的呈啓對象基本爲上級長官。《文苑英華》投知啓收入李商隱啓共十篇，分別爲：《爲張周封上楊相公啓》、《爲李貽孫上李相公德裕啓》、《爲舍人絳郡公上李相公啓》、《爲絳郡公上李相公啓》、《爲絳郡公上史館李相公啓》、《爲絳郡公上崔相公啓》、《爲韓同年上河陽李大夫啓》、《爲賀拔員外上李相公啓》、《爲同州任侍御上崔相公啓》、《爲舉人上翰林蕭侍郎啓》。這些啓文基本具備干謁性質，述一己之困頓以希援引，但情感眞摯、眞誠動人。而對照現存李商隱啓文，應該補入的還有《獻舍人河東公柳仲郢或柳璟啓》、《獻華州周大夫周墀十三丈啓》、《獻舍人彭城公劉瑑啓》、《獻侍郎鉅鹿公魏扶啓》、《上時相啓》、《上兵部相公啓》、《獻相國京兆公啓一》、《獻相國京兆公啓二》、《爲崔從事寄尙書彭城公啓》、《爲某先輩獻集賢相公啓》、《爲舉人獻韓郎中琮啓》、《謝座主魏相公啓》、《謝宗卿啓》十一篇啓。除了投知啓，李商隱啓文上承前代祝賀、謝物這幾類，其中賀啓二十一篇，謝物啓九篇，另有內容較龐雜書信性質往來的啓文，共十一篇。〔註61〕

〔註60〕《三國志・魏志・閻溫傳》注引《魏略勇俠傳》：左悺子弟，來爲虎牙，非德選，不足爲特酤買，宜隨中舍菜食而已。

〔註61〕包括《爲李貽孫上李相公李德裕啓》、《爲滎陽公上馬侍郎馬植啓》、《爲滎陽公上浙西鄭尚書啓》、《爲滎陽公上陳許高尚書啓》、《爲滎陽公與魏博何相公

　　李商隱這類投知啓的對象都是上級長官，也有自己的府主，多次入幕的
人生經歷讓他的呈啓對象與眾不同。如果說《文苑英華》投知啓所錄入的啓
文對象都是作者的親知友朋，那是很不合常理的。這類投知啓的對象和作者
並沒有達到這樣親密的程度，而李商隱的呈啓對象府主倒可以算得上是李的
知己。獨特的呈啓對象也使李商隱增添了一種新的啓文類型，即「謝辟啓」。
李商隱的謝辟啓共十七篇，分別爲《爲同州張評事謝辟並聘錢啓二首》、《爲
山南薛從事謝辟啓》、《爲東川崔從事謝辟並聘錢啓二首》、《爲河東公謝相國
京兆公啓二首》、《爲柳珪謝京兆公啓三首》、《獻河東公啓二首》、《上尙書范
陽公啓三首》、《爲白從事上陳許李尙書啓》、《爲桂州盧副使謝聘錢啓》，其內
容都是代人或自己答謝府主的招辟或謝聘錢。在李商隱之後，胡曾的《劍門
寄上路相公啓》和顧雲的《代青州掌書記謝本府辟啓》都屬於這一類啓文。

　　凡是比自己級別地位高的長官，無論事情是公是私，都用啓文來書寫。
唐書雖明確狀、啓的呈獻對象除帝王外，也可爲近臣，但直到李商隱才將這
一規則落實。這種啓文往往表達眞實的感受，故感情眞實細膩，多有感人之
處，成爲李商隱啓文的精華。後文將要專門闡釋這一點。

　　啓文發展初期的特徵要求——辨要輕清。《文心雕龍・奏啓》闡明了啓的
特徵：「自晉來盛啓，用兼表奏。陳政言事，既奏之異條；讓爵謝恩，亦表之
別幹。必斂飭入規，促其音節，辨要輕清，文而不侈，亦啓之大略也。」〔註
62〕功用與表、奏相類，都是公牘文體；內容上陳政言事與奏相似，讓爵謝恩
與表相類；特徵上要求恭敬規整、音節鏗鏘、明確要約、直言去飾。

　　「必斂飭入規，促其音節，辨要輕清，文而不侈」，這是劉勰對於啓文語
言特點與文風的概括，同時也是規則要求。即要收斂整飭而符合規矩，又不
能張揚或渲染。節奏要緊湊，說明問題要簡明清楚，要文雅而不能鋪張誇飾。
總之，簡潔明瞭是啓文的主要要求與特點。

　　中古啓文符合這些理論要求。以具體例證來看，魏晉時期的啓在謝恩帝
王公卿時，歌功頌德意味較強烈，也出現了代言啓，如謝朓《爲王敬則謝會
稽太守啓》、沈約《爲東宮謝敕賜孟嘗君劍啓》和《爲皇太子謝賜御所射雉啓》。
這個時期的啓篇幅較短。

　　　啓》、《爲滎陽公上宣州裴尙書啓》、《爲滎陽公與浙東楊大夫啓》、《爲滎陽公
　　　與三司使大理盧卿啓》、《爲滎陽公與前浙東楊大夫啓》、《爲河東公復相國京
　　　兆公第二啓》、《爲賀拔員外上李相公啓》。

〔註62〕《文心雕龍注》，頁424。

　　劉宋時期出現具有私函性質的謝物啓，篇幅簡短、事小情瑣，感恩王公之餘，多抒寫個人生活感受情趣，結構模式大致是：散語交待所贈之物即作啓的原因，再對其進行描寫，後對賜物之人進行頌揚。

　　梁陳時期，啓創作主要以蕭氏家族、沈約、江淹、徐陵爲代表，此間啓文內容瑣雜，仍以謝物啓爲主，兼議論時政，而原本隸屬僧人常做的佛事啓也大量出於在皇室士大夫之手，這與有梁一代佞佛的時代背景緊密相關。這些佛事啓篇幅逐漸加長。

　　六朝末期，以庾信爲代表的士大夫啓屬性更呈私化傾向，篇幅漸長，隨著駢文的演變，聲律、辭藻、典故、對偶各特徵都達到一個頂峰，與早期的明確要約、直言去飾比較，啓文體貌已發生重大改變。除謝物啓外，作爲具有私化特徵的《謝滕王集序啓》初具固定結構：「某啓：伏覽制垂賜集序。……殿下雄才蓋代，逸氣橫雲，……某本乏材用，無多述作。」〔註 63〕構成「謝恩——讚頌對方——自卑自歉」的模式。

　　啓文發展中期的體制特徵要求——簡明要約。隋朝劉善經文體理論著作《四聲指歸》中的「論體」部分認爲各類文體體制特徵當如下：「較而言之，有博雅焉，有清典焉，有綺豔焉，有宏壯焉，有要約焉，有切至焉。……稱博雅，則頌論未其標；語清典，則銘贊居其極；陳綺豔，則詩賦表其華；敘宏壯，則詔檄振其響；論要約，則表啓擅其能；言切至，則箴誄得其實。博雅之失也緩，清典之失也輕，綺豔之失也淫，宏壯之失也誕，要約之失也闌，切至之失也直。」〔註 64〕可見隋朝的啓文體制創作標準依然承襲前代的「辨要輕清」，力求要約。但隋至初唐的啓文創作顯然上承六朝餘緒，綺麗華采，要言也繁。「四傑」中王勃和駱賓王的啓文即如此。我們先看這些「失之要約則闌」的啓文。

　　唐代啓文體制特徵打破理論常規。王勃的啓文基本爲干謁之文，獻詩文，談文論道，漸具論說性，發露底層士人心聲，以希援引，期遇知音，部分啓文篇幅很長。《上吏部裴侍郎啓》寫於遊蜀返京重新參加吏部銓選時。內容是陳述自己對選用人材的標準、文藝的地位作用及其現狀等問題的看法。按照王勃的觀點，士人當多倡古道，方能救弊於時。作爲與文學理論相符合的創作實踐

〔註 63〕嚴可均輯：《全上古三代秦漢三國六朝文》（四），中華書局，1958 年，頁 3932
　　　　～3933。
〔註 64〕盧盛江：《文鏡秘府論彙校彙考》（三），中華書局，2006 年，頁 1450～1458。

體現，王勃常引用先賢典籍原語，如《上禮部裴侍郎啓》直接引用「孔子曰：『言及之而不言謂之隱』」〔註65〕，「《易》不云乎：『言行君子之所以動天地，失之毫釐，差以千里。』《書》不云乎：『敝化奢麗，萬世同流。餘風未殄，公其念哉』」〔註66〕，《上郎都督啓》直接說「古人有言：『富觀其所與，貧觀其所取。』又曰：『損有餘，補不足』」〔註67〕。其後的韋承慶啓文也有這個特點，在兩篇勸諫太子讀書修儒的啓文《上東宮啓》、《重上直言諫東宮啓》中，多次直引經文。如後者說：「夫君以人為本，人以食為命。君非人無以保其位，人非食無以全其生。故孔子曰：『百姓足，君孰與不足？百姓不足，君孰與足？』……臣又聞在上不驕，高而不危；制節謹度，滿而不溢。高而不危，所以長守貴；滿而不溢，所以長守富。是知高危不可不慎，滿溢不可不持。《易》曰：『君子終日乾乾，夕惕若厲，無咎。』敬慎之謂也。」〔註68〕直接引用前代先哲名言來闡釋自己觀點，篇幅也逐漸加長。駱賓王啓文模式則很統一，繼承庾信《謝藤王集序啓》結構特徵：讚頌——揚他——抑己自慨。

　　中唐主要啓文創作者依次為韓愈、柳宗元、歐陽詹、劉禹錫、元稹。韓愈啓文僅存三篇，其中《為河南令上留守鄭相公啓》開唐代啓文代言先河。柳宗元是唐代啓文創作的重要代表者之一，啓文共二十五篇，在唐人中實屬不少。韓柳崇尚古文，對前代六朝綺靡文風的改制也用到了啓文上，所作啓文破除了「斂飭入規，促其音節，辨要輕清」的初始體制特徵要求，在「文而不侈」方面倒是有所還原。兩人啓文大多獻詩書兼有干謁性質，但內容包攬眾多層面，國事家事、自身身世，又頗富議論，縱橫長短，高呼低語，頗有論說特徵，簡直稱得上是啓文的變體。韓柳後的啓文創作富有特徵者是劉禹錫，啓文共十二篇，同柳宗元一樣，自慨貶謫身世貫穿其中。另一位與李商隱几在同時的啓作者是魏申之，現存啓九篇。在魏啓中，晚唐下層士人窮困顛簸的生存狀態、時人多看門簿高低的官場環境顯然可見，《上白相公啓》就大篇幅書寫這種世態炎涼的社會現實。

　　士大夫啓文由中古時期發展到晚唐前期，在篇幅上由隻言片語、言簡意賅演變為長篇巨幅，自初唐始篇幅明顯加長。中唐的韓柳也改變了斂飭入規、

〔註65〕《全唐文》卷一八○，頁1829。

〔註66〕《全唐文》卷一八○，頁1830。

〔註67〕《全唐文》卷一八○，頁1832。

〔註68〕《全唐文》，第1905～1906頁。

辨要輕清的特徵，有一部分干謁謝恩啓，尤其帶有議論特徵的啓文乾脆連篇累牘。

李商隱啓文體制特徵的回歸。對於前代的啓文特徵，李商隱各有繼承。辨要輕清，整飭入規方面，他的謝物、謝辟、賀啓上承劉宋時期的謝賜物小啓特徵，簡明要約，短小精緻，結構上借鑒庾信謝物啓的模式，《爲桂州盧副使謝聘錢啓》、《爲東川崔從事謝辟並聘錢啓二首》和《爲同州張評事謝辟並聘錢啓二首》幾篇啓文即如此。

戡啓：錢若干，伏蒙賜備行李，謹依數捧領訖。多若鑿山，積如別藏。丙科擢第，未全染於桂香；盛府從知，卻自驚於銅臭。禮於是重，富而可求。既不憂貧，惟思報德。伏惟俯鑒微懇。謹啓。（《爲桂州盧副使謝聘錢啓》）〔註69〕

福啓：錢若干，伏蒙賜備行李。竊以白馬從軍，青鳧受聘。磨文難滅，校貫知多。陸賈方驗於火花，郭況莫矜於金穴。感戴之至，不任下情。謹啓。（《爲東川崔從事謝聘錢啓》）〔註70〕

潛啓：錢若干，伏蒙仁恩賜備行李。重非半兩，輕異五銖。子母相權，飢寒頓解。細看銅郭，徐憶牙籌。雖云神有魯褒，便恐癖如和嶠。辦裝無闕，通刺有期。感戴之誠，不知所喻。謹啓。（《爲同州張評事謝聘錢啓》）〔註71〕

文而不侈方面，其它類型的啓文在篇幅上控制得恰到好處，既沒有像王勃、駱賓王、柳宗元那樣過於繁長，也抒發了自己的感受，明確表達了自己的觀點。王、駱的啓文失之要約，受時代局限，在行文上難以擺脫六朝的綺靡文風，而李商隱的啓文麗而不靡，文而不侈，音調和諧，平和雅正，極符合啓文的體制特徵要求。

孫梅《四六叢話》卷十四對啓有一個總的描述：「原夫囊封上達，宮廷披一德之文；尺素遙傳，懷袖置三年之字。下達上之謂表，此及彼之謂書。表以明君臣之誼，書以見朋友之惊，泰交之恩洽而表義顯，《谷風》之刺興而書致衰。若乃敬謹之忱，視表爲不足；明慎之旨，侔書爲有餘，則啓是也。」〔註

〔註69〕 《李商隱文編年校注》，頁1206。
〔註70〕 《李商隱文編年校注》，頁1880。
〔註71〕 《李商隱文編年校注》，頁2254。
〔註72〕 《歷代文話》，頁4524。

72）孫梅認爲啓的功能介於表與書之間，下級呈給上級的文章，明愼恭謹，又
與書信性質相似，這樣的文章就可以稱作啓。由此看來李商隱深諳啓文文體
的體制特徵，在篇幅上遵守啓文文體特徵要求，做到短長各宜，並沒有公私
不分。因爲這樣的處理，也使啓文的體制特徵、功能屬性在晚唐固定下來，
形成一定規模，爲後世啓文創作提供了範式。

　　李商隱啓文中有許多精品，獲得很高的藝術成就。尤其是對有知遇之恩
的府主所寫的啓文，因爲眞情湧動具有很強的藝術感染力。從嶺南回歸京師
後，李商隱確有走投無路之感，徐州刺史、武寧軍節度使盧弘止對他發出邀
請，請他入幕爲判官。李商隱感激之餘以《上尙書范陽公啓》爲示：

　　　　某啓：仰蒙仁恩，俯賜手筆，將虛右席，以召下材。承命恐惶，
　　　不知所措。某幸承舊族，蚤預儒林。鄴下詞人，夙蒙推獎；洛陽才
　　　子，濫被交遊。而時亨命屯，道泰身否。成名逾於一紀，旅宦過於
　　　十年。恩舊雕零，路歧悽愴。薦禰衡之表，空出人間；嘲揚子之書，
　　　僅盈天下。

　　　　去年遠從桂海，來返玉京。無文通半頃之田，乏元亮數間之屋。
　　　隘傭蝸舍，危托燕巢。春畹將遊，則蕙蘭絕徑；秋庭欲掃，則霜露
　　　霑衣。勉調天官，獲昇甸壤。歸惟卻掃，出則卑趨。仰燕路以長懷，
　　　望梁園而結慮。〔註73〕

開門見山，說對方留出重要位置召自己前去，接著表示誠惶誠恐的感激之情。
再說自己早年便被士林推許卻始終懷才不遇的鬱悶心情與尷尬處境。「成名逾
於一紀，旅宦過於十年。恩舊雕零，路歧悽愴。薦禰衡之表，空出人間，嘲
揚子之書，僅盈天下」，對仗工穩，用典精妙準確，內容含量很大。下段的「無
文通半頃之田，乏元亮數間之屋」，用江淹與陶淵明典故比對，非常切合自己
處境，「隘傭蝸舍，危托燕巢」一句比喻更生動，充分顯示出李商隱在用典與
比興手法上的慧心。蔣士銓評此文曰：「稍有氣概，便自出群。」〔註74〕

　　李商隱後期遇到的幕主柳仲郢是他的知己，不但在政治上提攜重用，而
且在生活上關懷有加。李商隱妻子王氏剛剛去世不久，內心非常苦悶憂傷，
柳仲郢聘請他入幕，他滿含深情寫了《上河東公謝辟啓》一文，其中說：

　　　　商隱啓：伏奉手筆，猥賜奏署。某少而屬薦，長則艱屯。有志

〔註73〕《李商隱文編年校注》，頁1788。
〔註74〕《評選四六法海》卷三，轉引自《李商隱文編年校注》，頁1796。

爲文，無資就學。雖雜賦八首，或庶於馬遷；而讀書五車，遠慚於
惠子。契闊湖嶺，淒涼路歧，罕遇心知，多逢皮相。昔魯人以仲尼
爲佞，淮陰以韓信爲怯。聖哲且猶如此，尋常安能免乎？是以民背
卻行，求心自處。羅含蘭菊，仲蔚蓬蒿，見芳草則怨王孫之不歸，
撫高松則歎大夫之虛位。不可終否，屬於高明。

　　伏惟尚書春日同和，秋霜共冽。叔子則九代清德，稚春則七葉
素儒。君子立言，永爲周禮；正人得位，長作歲星。今者初陟將壇，
始敷賓席。射洪奧壤，潼水名都，俗擅繁華，地多材儁，指巴西則
民皆譙秀，訪臨邛則客有相如。舉纖繳以下冥鴻，執定鏡而求西子。
惟所指命，便爲丹青。若某者，又安可炫露短材，叨塵記室？鹽車
款段，徒逢伯樂而鳴；土鼓迂疏，恐致文侯之臥。承命知忝，撫懷
自驚。終無喻蜀之能，但誓依劉之願。未獲謁謝，下情無任感激攀
戀之至。謹啓。〔註75〕

柳仲郢是位德才兼備的幹練之才，其父親柳公綽早年是朝廷權要，詩書世家，
頗有名望，叔父柳公權又是著名書法家，故柳仲郢門第高貴，本人精明有謀
略。在與牛黨、李黨的關係方面，柳仲郢與牛黨交好，但同樣得到李德裕的
重用。柳仲郢剛剛出任東川節度使便聘請李商隱入幕，可以看出對李商隱的
器重。李商隱感恩戴德，先寫自己人生的艱難，然後寫知音難遇的苦衷，「罕
遇心知，多逢皮相」是大半生的人生體驗，苦澀而無奈，人生多如此，故感
慨深邃而易打動人心。其後舉孔子和韓信爲例說明人們很難遇到知音，更顯
柳仲郢的可貴。「羅含蘭菊，仲蔚蓬蒿。見芳草則怨王孫之不歸，撫高松則歎
大夫之虛位」，慨歎現實社會的不公平以及才華不得施展的苦悶。用典貼切，
表達思想含蓄深刻。「伏惟尚書」一段讚美柳仲郢家族門第的高貴以及柳仲郢
禮賢下士的高尚，最後表達自己的感激之情與將要勤懇工作的態度。雖然總
體結構的安排上未見有超越之處，但抒情更眞摯細膩，很委婉中肯。

　　李商隱入柳仲郢梓幕期間，柳仲郢非常關心李商隱，知道他喪妻之後一
直未娶，獨自在外無人照顧，於是要將一名樂營歌妓張懿仙賜贈給李商隱，
李很果斷地謝絕，謝絕之文以啓成文，《上河東公啓》如下：

　　商隱啓：兩日前於張評事處伏睹手筆，兼評事傳指意，於樂籍

〔註75〕《李商隱文編年校注》，頁 1867～1868。

中賜一人以備紉補。某悼傷以來，光陰未幾。梧桐半死，方有述哀；靈光獨存，且兼多病。眷言息胤，不暇提攜。或小於叔夜之男，或幼於伯喈之女。檢庾信荀娘之啓，常有酸辛；詠陶潛通子之詩，每嗟漂泊。

　　所賴因依德宇，馳驟府庭。方思效命旌旄，不敢載懷鄉土。錦茵象榻，石館金臺，入則陪奉光塵，出則揣摩鉛鈍。兼之早歲，志在玄門；及到此都，更敦夙契。自安衰薄，微得端倪。至於南國妖姬，叢臺妙妓，雖有涉於篇什，實不接於風流。

　　況張懿仙本自無雙，曾來獨立。既從上將，又託英僚。汲縣勒銘，方依崔瑗；漢庭曳履，猶憶鄭崇。寧復河裏飛星，雲間墮月，窺西家之宋玉，恨東舍之王昌？誠出恩私，非所宜稱。伏惟克從至願，賜寢前言。使國人盡保展禽，酒肆不疑阮籍。則恩優之理，何以加焉？千冒尊嚴，伏用惶灼。謹啓。〔註76〕

蔣士銓評論這篇文章是「唐調之善者」〔註77〕。從文章內容看，雖是不關政事、謝恩、賀官之類的私事，但呈啓的對象是府主，就一概選擇啓文來書寫。能將拒絕表達得如此委婉恐怕非李商隱莫屬。「兼之早歲，志在玄門，及到此都，更敦夙契。自安衰薄，微得端倪。至於南國妖姬，叢臺妙妓，雖有涉於篇什，實不接於風流」幾句，將自己多年來信奉佛教、追求空寂境界的心理說得很清楚，並表白雖然在詩文中寫到許多美女歌妓，但現實生活中並沒有風流韻事。這幾句已經成為後人瞭解李商隱為人以及理解詩文作品的關鍵。而《上河東公啓》另外兩文的內容是感謝柳仲郢為自己刻《妙法蓮華經》撰經記，同上文一樣，雖屬私事，卻用公文來書寫。

第四節　李商隱牒、序、書、箋、賦的創作概述

　　李商隱牒文共十二篇，其中代崔戎（博陵公）奏報觀盧鄴任察巡官一篇；代王茂元（濮陽公）奏報巡官等六篇；代鄭亞（滎陽公）桂幕牒兩篇。〔註78〕

〔註76〕《李商隱文編年校注》，頁 1901～1902。
〔註77〕《評選四六法海》卷三，轉引自《李商隱文編年校注》，頁 1908。
〔註78〕其中《為滎陽公桂州署防禦等官牒》奏報十九人，《為滎陽公桂管補逐要等官牒》奏報十一人。

代柳仲郢兩篇，其中一篇奏請陳寧續任公井縣令，另一篇奏請周宇爲大足縣令。

　　「牒」的本義是古代用來寫字的木片。《說文解字》：「牒：箚也。從片，
枼聲。」〔註79〕段玉裁《說文解字段注》進一步解釋：「牒，箚也。木部云：
箚，牒也。《左傳》曰：右師不敢對，受牒而退。司馬貞曰：牒，小木箚也。
按：厚者爲牘，薄者爲牒。」〔註80〕可知牒的本義就是用來寫字的木片，而
且是形制小而薄的木片。古代用來寫簡短公文，也用來作某種證明文字，某
種意義上類似現代的證書，如僧人出家的證書叫「度牒」，出關的證明叫「關
牒」等。後來，政府中一些簡短公文也稱作「牒」。因此牒文的性質一是短小，
二是程序化。《舊唐書・職官志》載：「凡京師諸司，有符、移、關、牒下諸
州者，必由於都省以遣之。」〔註81〕李商隱的十二篇牒，都是代幕主撰寫的
任命屬下的公文。這種程序化的短小公文，基本性質屬於應用文，很難有文
采與可讀性，但李商隱的牒文卻正相反，且給人以深刻印象。這主要體現在
兩點：一是人情味十足，在牒文中常見到關於被任命官員與任命下達者之間
的人際關係。這本來是人之常情，但在官場中尤其是官員任命中是非常忌諱
的。李商隱在牒文中卻將這種人際關係交待得非常清楚，讀來親切可感。

> 牒奉處分，我之偏裨，琛最夙舊。且思往歲，嘗從孤軍。衣偏
> 製之衣，靡求盡飾；掌維婁之事，未始告勞。晚節彌堅，壯心不改。
> 土田漸廣，士卒逾多。念此老成，豈令新間。事須補充衙前兵馬使。
> （《爲濮陽公陳許補王琛衙前兵馬使牒》）〔註82〕

明確地說王琛是原來部下的偏將，是老部下，關係最好。此人年輕時便經常
在基層，吃苦耐勞，晚年更加堅定，鄭亞對其非常瞭解，因此補充他爲「衙
前兵馬使」。文章表達的很清楚，因是舊僚而瞭解其爲人與能力，故起用。可
謂舉賢不避親，不會讓人產生絲毫疑惑。

> 牒奉處分，昔坦綺紈，主吾筆箚。二紀相失，一朝來歸。惜其
> 平生，老在書計。今重之侯國，亦有私朝。豈無他人，不可同日。
> 舉爲列校，合屬連營。尚有藉於專精，俾兼司於稽勾。事須補充散

〔註79〕許慎：《說文解字》，中華書局，1963 年，頁 143。
〔註80〕〔清〕段玉裁注：《說文解字段注》，成都古籍書店影印，1981 年 9 月版，頁337。
〔註81〕《舊唐書》卷四十三《職官志》，頁 220。
〔註82〕《李商隱文編年校注》，頁 530。

兵馬使，兼勾節度觀察兩使案。(《爲濮陽公補仇坦牒》)〔註83〕

仇坦在年輕的時候曾經在鄭亞部下任文書之職，二十幾年後突然歸來，因此鄭亞歎息他一直困於文職的人生遭際。如今重要的節度使也有自己的辦公機構，因此任命他「補充散兵馬使，兼勾節度觀察兩使案」，實際是閒職虛銜，可以看出鄭亞對待舊僚重情的一面。

牒奉處分。前件官，吏道長材，故人令弟。一言相託，萬里爰來。未及解巾，俄悲斷手。牙弦載絕，徐劍寧欺？且資典午之權，終正頒條之請。佇揚仁隱，用慰疲羸。無恃舊故。事須差攝判官。
(《爲滎陽公桂州署防禦等官牒・呂佋》)〔註84〕

本文更直接明白，呂佋是鄭亞以前部下官員的弟弟，故人已去，一言相託，萬里相投鄭亞。文章用古時知音眞心相見的典故表達鄭亞爲安慰亡友高義，慰藉其孤弱困窘的弟弟，安排他代理「判官」職務。上述三條牒文明確記載任命下屬官員的原因在於故舊友情。因爲符合人之常情，在情理上並無不可解之處。

另一方面，李商隱文章善於對偶與用典，即便在如此短小而實用性很強的牒文中也有精彩的表現。如在《爲滎陽公桂管補逐要等官牒・李邯》文中「族傳隴右，氣蓋關中，藏蒙瑜獨出之鋒，蘊頗羽先登之志」〔註85〕一句，前典說李邯族望屬於隴西李，且本人有英雄豪氣；後典說李邯勇敢威猛且有智謀。「蒙瑜」指三國時東吳名將周瑜和呂蒙，他們堅決抗戰，在保衛東吳國家安全方面立下汗馬功勞。「頗羽」則指戰國名將廉頗和楚霸王項羽，二人作戰時總是身先士卒、衝鋒陷陣。一句中出現四個歷史人物，用典密集而切合李邯身份。再如《周宇爲大足令牒》中「有卓魯之政事，與顏謝之篇章，較其爲名，不相上下」〔註86〕一句，將周宇的仁德與文學才能都恰切表現出來。「卓魯」引用《後漢書・卓茂魯恭傳贊》中「卓、魯款款，情愨德滿。仁感昆蟲，愛及胎卵」一句，「顏謝」屬於熟典，指南朝晉宋之交時顏延之與謝靈運。兩典四人，分別從仁政道德與學術文章方面來讚美周宇，而這是當時縣令應具備的主要品質與才能。類似這樣的警言名句在李商隱牒文中隨處可見。

〔註83〕《李商隱文編年校注》，頁 534～535。
〔註84〕《李商隱文編年校注》，頁 1418。
〔註85〕《李商隱文編年校注》，頁 1434。
〔註86〕《李商隱文編年校注》，頁 1900。

　　李商隱的序文共三篇，其中駢體序文只有爲李德裕執政期間公文所作的
《太尉衛公會昌一品集序》。這篇序文爲武宗朝執政大臣文集所寫，事關重
大，李商隱傾盡心力而作，故值得仔細品讀和體會。文章開端寫武宗起用李
德裕、君臣相得的過程：

　　　　唐葉十五，帝謚昭肅，始以太弟，茂對天休。遂臨西宮，入高
　　廟，將以準則九土，指麾三靈。乃顧左右曰：「我祖宗並建豪英，範
　　圍古昔，史卜宵夢，震嗟不寧。是用能文，惟睿掌武，以永大業。
　　今朕奉承天命，顯登乃辟，庸不知帝賚朕者，其誰氏子焉？」左右
　　惕兢咸靈，迷撓章指，周訥揚吃，不能仰酬。既三四日，乃詔曰：「淮
　　海伯父，汝來輔予。」霞披霧消，六合快望。四月某日入覲，是月
　　某日登庸。淵角奇姿，山庭異表。爲九流之華蓋，作百度之司南。
　　帝由是盡付玄機，允厭神度。左右者咸不知其夢耶卜耶。金門朝罷，
　　玉殿宴餘，獨銜日光，靜與天語。帝亦幽闈，微《召誥》、《説命》
　　之旨，定元首股肱之契，曰：「我將俾爾以大手筆，居第一功。麒麟
　　閣中，霍光且圖於勳伐；玄洲苑上，魏收別議於文章。光映前修，
　　允兼具美。我意屬此，爾無讓焉。」公拜稽首曰：「臣某何敢以當之。
　　在昔太宗有臣，曰師古曰文本；高宗有臣，曰嶠曰融；玄宗有臣，
　　曰説曰璟；代宗有臣，曰袞；至於憲祖，則有臣禰廟曰忠公。並稟
　　太白以傳精神，納非煙而敷藻思。才可以淺深魏、邴，道可以升降
　　伊、臯。而又富僧孺之新事，識庾持之奇字。清風濯熱，白雪生春。
　　淮南王食時之工，裴子野昧爽之獻。疑王粲之凭構，無禰衡之加點。
　　然後可以弘宣王略，輝潤天文。豈伊乏賢，可纂舊服？」帝又曰：「舜
　　何人也，回何人也！朕思丕承，汝勉善繼，無忝乎爾之先。」公復
　　拜稽首曰：「《易》曰『中心願也』，《詩》曰『何日忘之』，臣敢不夙
　　夜在公，以揚鴻烈！」〔註87〕

從這段文字看，語言近似《尚書》，古奧典雅，寫出君臣相互選擇信任的經過，
涉及皇帝與李德裕之間的交往處用筆十分莊重凝練，可以看出李商隱認眞嚴
謹的態度與恭敬羨慕的心情。

　　　　每牙管既拔，芝泥將乾，上輒曰：「爾有獨斷，朕無疑謀，固俟
　　沃心，可不假手。」公亦分陰可就，落簡如飛。故每有急宣，關於

〔註87〕《李商隱文編年校注》，頁 1613～1614。

密畫，內庭外制，皆不與聞。此又豈可與美《洞簫》而諷於後庭，
聞《子虛》而嗟不同世者，論功而校德邪？其有勢切疾雷，機難終
日，屬宣室未召，武帳不開，公莫暇昌言，且陳密疏。賈太傅之憂
國，固動深誠；山吏部之論兵，詎因夙習？凡所奏御，罕或依違。
及武宗下武重光，崇名再易，公又觀圖東序，按牒西崑，率億兆同
心，列公卿定議，以一十四字，垂百千萬年。藻繢辭華，鋪舒名實。
秦晉於玉檢瑤繩之內，平勃於綠疇讖鼎之間。方將命禮官，召儒者，
訪匡衡后土之儀，採公玉《明堂》之圖，考肆覲之禮於梁生，取封
禪之書於犬子。盡皇王之盛事，極臣子之殊功。而軒鼎將成，禹書
就掩，然猶進先嘗之藥，獻高手之醫，藏周旦請代之書，追漢宣易
名之義，作為大誥，祈於昊天。始終一朝，紹續九德。其功伐也既
如彼，其製作也又如此。故合詔誥奏議碑贊等，凡一帙一十五卷，
輒署曰《會昌一品集》云。紀年，追聖德也；書位，旌官業也。不
言制禁，崇論道也。〔註88〕

這段文字敘述武宗充分信任李德裕，李德裕盡心為國，文治武功兩個方面的
才能都非常超常。開頭幾句寫在軍國大政方面，君臣合作，配合默契的情景，
武宗「爾有獨斷，朕無疑謀，固俟沃心，可不假手」幾句向李德裕交待自己
對他的充分信任。而下文寫李德裕每次遇到涉及國家命運的大事都能及時處
置、果斷應對，以極大的魄力處理許多棘手問題，包括內政外交。尤其是對
劉稹叛亂，採取堅決鎮壓態度，軍事鬥爭與政治鬥爭策略妥當，順利取得平
叛戰爭的勝利。最後用「盡皇王之盛事，極臣子之殊功」兩句高度概括武宗
朝君臣同心同德，執政能力強而取得豐功偉績。

惟公字文饒，姓李氏，趙郡人。蓋大昴中丘，有風雨翕張之氣；
叢臺高邑，有山河隱軫之靈。萃於直躬，慶是全德。許靖廊廟之器，
黃憲師表之姿。何晏神仙，叔夜龍鳳。宋玉閒麗，王衍白皙，馬援
之眉宇，盧植之音聲。此其妙水鏡而為言，託丹青而為裕。至於好
禮不倦，用和為貴，敬一人而取悅，謙六位而無咎。意以默識，確
乎寡辭。車匠胡奴，罔迷於半面；背碑覆局，無俟於專心。聿成儉
訓，不有長物；昔猶卑官，端坐心齋。江革分謝朓之舊襦，便為臥
具；周正得袁憲之談柄，常在講筵。五車自娛，三篋能識。麗則孔

〔註88〕《李商隱文編年校注》，頁 1658～1659。

門之賦，清新鄴下之詩。重以多能。推於小學。王子敬之隸法道媚，皇休明之草勢沉著。異時相逼，當代罕儔。不妄過人，慎於取友。與李、杜齊名者少，願僑、劄交覿者稀。故能應是昌時，媚於天子。憲章皇極，燮理玄穹。燭耀家聲，粉飾國史。侔帝典之灝灝噩噩，尊王道之蕩蕩平平。而又不節怨嗟，知進憂亢，張良竟稱多病，王充方務頤神。無穎陽之善田，乏好時之巨產。何曾之食既去，虞悰之鮓方嘗，憂其厚味，有爽和氣。肴薪無在，琴鶴有餘。成萬古之良相，爲一代之高士。係爾來者，景山仰之。〔註89〕

這段話對李德裕全面讚美頌揚，是李商隱嘔心瀝血之筆。開頭幾句寫李德裕郡王與出身，「許靖廊廟之器」以下連續用黃憲、何晏、嵇康、宋玉、王衍、馬援、盧植八個古代名士各自長處來讚美李德裕的形貌氣質風標，集眾美爲一身，是外在美的極致。「車匠胡奴，罔迷於半面；背碑覆局，無俟於專心」中兩個典故突出李德裕的博聞強記。前一個典故出自《後漢書‧應奉傳》，應奉少年聰穎，過目不忘，記憶力超常，少年時代經歷的事情全部能夠記住。他年輕時曾經任上計吏。許訓是計掾，二人一同赴京出差。許訓一路上將經過的驛站，吃過的飯菜以及接觸過的各級人物都偷偷記錄下來，然後故意讓應奉看。應奉說：「前食穎川綸氏都亭，亭長胡奴名錄，以飲漿來，何不在疏？」在座人爲他的記憶超群而吃驚。應奉在二十歲時曾拜訪彭城相袁賀，一個車匠開門露出半張臉告訴他袁賀不在家，二十年後應奉在異地見到此人並認出。後一個典故出自《三國志‧魏志‧王粲傳》，王粲記憶力非凡，隨便看到一個墓碑過目後便能夠將內容背誦下來。如果兩個對弈下圍棋的人不小心將棋盤弄亂了，王粲可以將棋盤上的棋子布局恢復。因此兩典用在這裡非常恰切。「聿成儉訓」以下八句寫李德裕簡約的美德，「江革分謝朓之舊襦，便爲臥具；周正得袁憲之談柄，常在講筵」中兩個典故在意義上又起過度作用。前者用謝朓遇到寒士江革雪天著破袍單席讀書，便以己襦披其身，割己氈讓其暖。「周正」一典側重在學識淵博，反映機敏善談，都是讚美李德裕的才能。其後則說李德裕學識淵博，爲人清廉有節操，得到皇帝的高度信任，成就一番功業。「成萬古之良相，爲一代之高士」可謂對李德裕人生的全面總結，「良相」指功業而言，「高士」指人品道德文章而言，李德裕足以當之。然非李商隱難以概括得如此精湛，故這篇序文是李商隱駢文中的精品之一。

〔註89〕《李商隱文編年校注》，頁 1665～1666。

　　李商隱文集中書共五篇，但駢體書文只一篇即《爲濮陽公與劉稹書》。這篇文章在《全唐文》中題目爲《爲濮陽公檄劉稹文》。馮浩根據《樊南文集》考證應爲「書」而不是「檄」。從文章內容看，通篇向劉稹陳述利害，規勸其聽從朝廷詔旨，千萬不要抗旨興兵，並非軍事行動前的政治聲討，且全文動之以情，曉之以理，因此以「書」爲題更合適一些。馮浩的考證應很正確。

　　會昌三年四月初七，昭義軍節度使劉從諫去世，其子劉稹秘不發喪，逼迫監軍以劉從諫病重之故向朝廷請示更改自己爲留後，實爲子承父職。但朝廷等劉稹報喪後要求其護喪回東都，但劉稹拒旨不尊且控制兵權，於是朝廷下詔聲討。李德裕在武宗支持下採用強硬的態度堅決鎮壓，王茂元被調到河陽也是爲討伐劉稹，此時朝廷還沒有正式下達討伐的聖旨，事情尚有迴旋的餘地，因此王茂元才給劉稹寫這第二封信。

　　首先，因爲是代王茂元所寫，王茂元與劉稹父親劉從諫當年都是節度使，同朝爲官，故先從與其父親劉從諫的關係寫起：「足下：前以肺肝，布諸簡素，仰承覆命，猶事枝辭。夫豈告者之不忠，抑乃聽之而未審？擇福莫若重，擇禍莫若輕。一去不回者良時，一失不復者機事。噫嘻執事，誰與爲謀？延首北風，心焉如灼。是以再陳禍福，用釋危疑。言不避煩，理在易了。丁寧懇款，至於再三者，誠以某與先太傅相國，俱沐天光，並爲藩后，昔云與國，今則親鄰。而大年不登，同盟未至，飯貝才畢，襚衣莫陳。乃睠後生，遽乖先訓，遷延朝命，迷失臣職。不思先穀之忠，將覆欒書之族。此僕隸之所共惜，兒女之所同悲。況某擁節臨戎，援旗誓眾，封疆甚邇，音旨猶存。忍欲賣之以爲己功，間之以開戎役？將袪未瘳，欲罷不能。願思苦口之言，以定束身之計。」〔註90〕從「前以肺肝，布諸簡素，仰承覆命，猶事枝辭」幾句看，在此書之前，王茂元曾經還給劉稹寫過一封信，是否李商隱代筆不敢確定。劉稹在回信中態度並不明確，不知道是說的不明白還是沒有體會清楚。「擇福莫若重，擇禍莫若輕，一去不回者良時，一失不復者機事」可謂是精辟至極之警語，選擇幸福方面越重越好，選擇災禍方面當然越輕越好，一去不復回的是良時，一失便不可恢復的是機遇，這對劉稹當時的情況是最恰當的勸諫。

　　其次，從劉稹先人的功績來勸導劉稹：

　　　　昔先太尉相公，常蹈亂邦，不從逆命，翻身歸國，全家受封，

〔註90〕《李商隱文編年校注》，頁 646～647。

居韓之西，爲國之屏。棄代之際，人情帖然。太傅相公，以早副軍牙，久從征斾，事君之節已著，居喪之禮又彰。故乃獎其象賢，仍以舊服，納職貢賦，十五餘年。於我唐爲忠臣，於劉氏爲孝子。人之不幸，天亦難忱。才加壯室之年，奄有壞梁之歎。主上深固義烈，是降優恩。蓋將顯足下之門，爲列藩之式，不欲劉氏有自立之帥，上黨爲辜恩之軍。俾之還朝，以聽後命。其義甚著，其恩莫偕。昨者祕不發喪，已逾一月；安而拒詔，又歷數旬。祕喪則於孝子未聞，拒詔則于忠臣已失。失忠於國，失孝於家，望此用人，由茲保族，是亦坐薪言泰，巢幕云安，智士之所寒心，謀夫之所齰舌。矧於僕者，得不動心？〔註91〕

劉稹祖父劉悟當年在淄青節度使李師道屬下爲將。李師道朝命興兵作亂，劉悟審時度勢反戈一擊，爲朝廷立下大功後歸順朝廷，朝廷封其爲義成軍節度使，彭城郡王，穆宗朝移鎮澤潞。劉稹的祖父去世時，兒子劉從諫一直跟隨在軍中，有作戰經驗與經歷，對朝廷忠誠，守喪孝敬，因此順理成章繼任爲節度使。其後一直鎮守澤潞，「於我唐爲忠臣，於劉氏爲孝子」對於朝廷來說父親是忠臣，而對於劉氏家族來說父親是孝子。這樣寫便爲下文作伏筆，父親可謂忠臣孝子，兒子卻不接受朝命，便是叛臣逆子。「秘喪則於孝子未聞，拒詔則于忠臣已失。失忠於國，失孝於家」，語言雖然稍微委婉一些，但意思卻清楚分明，分析指責都很深刻。文章又分析並指出劉稹這樣做的原因是因爲前面有類似的情況，即成德節度使王庭湊死，兒子王元逵接班，魏博節度使何進滔死，兒子何弘敬接班。因爲成德屬於古代趙國，而魏博古代屬於魏國，故可以稱爲趙、魏。而「夫趙魏二侯，於其先也，親則父子；於其人也，職則副戎。賞罰得以相參，恩威得以相抗。義顯事順，故朝廷推而與之。今足下之於太傅也，地則尤子，職非副戎，賞罰未嘗相參，恩威未嘗相抗。祕喪則於義爽，拒詔則於事乖，比趙、魏二侯，信事殊而勢別矣。此施之於太傅、趙、魏則爲繼代象賢之美；施之於足下，足下則爲自立擅命之尤。得失之間，其理甚白」〔註92〕一段指示：成德與魏博兩節度使，在父親死前已經參加軍事領導，是副手，故父親死兒子直接接班順理成章，更主要的是能夠眞正掌管局面和政權。如今劉稹職務不是副帥，對部下的賞罰都沒有意見，

〔註91〕《李商隱文編年校注》，頁647。
〔註92〕《李商隱文編年校注》，頁648。

更沒有恩威可言。祕不發喪與抗拒朝命是不孝不忠,與成德和魏博根本不是一個性質。性質不同則結果也將不同。「己立然後人歸,身正然後士附。語有之曰:『政亂則勇者不爲鬥,德薄則賢者不爲謀。』故吳濞有奸而鄒陽去,燕惠無德而樂生奔。晉寵大夫,卒成分國之禍;衛多君子,孰救渡河之災?此之前車,得不深鏡」﹝註93﹞,自己有正義有道理人們自然會支持,自己道德高尚行爲端正而他人自然歸附。如果政治混亂而勇敢的人也不會爲之戰鬥,如果道德微薄有智慧的人也不會爲之出謀劃策。前漢劉濞發動七國之亂而鄒陽離去,燕國國君姬噲缺德而樂毅出走。劉稹這樣抗拒朝廷,也會「得道多助,失道寡助」的。道理講述得非常清楚。

　　再者,指出無論地形的險要,軍事力量還很強大,都不足以作爲倚靠。「又計足下,當恃太行九折之險,部內數州之饒,兵士尙強,倉儲且足,謂得支久,謀而使安。危哉此心,自棄何速」﹝註94﹞,如果這樣想,那麼就是自取滅亡。然後舉剛剛發生的歷史故事,即李抱眞效忠朝廷,戰無不勝,盧從史背叛朝廷,一敗塗地。「則太行之險,固不爲悖者之守;數州之眾,固不爲邪者之徒。此又其不足恃也。由此言之,則以何名隳家聲?何事捨君命?何道求死士?何計得人心?此僕者所以對案忘飧,推枕不寢,爲足下惜,爲足下危,而不知其所以然也」﹝註95﹞,文中所言道理清楚明白,如果執迷不悟,「則老夫不佞,亦有志焉。願驅敢死之徒,以從諸侯之末。下飛狐之口,入天井之關,巨浪難防,長飆易扇。此際必當驚地底之鼓角,駭樓上之梯沖。喪貝蹟陵,飛走之期既絕;投戈散地,灰釘之望斯窮。自然麾下平生,盡忘舊愛;帳中親信,即起他謀。辱先祖之神靈,爲明時之戮笑。靜言其漸,良以驚魂」﹝註96﹞,表示堅決討伐的決心。全文先禮後兵,層次分明,娓娓道來,可謂說理透徹,入木三分。從文章氣勢上,頗有戰國縱橫家的遺風,在李商隱文中別具一格。

　　李商隱只有一篇箴,是用駢文寫的,非常值得關注。仔細閱讀詳參此文後,發現不是簡單的關於太倉的箴銘,而是對於一切官員廉政的告誡書。李商隱一生未做高官,也沒有執掌一方權力的經歷,緣何發如此感慨,只有從

﹝註93﹞　《李商隱文編年校注》,頁 648。
﹝註94﹞　《李商隱文編年校注》,頁 649。
﹝註95﹞　《李商隱文編年校注》,頁 649～650。
﹝註96﹞　《李商隱文編年校注》,頁 651。

「應物斯感」即接觸過太倉方面的工作來思考了。關於本文的寫作背景，劉學鍇先生在《李商隱傳論》中的考證很有啓發：「值得注意的是，這年十月，李商隱寫過一篇《太倉箴》。這是現存商隱文中惟一的一篇箴。《金石錄》：『唐《太倉箴》，大和七年十月，李商隱撰，行書，無姓名。』據《新唐書·百官志》，司農寺下屬機構有太倉署，有令、丞。又有監事八人，掌廩藏之事。又有府十人，史二十人，典事二十四人，掌固八人。令狐楚會不會薦李商隱爲太倉署的屬吏呢？似並非無此可能。」〔註97〕這種推論很有道理，李商隱一定接觸過太倉的工作，有所感受才創作此文。細讀此文，思想含量很大，具有深遠的警世意義，可惜未引起重視，故本文稍加介紹與分析。

　　險哉太倉，險若太行。彼懸車束馬，爲陟高岡；此禍胎怨府，起自斗量。無小無大，不可不防。澄波萬頃，不廢汪汪。火烈人畏，不廢剛腸。曷若寬猛，處於中央。泉穀之地，勿言容易。貪夫徇財，有死無二。御點馬銜，不得不利。下或諛吾，過人之聰，是人甘言，將欲相聾。下或誇我，秋毫必睹，是人甘言，將欲相瞽。長如欲戰，莫捨強弩。長如獲禽，莫忘縛虎。眾人之言，有詭有眞。如彼五味，有甘有辛，口自嘗取，無信他人。天生五色，有白有黑，目自別取，無爲人惑。

　　而況乎九門崇崇，近在牆東。天視天聽，惟明惟聰。問龠合斗斛，何以用銅？取寒暑暴露，不改其容；亦象君子，介然居中。終日戰慄，猶懼或失。銜用何利？鍛之以清；虎用何縛？接之以明；弩何用射？發之以誠。俾後來居上，無由以生；有餘不足，無由以爭。心爲準概，何憂乎不直不平！各敬爾職，一乃心力。倉中水外，人馬勿食。陶母反魚，以之歎息。豈無他粟，豈無他芻，薏苡似珠，不可不虞。倉中役夫，千逕萬塗。柴點爲炭，晬肝爲爐。應事成象，無有定模。緣私指使，愼勿以呼。賓朋姻婭，或來讙話。食中酒醴，愼勿以貰。海翁無機，鷗故不飛。海翁易慮，鷗乃飛去。是以聖人，從微至著，不遺忠恕。借借貰貰，此門先塞。須防蒼蠅，變白作黑。

　　嗚呼！熟慮熟圖？昔在漢家，倉令淳于，致令少女，上訴無辜，陷身致是，不亦悲乎！敢告君子，身可殺，道不可渝。〔註98〕

〔註97〕《李商隱傳論》，頁80。
〔註98〕《李商隱文編年校注》，第16～17頁。

起筆突兀，直接用比興手法，把太倉比喻為太行山之險要。李商隱在大和七年春夏間去過太原，如果從河南出發，一定要經過太行山最險要地帶羊腸阪。《史記・魏世家》注曰：「羊腸阪在太行山上，南口懷州，北口潞州。」可能是剛剛經歷的險要給李商隱留下深刻的印象，所以他起筆便用太行山之險來比喻太倉。太倉本來應該在平坦地段，周圍有水環繞，為什麼會險如太行山呢？人登太行山的時候，要謹慎小心，膽戰心驚，「懸車」如何做法如今難以考訂，肯定是古代路過險要地段時對車採取安全措施的一種做法，當時應該通行。「彼懸車束馬，為陟高岡」是說人們如此戰戰兢兢是因為要度過太行山最險要的羊腸阪，而掌管太倉的官員也是如此，這種工作性質如同過太行山一樣，禍患起自太倉中的財貨，因此不能不加以防備。「澄波萬頃，不廢汪汪；火烈人畏，不廢剛腸」四句說雖然大權在握，依然可以清白如水，雖然火烈威猛，依然可以堅持原則而不為所動。但要掌握一個適當的度，就是要寬猛適中，錢財集中的地方不要說很容易把握。「貪夫徇財，有死無二」可謂是全篇主旨，貪婪的人如果貪圖錢財，則一定會死在錢財之上沒有例外。此八字可謂超越古今中外，具有永恒的警世意義。孔子曰：「放於利而行，多怨！」（《論語・里仁》）如果只追求利益的話，人們一定會多有怨氣。如果一個人憑藉官位而多獲取財產的話，一定會有民怨和危險。「御點馬銜」以下則是提示掌管錢財物的官員要提防糖衣炮彈的攻擊，要防備甜言蜜語以及金錢的侵蝕。「眾人之言，有訛有真。如彼五味，有甘有辛。口自嘗取，無信他人。天生五色，有白有黑。目自別取，無為人惑」幾句是經驗之談，眾人的話有真有假，如同五味一定要自己親自品嘗才可以確定其味，對於五色也要自己親自去看去辨別才能確定是黑是白。這是非常重要的人生經驗。

　　「而況乎九門崇崇」一段則強調要公平、公正、清廉、明白，這確實是主管錢財物官員的重要品質。「問龠合斗斛，何以用銅？取寒暑暴露，不改其容。亦象君子，介然居中」幾句說升、斗等稱量糧食的容器之所以用銅來製造，是因為「銅之為物至精，不為燥濕寒暑變其節，不為風雨暴露改其形，介然有常，有似士君子行，是以用銅也」（《漢書・律曆志》）。「心為準概，何憂乎不直不平。各敬爾職，一乃心力」是要求執政者心中要有「準概」，堅定標準的原則就不會有什麼過錯與不公平。下面再用陶侃母返魚，馬援征南返回時車上裝載的薏苡好像珍珠而被人告發彈劾兩典。這是兩方面的典範，東晉大將軍陶侃年輕時曾經當過主管漁梁的官吏，給她母親湛氏送一筐好魚，

陶母將魚返回，並寫信責備道：「汝爲吏，以官物見餉，非惟不益，乃增吾憂也。」〔註 99〕馬援在南征交趾時，經常戴薏苡的果實以爲耳環，一是輕快，二是用來勝瘴氣。因爲南方薏苡比較大，回來時裝載一車，被人告發說是珍珠等寶貝。這裡說陶侃母親知道防閑，而馬援卻有所疏忽。官員一定要注意有「瓜田不納履，李下不正冠」的意識。「倉中役夫，千逕萬塗。桀黠爲炭，睢盱爲爐。應事成象，無有定模。」即使是太倉中的普通力工，也會通過各種途徑來腐蝕官員，因此官員一定要有原則性，對於具體事情還要有靈活性。至於對於親朋「借借貸貸，此門先塞」借貸之事要先杜絕，這樣才不會發生問題。最後再以漢代淳于意當太倉令遭人誣告而身陷囹圄，多虧女兒緹縈保住性命的典故告誡世人。「敢告君子，身可殺，道不可渝」收束全文，提出最後的忠告與主張：保持清廉與節操，身可死而公正廉潔的品格不可玷污，眞理不可違背。全文借題發揮，是一篇警世的好文章。即便在今天也沒有過時，依然有教育意義。文章說理明白，語言通俗，事例典型，所用都是熟典，這在李商隱文章中比較少見。

李商隱的賦很少，只有四篇，其中有兩篇是新輯佚的作品。因都是駢文，篇幅短小，且很有趣味，下文分別簡單概括。

亦氣而孕，亦卵而成。晨虻露蟁，不知其生。

汝職惟嚙，而不善嚙。回臭而多，趉香而絕。（《蝨賦》）〔註100〕

蝨子是令人討厭的寄生蟲，專門以吸人或動物的血來維持生命。不知道李商隱爲什麼要爲它作篇賦。最後兩句用顏回和盜跖作對比，譴責社會與天道的不公平。顏回因爲貧窮條件不好而蝨子很多，盜跖因爲生活優越反而沒有蝨子。這確實是一直難以解決的社會問題。

夜風索索，緣隙憑壁。弗聲弗鳴，潛此毒螫。

厥虎不翅，厥牛不齒。爾今何功，既角而尾？（《蠍賦》）〔註101〕

蠍子也是令人討厭的有毒的昆蟲，文章寫出其生活習性，屬於傳統賦體寫法。最後四句說將蠍子與老虎、牛對比，老虎沒有翅膀，牛沒有牙齒，蠍子對於天地沒有任何功勞卻有角有尾，充滿諷刺與揶揄。這很有可能用以比喻宦官的狠毒且有權勢。

〔註99〕 余嘉錫撰：《世說新語箋疏·賢媛第十九》，中華書局，1983 年版，第 692 頁。
〔註100〕《李商隱文編年校注》，第 2291 頁。
〔註101〕《李商隱文編年校注》，第 2294 頁。

　　　　西白而金，其獸惟虎。何彼列辰，自虎而鼠？善人瘠，讒人肥。

　　汝不食饞，畏汝之饑。(《虎賦》)〔註102〕

五行中西方爲金，五色中金爲白色。作爲星宿，西方七星爲白虎。善人都瘠瘦無肉，而讒人佞人姦人都腦滿腸肥。如果老虎不能吃饞的肥肉的話，那麼人們真有些害怕老虎的飢餓。這很有可能用來比喻諷刺司法官員只能欺負弱者、蠶食百姓，而不敢制裁有權勢或社會邪惡勢力。

　　彼騎而齧，孰爲其主？彼芻而蹄，孰爲其圉？

　　五里之埃，十里之亭，癬燥饑渴，不擇重輕。

　　亭有饞吏，曝之爲臘。又毒其吏，立死與槤。(《惡馬賦》)〔註103〕

這篇賦描寫騎乘則咬、餵養則踢的惡馬。在亭埃之間奔波勞累，又饑又渴，皮膚乾燥有癬，不管輕活重活都使役之。驛亭中有嘴饞的小吏把馬殺了作成肉乾，肉乾又有毒，小吏因此中毒而死。本文所指並不明確，很有可能諷刺對社會有害無益的人。這四篇賦與李商隱其它駢文大不同，充滿諷刺意味，帶有鮮明的文學色彩，與李商隱的政治諷喻詩相類，寓意的內容難以從文章表層找到答案，這正是李商隱一貫的創作特徵。

〔註102〕《李商隱文編年校注》，第2296頁。
〔註103〕《李商隱文編年校注》，頁2298。

第五章　李商隱駢文分體研究（下）

　　李商隱一向以「善哀誄之辭」著名，祭祀類文體在他的駢文中也最具特色。李商隱祭祀類文體主要分爲祭文、祝文、碑銘文與黃籙齋文幾類。本章便對其以祭文爲主的「哀誄之辭」進行分析評述。

第一節　文學總集及文體著作對祭祀類文體的分類

　　祭文概念的演變較之啓文、狀文等文體清晰。南朝蕭統《文選》就將祭文列爲單獨一類，與誄、哀、弔文並列，共收錄三篇祭文，分別是謝惠連《祭古冢文》、顏延之《祭屈原文》和王僧達的《祭顏光祿文》。劉勰在《文心雕龍》中把祭文歸入「哀悼」類，《文苑英華》也將祭文單列一類，下列「交舊」、「親族」、「雜祭文」、「神祠」、「祭古聖賢」、「哀弔」六個子目。

　　宋姚鉉《唐文粹》在「文類」中列有「傷悼」、「弔古」兩類，清代吳曾祺在《文體芻言》中評價：「祭則所用者廣，不盡施於死者，如告祭天地、山川、社稷、宗廟。凡一切祈禱酬謝詛咒之舉，莫不有祭，祭莫不有文，以交於神明者，於理則一，故選家皆合而同之。姚氏『哀祭』一門，專收送死之作，非其義矣。」〔註1〕吳氏認爲祭文不僅指爲亡者悼，還包括告祭天地、山川、宗廟，並認爲姚鉉《唐文粹》「哀祭」類只收入悼亡文，實爲狹隘。宋呂祖謙《宋文鑑》和元蘇天爵《元文類》都將「祭文」單列一類。

　　明代徐師曾《文體明辨》也將祭文單列一類，與誄辭、哀辭並列，徐氏

〔註1〕吳增祺：《韓芬樓文談·附錄》，商務印書館，中華民國22年3月版，頁14
　　　～15。

在《序說》中對祭文有所闡釋：「按祭文者，祭奠親友之辭也。古之祭祀，止於告饗而已。中世以還，兼讚言行，以寓哀傷之意，蓋祝文之變也。其辭有散文，有韻語，有儷語；而韻語之中，又有散文、四言、六言、雜言、騷體、儷體之不同。今各以類列之。劉勰云：『祭奠之楷，宜恭且哀；若夫辭華而靡實，情鬱而不言，皆非工於此者也。』作者宜詳審之。宋人又有祭馬之文，是亦一體，故取以附焉。」〔註2〕

徐氏給祭文所下的定義是「祭奠親友之辭」，並交待祭文從古至今的演變，由上古告饗之用過度到中古讚美亡者言行、寄託哀思，是祝文的變體。徐氏也引用劉勰認為祭文詞語不應華靡不實，這樣所要表達的情感會鬱結晦澀，不為人得知。

明吳訥《文章辨體》將祭文與哀辭、誄、弔文並列其中，並強調祭文書寫的要點：「古者祀享，史有冊祝，載其所以祀之之意，考之經可見。若《文選》所載謝惠連之《祭古冢》，王僧達之《祭顏延年》，則亦不過敘其所祭文及悼惜之情而已。迨後韓柳歐蘇，與夫宋世道學諸君子，或因水旱而禱於神，或因喪葬而祭親舊，眞情實意，溢出言辭之表，誠學者所當取法者也。大抵禱神以悔過遷善爲主，祭故舊以道達情意爲尙。若夫諛辭巧語，虛文蔓說，固弗足以動神，而亦君子之所厭聽也。」〔註3〕強調祭文要眞情實意，不能諛辭巧語。

明程敏《明文衡》將祭文單列一類，與哀誄並列。明王世貞《藝苑卮言》將哀與誄列入「史之華」類；清儲欣編纂《唐宋十大家類選》的「詞章類」列有祭文類；清莊仲方《宋文苑》也列有祭文類；清姚鼐《古文辭類纂》列有哀祭類，包括哀祭性的辭賦、祭文、哀辭等；清李兆洛《駢體文鈔》在「指事述意之作」下設「誄祭」類；清曾國藩《經史百家雜鈔》在「告語類」中設有「哀祭類」，均是悼祭亡人之文；清吳曾祺《涵芬樓古今文鈔》「哀祭類」中列有祭文。

褚斌傑先生在《中國古代文體概論》中也對祭文下了定義：「祭文，是古代爲祭奠死者而寫的哀悼文章。古代祭祀天地山川時，往往有祝禱性的文字，稱祭文、祈文或祝文，後來喪葬親友，也用祭文致追念哀悼之意。」〔註4〕

〔註2〕《文體明辨序說》，頁154。
〔註3〕《文章辯體序說》，頁54。
〔註4〕褚斌傑：《中國古代文學概論》，北京大學出版社，1990年，頁414。

下面我們從文字學角度將祭文的含義再明確一下，祭文就是祭祀用的文章。《說文解字》「祭：祭祀也。從示，以手持肉。」〔註5〕段玉裁說得更明確：「此合三字會意也。」〔註6〕就「祭」字本義說，就是手持肉向神靈進行祈禱祝願或請求的意思，是一種儀式，並沒有對象範圍。因此廣義的祭文當然包括對於去世之先人以及親朋故舊的祭祀，也可以包括對於山川大河以及一切自然對象的祭祀。綜合以上文學總集及文論著作對祭文的分類，我們將李商隱祭祀類文章分為祭文、祝文、碑銘與黃籙齋文幾類。其中，祭文一類的祭祀對象是故去的親朋好友，祝文的對象是山川神靈；李商隱駢體碑銘僅三篇，但有較大的研究價值，故單獨提出，與道教儀式上用於禱告祈福的黃籙齋文合併一處進行研究。

第二節　李商隱祭文創作概論

李商隱共存二十四篇祭文，數量雖不多，但歷來被看作是其文章中取得成就最大的一類，因此也倍受關注。《舊唐書・李商隱傳》著重點出他「尤善為誄奠之辭」。此處誄奠之辭還包括李商隱的祝文、碑銘、黃籙齋文等。舊史這句話說明五代人已經注意到李商隱祭祀類文章的突出成就，不僅如此，李商隱祭文在當代已有極高的知名度，可謂當世第一祭文寫手。為牛僧孺撰寫祭文及祭文帶來的巨大反響最能說明問題。據《樊南乙集序》：「時同僚有京兆韋觀文、河南房魯、樂安孫樸、京兆韋嶠、天水趙璜、長樂馮顥、彭城劉允章，是數輩者，皆能文字，每著一篇，則取本去。是歲葬牛太尉，天下設祭者百數。他日尹言，吾太尉之薨，有杜司勳之志，與子之奠文，二事為不朽。」〔註7〕牛僧孺是牛黨黨魁，去世在宣宗大中二年冬。〔註8〕當時正是牛黨得勢之時，牛僧孺喪事極其隆重。天下寫祭奠文章的就有上百人，但在眾多奠文中，李商隱的最突出，與杜牧的《墓誌銘》並稱，被看作是牛僧孺最大的榮耀。李商隱在自己編輯的文集中專門提這件事，可知這篇文章曾經給

〔註5〕《說文解字》，頁8上。
〔註6〕《說文解字段注》，頁4上。
〔註7〕《李商隱文編年校注》，頁2176。
〔註8〕具體月份待定，新舊唐書本傳未載去世之月份，杜牧為撰寫之《墓誌銘》說：「大中二年十月二十七日，薨於東都城南別墅，年六十九。」李珏《牛公神道碑銘並序》：「公以大中戊辰歲十二月二十九日薨，以大中己巳歲五月十九日葬。」二者說法不一。

李商隱帶來很高的聲譽。關於這一點我們不多討論。但李商隱這篇祭奠牛僧孺的文章一定寫得很有感情，文筆也精彩，否則不會和杜牧的《墓誌銘》並稱。「二不朽」是極高的評價，可惜的是李商隱這篇奠文已經散佚，如此重要的文章散佚，很可能是其中有不妥之處，李商隱本人沒有將其編入集中。

這件事足以說明李商隱的祭文在當時就名噪一時。清代孫梅《四六叢話》卷二十五在論述「祭誄」類文體時，特意將李商隱與潘岳作比較：「魏晉哀章，尤尊潘令；晚唐奠醊，最重樊南。潘情深而文之綺靡尤工，李文麗而情之悽愴自見。」〔註9〕劉學鍇先生在《李商隱傳論》分類論述李商隱駢文時，對祭文所著筆墨也尤多。這不僅因為祭文是最能抒發作者情感的文體，也是因為李商隱的祭文著實發自真情實感，能夠打動人心。而無論是代人書寫還是自祭他人，李商隱都做到了情動於中，深情綿緲，悲哀之情蕩漾於字裏行間。

在這二十四篇祭文中，有十四篇是代人而作。其中為他人撰寫的蕭澣祭文，是崔珙請李玄為蕭澣撰寫祭文，李玄又轉請李商隱代自己完成這個任務。這便是時人肯定李商隱「尤善為誄奠之辭」的一個很好證明。李玄應該很善於寫祭文，權要崔珙請李玄代寫便很說明問題。崔珙當時是京兆尹，又是牛黨重要成員，身份地位都很高，與蕭澣關係親密。他請李玄為自己的親密戰友寫祭文，是對李玄的高度信任。李玄沒有自己寫而是轉請李商隱，肯定要徵得主人即崔珙的同意。

除此之外，李商隱代人寫的祭文還有：代王茂元（濮陽公）撰寫的祭文有兩篇，一是祭崔瑉，二是祭張士隱；代李兵曹祭李從簡一篇；代李璟之弟李郎中祭竇端州一篇；代王茂元的姪媳万俟氏和蘇氏祭王茂元兩篇；為馮從事妻祭叔父一篇；代裴衡祭薛兗一篇〔註10〕；代李褎祭王彥威一篇；代王茂元妻祭女兒即張審禮妻一篇；代鄭亞撰寫祭文兩篇，一篇祭呂述，一篇祭楊魯士；代韓城門丈為子姪祭岳母一篇。其餘十篇是商隱自撰，除祭令狐楚一篇外，其餘九篇都是為祭奠自己親人而撰，包括商隱族姑「韓氏老姑」、妻妹夫張審禮、徐氏姐、徐姐夫、處士叔、裴氏姐、姪女小寄寄以及岳父王茂元。

從創作時間看，開成二年到五年共創作五篇祭文，會昌元年至五年共創作十六篇，大中元年創作兩篇，另有一篇《韓城門丈請為子姪祭外姑公主文》無法確認創作時間。

〔註 9〕《歷代文話》，頁 4712。
〔註10〕劉學鍇認為薛兗為「薛褎」之訛。

　　祭文所以能傳世者主要在於情深。《祭十二郎文》、《祭元微之文》、《祭夫人韋氏文》、《祭小姪女寄寄文》都是這個特點。徐師曾在《文章明辨序說》中說：「劉勰云：『祭奠之楷，宜恭且哀；若夫辭華而靡實，情鬱而不言，皆非工於此者也。」〔註11〕在李商隱之前，這樣深情之作都可謂深情且哀，李商隱正屬於所論的後者：辭華、情鬱。但李商隱不但做到了充實，也做到了有所言，《祭令狐公文》就屬於這類文章。李商隱祭文在文體發展過程中是一特例，對於前人的精華有所汲取，在此基礎上又能有所創新，自成一體。

　　在李商隱之前，唐代祭文體現出的生命歸屬意識趨同。主要體現在生命因何而來，又去向何方的問題上。韓愈、柳宗元、劉禹錫都持有「生命秉自然之氣而生」的觀點：

> 天高而明，地厚而平。五氣敘行，萬彙順成。
> 交感旁暢，聖賢以生。雨水於雲，漬水於坤。
> 蕃昌生物，有假有因。天眷唐邦，錫之元臣。
> （韓愈《祭董相公文》）〔註12〕
>
> 卿雲輪囷，天漢昭回。自然物外，寧雜塵埃。
> 公稟間氣，心靈洞開。（柳宗元《祭楊憑詹事文》）〔註13〕
>
> 天以和氣，鍾於貴人。含光不曜，煦物如春。
> 發自貢士，驟為廷臣。鴻雁聯行，共陵青雲。
> （劉禹錫《代諸郎中祭王相國文》）〔註14〕

三段文字分別認為董晉、楊憑、王播屬天地之英才，秉萬物造化而生，是天地萬物鍾靈毓秀而生成的賢人。這雖然與古代傳統觀一脈相承，看似平常卻反映了作者對所祭之人的尊重與敬仰。

　　除了因何而生觀念外，對去向何處的追問在唐代的祭文中也屢見不鮮。柳宗元在《祭呂衡州溫文》中最後對呂溫的靈魂何去何從一連提出十四個疑問：

> 嗚呼化光！今何為乎？止乎行乎？昧乎明乎？豈蕩為太空與化無窮乎？將結為光耀以助臨照乎？豈為雨為露以澤下土乎？將為雷為霆以泄怨怒乎？豈為鳳為麟、為景星為卿云以寓其神乎？將為金

〔註11〕《文體明辨序說》，頁154。
〔註12〕《韓昌黎文集校注》，頁688。
〔註13〕《柳宗元集》，頁1047。
〔註14〕《劉禹錫全集編年校注》，頁1136。

爲錫、爲圭爲璧以棲其魄乎？豈復爲賢人以續其志乎？將奮爲神明
以遂其義乎？不然，是昭昭者其得已乎，其不得已乎？抑有知乎，
其無知乎？彼且有知，其可使吾知之乎？幽明茫然，一慟腸絕。嗚
呼化光！庶或聽之。〔註15〕

這是一種樸素的唯物主義觀，思考呂溫死後會化爲宇宙萬物中的何種物質，
每一問都表明了自己的巨大疑問。最後的結論是「幽明茫然」，自己也找不出
答案。應該說，這是人類一直在探索的一個問題，至今也沒有答案。柳宗元
的這種思考比較深刻，在唐代祭文中具代表性，與他持相似觀點的還有他的
政治盟友與詩文摯友劉禹錫，在祭奠柳宗元的祭文中說：

嗚呼子厚！我有一言，君其聞否？惟君平昔，聰明絕人。今雖
化去，夫豈無物？意君所死，乃形質耳。魂氣何託，聽予哀辭。

（《祭柳員外文》）〔註16〕

劉禹錫也認爲聰明絕人的柳宗元雖身亡，但魂氣一定會化成別物，甚至還
能聽到自己的哀辭寄託。這種樸素唯物主義觀置之祭文中，形成一種加深
情感的作用。呂溫之於柳宗元、柳宗元之於劉禹錫都是摯友。呂溫的逝世
對柳宗元的打擊特別大，他說：「海內甚廣，知音幾人？自友朋凋喪，志業
殆絕，惟望化光伸其宏略，震耀昌大，興行於時，使斯人徒，知我所立。
今復往矣，吾道息矣！雖其存者，志亦死矣！臨江大哭，萬事已矣！窮天
之英，貫古之識。一朝去此，終復何適？」〔註17〕這說明柳宗元自遠謫後
將呂溫看作主要的傳道者，如今傳道者不在人世，而自己本已無計可施，
才有「萬事已矣」的哀痛。劉禹錫也是對摯友深深的思念才使其在書寫祭
文時對柳宗元靈魂的何去何從有更深刻的思考。而久事佛事的白居易本著
輪迴觀，對亡友持以「來生相會」的思考，在《祭中書韋相公文》和《祭
微之文》即如此：

浮生是幻，眞諦非空，靈鷲山中，既同前會，兜率天上，豈無
後期？嗚呼韋君，先後間耳。〔註18〕

《佛經》云：「凡有業結，無非因集。」與公緣會，豈是偶然？

〔註15〕《柳宗元集》，頁1054。
〔註16〕《劉禹錫全集編年校注》，頁1049。
〔註17〕《柳宗元集》，頁1053～1054。
〔註18〕朱金城：《白居易集箋校》（六），上海古籍出版社，1988年版，頁3714。

多生以來，幾離幾合，既有今別，寧無後期？公雖不歸，我應繼往，

安有形去而影在，皮亡而毛存者乎？〔註19〕

白居易反覆提到「後期」，「豈無後期」、「寧無後期」，與劉、柳對靈魂存在與否疑問的態度截然不同，這個不同看似只是觀念的差別，卻使祭文情感產生異同，前者顯然比後者更加悲痛。

對於前人祭文中體現出的生命歸屬意識，李商隱心領神會，在他的祭文中，對這種生命意識的探討同樣佔據了重要位置。

首先，他也認為生命消亡後有所歸處：「精神何往，形氣安歸？苟才能有所未伸，勳庸有所未極，則其強氣，宜有異聞。玉骨化於鍾山，秋柏實於衰氏。」（《重祭外舅司徒公文》）〔註20〕

其次，與柳宗元的疑問相似：「曩昔容華，生平淑婉，漠然不見，永矣何歸？將籍掛諸天，遙歸眞路？將福興淨域，須赴上生？將爲孽累所招，遂淪幽界？將是療治不至，枉喪韶年？千感裝懷，萬疑疊慮，觸途氣結，舉目心摧。天實爲之，復將何訴？」（《爲外姑隴西郡君祭張氏女文》）〔註21〕

而在祭王茂元的文中起首就對生命因何來因何去闡明自己觀點：

嗚呼哀哉！人之生也，變而往耶？人之逝也，變而來耶？冥寞

之間，杳惚之內，虛變而有氣，氣變而有形，形變而有生。今將還

生於形，歸形於氣，漠然其不識，浩然其無端，則雖有憂喜悲歡，

而亦勿能措於其間矣！苟或以變而之有，變而之無，若朝昏之相交，

若春夏之相易，則四時見代，尚動於情，豈百生莫追，遂可無恨？

倘或去此，亦孰貴於最靈哉！（《重祭外舅司徒公文》）〔註22〕

這段文字出自《莊子・至樂》：「察其始而本無生，而本無形，而本無氣。雜乎芒芴之間，發而有氣，氣變而有形，形變而有生，今又變而之死，是相爲春秋多夏四時行也。」〔註23〕莊子闡述的是一種周而復始的生命交替觀與循環論，故人對於生死應該採取超然而曠達的態度。李商隱在此觀點基礎上，著重指出個體無法控制生命交替的事實，而人是有感情有靈性的動物，與沒

〔註19〕　《白居易集箋校》，頁 3722。

〔註20〕　《李商隱文編年校注》，頁 958。

〔註21〕　《李商隱文編年校注》，頁 1113。

〔註22〕　《李商隱文編年校注》，頁 956～957。

〔註23〕　王先謙：《莊子集解》卷五，《諸子集成》，上海書店影印本，1986 年版，頁

　　　　　110。

有感情沒有思維沒有生命意識的萬物不同，如果對於親朋死亡連悲慟都不知道，那怎麼能配得上「萬物之靈」這種稱號呢？所以李商隱認為親朋去世仍是可悲可痛之事。這樣比較起韓愈、柳宗元、劉禹錫和白居易的生命歸屬意識，李商隱的思考更近一步，即便是死後再變化為氣，氣再歸於有形，形再變化而為生命，也茫然不知矣。故人之死亡，便是百生莫追，不能再相逢矣。這樣既解構了白居易寄希望於生命後會有期，又比對生命歸屬產生懷疑的劉、柳更決絕，等於對自己的所問做出了否定答案，即親朋之死亡是大悲，大悲則需要大慟，大慟則需要長歌當哭，抒發宣泄其悲哀之情，因此李商隱的悼祭文都感情充沛，夾雜著血和淚。如同向亡者傾訴衷腸，這也是李商隱獨特的思維方式，也是他祭文能夠達到深情綿緲的原因。

　　由於祭文是一種本身就富於情感的文體，使得唐代很多祭文書寫者在創作時滲入了強烈的主體意識，形成了各自鮮明的風格。李商隱祭文在唐代祭文中獨樹一幟，乃至在中國祭文史上佔有一席之地，都與他更為強烈的主體意識滲入有很大關係。

　　韓愈強烈的生命意識緣自對衰老的惶恐，因為他內心時刻存在對自身健康的隱患。《祭十二郎文》引用他寫給十二郎的書信，體現了這種情況：

> 吾年未四十，而視茫茫，而髮蒼蒼，而齒牙動搖，念諸父與諸兄，皆康強而早世，如吾之衰者，其能久存乎！吾不可去，汝不肯來，恐旦暮死，而汝抱無涯之戚也。〔註24〕

他的詩中也常有落齒、落髮等情況的描寫，如「去年落一牙，今年落一齒。俄然落六七，落勢殊未已。餘存皆動搖，落盡應始止。憶初落一時，但念豁可恥。及至落二三，始憂衰即死。每一將落時，懍懍恆在己。」(《落齒》) 〔註25〕因為掉牙而對衰老與死亡充滿恐懼，「懍懍」是心驚膽顫的極度恐懼的精神狀態。此詩作於貞元十九年，韓愈不過三十六歲，已經掉六七個牙，身體確實不好，有早衰的傾向。自身的健康狀況使韓愈對衰老和死亡保持警覺，每逢親朋故去，他的第一反應就是生命消亡太快，在他的祭文中則體現為青春白首、少年衰老的言辭對比：

> 如何奄忽，永喪其躬。(《祭石君文》) 〔註26〕

〔註24〕　《韓昌黎文集校注》，頁338。
〔註25〕　《韓昌黎文集校注》，頁171～172。
〔註26〕　《韓昌黎文集校注》，頁689。

青春之遊，白首相失。(《祭薛中丞文》) 〔註27〕

棄我而死，嗟我之衰。相好滿目，少年之時。日月云亡，今其有誰。
(《祭侯主簿文》) 〔註28〕

子婦諸孫，盈於室堂。公姑悅喜，五福具有。
大夫士家，孰不榮羨。如何不常，以至大故。
(《祭故陝府李司馬文》) 〔註29〕

古語有之：「白頭如新，傾蓋若舊。」顧意氣之何如，何日時之足究。
(《祭郴州李使君文》) 〔註30〕

司我明試，時維邦彥。各以文售，幸皆少年……
倏忽逮今，二十餘歲。存皆衰白，半亦辭世……
不能老壽，孰究其因。(《祭虞部張員外文》) 〔註31〕

其實韓愈所祭的親朋並非都是猝亡者，正因爲他每每以強烈的生命消亡感「以己度人」，才感覺到對方「天不與壽」，慣用時間性對比言辭達到以示生命凋零之匆忙。這種「以己度人」的祭文書寫習慣發展到柳宗元表現得更爲明顯。

因「永貞革新」失敗而兩度遭貶的柳宗元一生不忘遠謫之痛，無論是「秋來處處割愁腸」的「海畔尖山」(《與浩初上人同看山寄京華親故》)還是「音書滯一鄉」的「百越紋身地」(《登柳州城樓寄漳汀封連四州》)都如同烙印一般印在柳宗元的文章中，所謂「況逢零悴，當此囚拘」(《祭萬年裴令文》) 〔註32〕，「寄心雙表，長恨囚拘」(《祭楊憑詹事文》) 〔註33〕，這種憂憤的身世之感使他以己之痛度人之痛，認爲品德高尚、才華橫溢的君子爲天所妒，不與福壽。在《祭外甥崔駢文》中，柳宗元就傳達了這種信息：

> 天吝靈奇，取不可貪。既睿又力，神誰以堪。汝不是思，而縱
> 其志。盜其管籥，褻其篋匵。抽深抉密，擔重揭貴。守吏失職，訴
> 帝行事。果殄爾躬，以寧其位。豈不信耶？不然，無鬼誅之行，而

〔註27〕 《韓昌黎文集校注》，頁316。
〔註28〕 《韓昌黎文集校注》，頁326。
〔註29〕 《韓昌黎文集校注》，頁333。
〔註30〕 《韓昌黎文集校注》，頁308。
〔註31〕 《韓昌黎文集校注》，頁311。
〔註32〕 《柳宗元集》，頁1069。
〔註33〕 《柳宗元集》，頁1049。

　　中道夭死：有拔萃之才，而三見廢委。仁充其軀，毒中骨髓，其何
　　以爲累也？（《祭外甥崔駢文》）〔註34〕

而在《祭呂衡州溫文》文中，柳宗元將天妒英才的不平抒發到極致：「嗚呼天
乎！君子何厲？天實仇之。生人何罪？天實仇之。聰明正直，行爲君子，天
則必速其死。道德仁義，志存生人，天則必夭其身。吾固知蒼蒼之無信，漠
漠之無神。今於化光之歿，悲逾深而毒逾甚。故復呼天以云云。」〔註35〕甚
至對人生道德準則產生了懷疑，「堯舜之道，至大以簡。仲尼之文，至幽以默。
千載紛爭，或失或得。倬乎吾兄，獨取其直。貫於化始，與道成極。推而下
之，法度不忒。旁而肆之，中和允塞。道大藝備，斯爲全德。而官止刺一州，
年不逾四十。佐王之志，沒而不立。豈非修正直以召災，好仁義以速咎者耶？」
〔註36〕呂溫的去世對柳宗元打擊很大。柳把呂溫看成這個儒業團體中的尚有
能力的傳道者，沒想到年不到四十而亡。正因爲柳宗元有相同的人生經歷，
才會從天妒英才，賢者不壽方面對呂溫的早亡反覆忖度，情緒激烈憤慨，而
這種感情基調決定了祭文本身具有打動人心的力量。應該說，中唐時期政治
混亂而變動很大，尤其是宦官集團參政甚至左右政治，使許多文人都有這種
強烈的批判意識，韓愈在《與崔群書》中說：「自古賢者少，不肖者多。自省
事以來，又見賢者恒不遇，不賢者比肩青紫；賢者恒無以自存，不賢者志滿
氣得；賢者雖得卑位，則旋而死，不賢者或至眉壽。不知造物者意竟如何，
無乃所好惡與人異心哉？又不知無乃都不省記，任其死生壽夭耶？未可知
也。」〔註37〕與柳宗元簡直如出一口，可知這種認識與牢騷具有時代性，是
當世的集體無意識。具有時代性的普遍意識才有歷史文化意義。故中唐文人
之祭文多憂傷與悲戚，也是這種社會現實決定的。

　　李商隱吸取了韓愈、柳宗元「以己度人」的祭文書寫方法，將個體價值
未得到充分肯定的生命經歷反觀亡者，鬱結成「玉未善價」情結，爲亡者言
冤鳴不平。李商隱一生仕途坎坷，尤其「凡爲進士者五年」期間，「初爲賈
餗所斥，後爲崔鄲所不取」，直到令狐綯向高鍇引薦才得以中舉。才華未得
到賞識，官場的變化無常及暗湧的潛規則使他開成二年中舉時也少有喜悅，

〔註34〕　《柳宗元集》，頁1110。
〔註35〕　《柳宗元集》，頁1054。
〔註36〕　《柳宗元集》，頁1054。
〔註37〕　《韓昌黎文集校注》，頁188。

而與令狐父子的恩怨往來使他的個體價值終一生也沒有充分實現，因此崔珏以「一生襟抱未曾開」總結李商隱是恰如其分的。龍泉寶劍藏於匣而未見天日之光，荊山之玉屈於櫝無善賈之人，李商隱在書寫祭文時就將這種不平滲入其中。

在祭奠蕭浣的文章中，李商隱以典故疊加方式委婉道出蕭浣爲鄭注、李訓所害的經過：

> 令惟逐客，誰復上書？獄以黨人，但求俱死。銜冤蓬往，吞恨孤居。目斷而不見長安，形留而遠託異國。屈平忠而獲罪，賈誼壽之不長。才易炎涼，遂分今昔。粵自東蜀，言旋上京。郭泰墓邊，空多會葬；鄧攸身後，不見遺孤。信陰騭之莫知，亦生人之極痛！
>
> （《代李玄爲崔京兆祭蕭侍郎文》）〔註38〕

這篇祭文是崔珙請李玄代寫，李玄又請李商隱代寫，層層相託。李商隱從自己的切身體會出發，又要切合祭文對象蕭浣的人生遭際，兩者妙合無垠，這才是文章妙境。以「銜冤蓬往，吞恨孤居」評價蕭浣被逐的經歷。《舊唐書·文宗紀》記載：「大和九年六月，李宗閔貶明州刺史。時京兆尹楊虞卿坐妖言人歸第，人皆以爲冤誣。宗閔於上前極言論列，上怒，而數宗閔之罪，叱出之，故坐貶。七月，貶虞卿爲虔州司馬，吏部侍郎李漢爲邠州刺史，刑部侍郎蕭浣爲遂州刺史。八月，又貶宗閔爲潮州司戶，其黨楊虞卿、李漢、蕭浣皆再貶。」〔註39〕蕭浣最終卒於貶所遂州，李商隱曾有《哭遂州蕭侍郎》詩，「遺音和蜀魂，易簀對巴猿」，與祭文相照應，不平之氣激蕩於字裏行間。與此相類的如《爲李郎中祭舅竇端州文》，文曰：「孔門之束帶無忝，叔孫之綿蕝難更。君子信讒，小人道長。未暇閉關，難期稅鞅。暫持竹符，遠出羅網。誰識卑飛，因成利往。銅梁改秩，錦裏經時。人去而琴臺壞棟，文移而石室摧基。劉弘之重銘葛廟，王商之更立嚴祠。隴首云歸，端溪遽逐。角豈觸藩，臀終困木。海闊天盡，山深霧毒。許靖他鄉，有名無祿。馬超正色，宜歌反哭。」〔註40〕這篇文題中的李郎中和竇端州皆無考，但所表達的情感相同。在以下幾段祭文中，李商隱也用「以己度人」的方式書寫祭文：

〔註38〕《李商隱文編年校注》，頁126。
〔註39〕《舊唐書》卷十七，頁3552。
〔註40〕《李商隱文編年校注》，頁633。

神道甚微，天理難究。桂蠹蘭敗，龜年鶴壽。在長短而且然，於妍醜而何有！（《祭張書記文》）〔註41〕

蒼蠅難袪，貝錦方織。好丹非素，點白爲黑。遭時不知，非予有感。既先忌於絳、灌，遂不容於欒、卻。竟陵山水，鍾離控扼。名貴隼旟，時瞻熊軾。人以功遷，吾由謗得。

（《爲李兵曹祭兄濠州刺史文》）〔註42〕

參差觀閱，菶菲成冤。漢庭毀誼，楚國讒原。建禮門內，明光殿外，直金既肆於猜疑，魏被竟從於沙汰。（《爲滎陽公祭呂商州文》）

〔註43〕

對於張書記懷才不遇，天命坎坷表示同情和憤慨，對於亳州刺史被小人讒毀中傷而仕途受阻表示無奈與憤激，對於呂商州遭姦佞陷害而被貶謫表示憐憫與憤怒，感情都很眞實充沛。

對自己親人所遭受的不平遭遇，李商隱更是沉痛不已。在祭奠三姐裴氏文中，商隱有這樣一段文字：「雖琴瑟而著詠，終天壤以興悲。謂之何哉？繼以沈恙。禱祠無冀，奄忽凋違。……此際兄弟，尙皆乳抱，空驚啼於不見，未識會於沉冤。」（《祭裴氏姊文》）〔註44〕「天壤之悲」典故指東晉著名才女謝道韞回娘家後向父母表達對丈夫王凝之的不滿，不知李商隱用此典故是對姐姐遭遇的一種委婉說法，還是裴氏確實在夫家遭受到了不公平對待。但裴氏婚姻不幸福則是肯定的，姐姐病逝之際的情景一直爲李商隱所銘記，「靈沉綿之際，殂背之時，某初解扶床，猶能記面。長成之後，豈忘遷移」〔註45〕，這也是閒居永樂期間李商隱將姐姐裴氏墳墓遷回李家祖陵的原因，生時尊嚴遭受踐踏，個體價值無法實現，亡後「雖古無修墓，著在典經；而忘禮約情，亦許通變。今則已於左次，別卜鮮原。重具棺衾，再立封樹」，〔註46〕最後李商隱認爲「薤夭當年，骨還舊土。箕帚尋移於繼室，兄弟空哭于歸魂。終天銜冤，心骨分裂。胞胎氣類，寧有舊新」〔註47〕。「終天銜冤」，李商隱祭文

〔註41〕《李商隱文編年校注》，頁559。
〔註42〕《李商隱文編年校注》，頁584。
〔註43〕《李商隱文編年校注》，頁1572。
〔註44〕《李商隱文編年校注》，頁814。
〔註45〕《李商隱文編年校注》，頁815。
〔註46〕《李商隱文編年校注》，頁815。
〔註47〕《李商隱文編年校注》，頁816。

習慣用「冤」字寄託對亡者的哀思。如「冤號之地，良異他人」（《爲王從事妻万俟氏祭先舅司徒文》），「痛極冤深，碎心殞首」（《爲王秀才妻蘇氏祭先舅司徒文》），「念申慟以無期，豈沉冤之可吐」（《重祭外舅司徒公文》），「吾將臨汝，用雪沉冤」（《爲外姑隴西郡君祭張氏女文》）。但此處確爲裴氏鳴不平，這是李商隱對裴氏一生的總結。

祭文中規中矩的寫法就是先敘述亡者生平事跡、出身家世、功績，再寄託哀思，權德輿的祭文基本篇篇如此，無大變化，雖然擁有一定數量，但無傳世者。李商隱代王茂元侄媳寫的兩篇祭文，都從生活小事落筆，寫實際生活中的王茂元對後輩的關懷，所謂「欲以閨庭見聞之事，申泉扃永遠之哀」（《爲王秀才妻蘇氏祭先舅司徒文》），如：

> 叢爾羇孤，邈無依怙。屏形弱質，言歸自出之私；五嶺三江，遠食分憂之祿。結愛異諸生之列，延慈於眾妹之中。雖手足乖離，鄉關綿邈，而蘇氏魂靈有寄，門構無虧，言念慈仁，實動肌骨。〔註48〕

李商隱祭文感情之濃度與其本人與被祭奠之人關係之深淺有直接關係，他對恩師令狐楚和岳父王茂元的感情最深，故祭文中之感情亦最濃。《奠相國令狐公文》是一篇催人淚下的好文章：

> 戊午歲，丁未朔，乙亥晦，弟子玉谿李商隱，叩頭哭奠故相國、贈司空彭陽公。嗚呼！昔夢飛塵，從公車輪；今夢山阿，送公哀歌。古有從死，今無奈何！天平之年，大刀長戟，將軍樽旁，一人衣白。十年忽然，蛹宣甲化。人譽公憐，人譖公罵。公高如天，愚卑如地。脫壇如蛇，如氣之易。愚調京下，公病梁山，絕崖飛梁，山行一千。草奏天子，鐫辭墓門，臨絕丁寧，託爾而存。公此去耶，禁不時歸。鳳棲原上，新舊哀衣。有泉者路，有夜者臺。昔之去者，宜其在哉！聖有夫子，廉有伯夷。浮魂沉魄，公其與之。故山巍巍，玉谿在中。送公而歸，一世蒿蓬。嗚呼哀哉！〔註49〕

李商隱從大和二年（828）在洛陽拜見令狐楚而受到指點愛護，到開成二年（837）令狐楚去世，首尾正好十年，期間交往之事很多，但李商隱用「昔夢飛塵，從公車輪；今夢山阿，送公哀歌」十六字便將十年的終始概括進來，充滿迷幻色彩。人生如夢的感覺很強，對於逝者的懷念都融化其中。以前的

〔註48〕《李商隱文編年校注》，頁842。
〔註49〕《李商隱文編年校注》，頁210。

生活如同夢境，在飛揚的塵土中匆匆趕路，那是在跟隨恩師的車輪；如今亦
恍惚如夢，在山谷中奔波，那是送恩師入土的哀歌。「古有從死，今無奈何」，
突出自己的無比感激和難以表達的悲哀，不是真的要殉葬於地下。「天平之
年，大刀長戟。將軍樽旁，一人衣白」，好像是追敘往事，但並沒有敘述的文
字，而是突出令狐楚對於自己深重的知遇之恩，寥寥十六字有千鈞之重。「十
年忽然，蜩宣甲化」轉而悲傷恩師去世。「人譽公憐，人讚公罵。公高如天，
愚卑如地」再傾訴恩師對自己的保護。「脫蟬如蛇，如氣之易」再哭訴恩師之
亡，「愚調京下，公病梁山。絕崖飛梁，山行一千」則再轉向現實說自己未能
及時探望的苦衷以及飛速前往的焦急心情，言簡意賅。這段文字用「回憶一
—現實——回憶」今昔對比的方式傾訴自己無法抑制的悲哀和難以名狀的惶
恐、迷蒙的精神狀態，抒情效果極其強烈，有如泣如訴的感人力量。

再看祭奠王茂元的文章《祭外舅贈司徒公文》，其中說：

> 某早辱徽音，夙當採異。晉霸可託，齊大寧畏？持匡衡乙科之
> 選，雜梁竦徒勞之地。雖餉田以甚恭，念販春而增愧。京西昔日，
> 輦下當時。中堂評賦，後榭言詩。品流曲借，富貴虛期。誠非國寶
> 之傾險，終無衛玠之風姿。公在東藩，愚當再調。賁帛資費，銜書
> 見召。水檻幾醉，風亭一笑。日換中戻，月移朐朓。改潁水之辭違，
> 成洛陽之赴弔。嗚呼哀哉！〔註50〕

《重祭外舅司徒公文》中感傷自己未能服侍岳父，又未能參加送葬儀式：「嗚
呼！公之世冑勳華，職官揚歷，並已託於寄奠，備在前文。今所以重具酒牢，
載形翰墨，蓋意有所未盡，痛有所難忘。以公之平生恩知，曩昔顧盼，屬纊
之夕，不得聞啟手之言；祖庭之時，不得在執紼之列。終哀且痛，其可道耶！」
〔註51〕接著傾訴往昔在涇原節度使幕府所受到的器重與寵愛：「嗚呼！往在涇
川，始受殊遇，綢繆之跡，豈無他人。樽空花朝，燈盡夜室，忘名器於貴賤，
去形跡於尊卑。語皇王致理之文，考聖哲行藏之旨。每有論次，必蒙褒稱。
及移秩農卿，分憂舊許，羈牽少暇，陪奉多違。跡疏意通，期賒道密。紵衣
縞帶，雅睨或比於僑、吳；荊釵布裙，高義每符於梁、孟。今則已矣，安可
贖乎！嗚呼哀哉！」〔註52〕以前在涇川，自己開始就受到特殊的待遇，經常

〔註50〕《李商隱文編年校注》，頁860。
〔註51〕《李商隱文編年校注》，頁957。
〔註52〕《李商隱文編年校注》，頁957～958。

在花下飲酒，在客廳暢談到深夜。每當自己有什麼議論，一定得到岳父的誇獎。岳父又把嬌貴的女兒許配給自己，如同當年的孟光一樣賢惠知禮。如此恩情確實天高地厚。「愚方遁跡邱園，遊心墳素，前耕後餉，並食易衣。不伎不求，道誠有在；自媒自衒，病或未能。雖呂範以久貧，幸冶長之無罪。昔公愛女，今愚病妻。內動肺肝，外揮血淚。得仲尼三尺之喙，論意無窮；盡文通五色之毫，書情莫既」〔註53〕，最後表示自己將要離開官場過田園生活，「昔公愛女，今愚病妻。內動肺肝，外揮血淚」〔註54〕幾句說自己的妻子處在病中，傷心得肝腸寸斷，淚盡出血，悲傷到極點。將簡明的敘事與抒情結合起來構成李商隱祭文的一大特點。在抒情感人方面，最突出最有感染力最令人唏噓的當數《祭小侄女寄寄文》。本文中還透露出許多值得注意的信息，涉及李商隱的生平與愛情生活。

第三節　李商隱《祭小侄女寄寄文》考論

李商隱的祭文中，擅於屬對、用典精當之文固然更能彰顯其藝術水平，但最為人所稱道的卻是那篇情真意切、少於用典的《祭小侄女寄寄文》。

> 正月二十五日，伯伯以果子弄物，招送寄寄體魄，歸大塋之旁。哀哉！

> 爾生四年，方復本族。既復數月，奄然歸無。於鞠育而未申，結悲傷而何極！來也何故，去也何緣？念當稚戲之辰，孰測死生之位？

> 時吾赴調京下，移家關中。事故紛綸，光陰遷貿。寄瘞爾骨，五年於茲。白草枯荄，荒塗古陌。朝饑誰抱，夜渴誰憐？爾之棲棲，吾有罪矣。

> 今吾仲姊，返葬有期。遂遷爾靈，來復先域。平原卜穴，刊石書銘。明知過禮之文，何忍深情所屬！

> 自爾沒後，侄輩數人。竹馬玉環，繡襜文褓。堂前階下，日裏風中，弄藥爭花，紛吾左右。獨爾精誠，不知何之。況吾別娶已來，胤緒未立。猶子之誼，倍切他人。念往撫存，五情空熱！

嗚呼！滎水之上，檀山之側，汝乃曾乃祖，松檟森行。伯姑仲
姑，冢墳相接。汝來往於此，勿怖勿驚。華采衣裳，甘香飲食。汝
來受此，無少無多。汝伯祭汝，汝父哭汝，哀哀寄寄，汝知之耶？
〔註55〕

這篇祭文常爲鑒賞類文章選入，說明確實打動過許多後世的學人與讀者，將
其作爲李商隱「尤擅誄奠之辭」的代表也無不適合。從內容上看，李商隱以
伯父身份祭奠弟弟李義叟的女兒小寄寄〔註56〕，回憶小寄寄的身世，夭折之
時與今昔遷葬的情景以及對小寄寄的獨憐，所哀所痛所悲所歎以致揪心痛
極，近乎不能自己，以哀情頓挫更勝他文一籌有其合理之處，但是此文所傳
遞出的幽微之情又難免使人困惑。困惑小寄寄的眞實身份到底如何？這主要
表現在以下幾個方面：

第一，李義叟爲什麼要將女兒寄養在外族？爲什麼要在寄養四年之後「方
複本族」？

第二，對於姪女早夭，孤苦無依，李商隱爲什麼說「爾之棲棲，吾有罪
矣」？李商隱的罪過究竟在哪裏？「於鞠育而未深，結悲傷而何極」，李商隱
對於姪女有「鞠育」的責任嗎？如果沒有，怎麼會如此之悲傷？

第三，李商隱爲一個四歲的孩子立碑書銘，明知這是「過禮之文」〔註57〕，
只用「深情所屬」來解釋這種「過禮」之舉，似有牽強。

第四，李商隱說「況吾別娶已來，嗣緒未立。猶子之誼，倍切他人」，此
處的「別娶」也是指王茂元之女王氏，「嗣緒未立」指袞師未生，那麼在王氏
之前，如李商隱自己所說，應該還有一次婚姻，而所有有關李商隱的史料都
表明李商隱一生只娶過一次妻即王氏，爲什麼李商隱本人有意或無意隱瞞了
這次婚姻情況？

先探討第四條。關於李商隱和李義叟成婚時間，劉學鍇先生認爲：「別娶，
另娶，指開成三年娶王茂元季女。據此，王氏爲商隱之續室。考商隱弟義叟
之女夭於開成五年，時婚應在開成元年之前。按舊時兄弟婚娶慣例，兄娶應
在前，由此可推知商隱初婚應在開成元年之前。如開成三年娶王氏女爲初婚，

〔註55〕《李商隱文編年校注》，頁 830。
〔註56〕李商隱本人並未提及寄寄是李義叟的女兒，但學界普遍這樣認爲。如見《李
　　　　商隱文編年校注》第二冊，頁 831，注一：〔按〕寄寄，商隱弟義叟女。」
〔註57〕《儀禮・喪服》：「不滿八歲以下，皆爲無服之殤。」

則不符合常規。」〔註58〕這個推測首先與第四條矛盾，無論是從前人記載的李商隱生平事跡還是後人考證的結果，抑或李商隱本人的詩文作品中，都找不到這個證據。開成元年之前李商隱的活動很清晰明瞭：

大和三年至五年，十七歲至十九歲，在令狐楚天平軍幕。

大和六年，二十歲，隨令狐楚於太原幕。

大和七年，二十一歲，應舉為賈餗不取，往鄭州、華州，華州刺史崔戎送其習業南山。

大和八年，二十二歲，因病未應舉。隨崔戎自華州至兗州，掌章奏。戎卒後，回鄭州。

大和九年，二十三歲，應舉為崔鄲不取。往來長安鄭州間。此年前後「學仙玉陽」。

縱觀李商隱開成元年之前的活動，一直為應舉而奔忙，所謂「凡為進士者五年。始為故賈相國所憎，明年病不試，又明年復為今崔宣州所不取。居五年間，未曾衣袖文章，謁人求知，必待其恐不得識其面，恐不得讀其書，然後乃出。嗚呼！愚之道可謂強矣，可謂窮矣」（《上崔華州書》）〔註59〕。這是李商隱父亡之後以長子之責承擔家庭重擔，初涉人際，卻屢戰屢敗，最後以憤懣為終的幾年，其活動之頻繁密集不可能給他留有娶妻的空餘。按照兄娶在前的慣例，李羲叟也不可能在開成元年成婚，這點在李商隱《祭徐氏姊文》中得到證實。這篇祭文成於開成四年李商隱閒居永樂遷親祖墳時，而文中說：

> 獲因文筆，實忝科名。三幹有司，兩被公選。再命芸閣，叨跡時賢。仲季二人，亦志儒墨。於顯揚而雖未，在進修而不墜。永惟幽靈，蓋亦垂鑒。今者苴麻假息，糞土偷存。不即殞傷，蓋亦有以。伏以奉承大族，載屬衰門。三弟未婚，一妹處室。息胤猶闕，家徒索然。……〔註60〕

「仲季」二人當然包括李羲叟，繼李商隱後苦學勤修，準備考取功名，彼時處於「未婚」狀態。〔註61〕如果李羲叟並沒有在開成元年成婚，寄寄還是他

〔註58〕見《李商隱文編年校注》（二），頁833，注〔二三〕。
〔註59〕《李商隱文編年校注》，頁108。
〔註60〕《李商隱文編年校注》，頁690。
〔註61〕此說見《李商隱詩歌集解》（五），頁2055～2056。附錄四「李商隱年表」第二欄「元和八年癸巳（八一三）」下注「商隱兄弟姊妹可考者有伯姊、裴氏仲

的女兒的話，只有一種情況，則寄寄是李羲叟的私生女，這就可以解釋第一條「爾生四年，方複本族」的原因。但這種情況之於李羲叟是否眞實，則是絕無史料可證實的。如果發生在以《燕臺四首》、《柳枝五首》及以部分影射愛情無題詩的李商隱身上，則有知人論世式的反溯，畢竟有太多的吻合之處。

再看第二條。「爾之棲棲，我實有罪」商隱認爲侄女的夭折是自己的罪過，是因爲自己的過錯造成的，這與韓愈寫給自己女兒的祭文所言一致。元和十四年春，韓愈因反對迎佛骨遭貶潮州，他的四女兒拏正在患病之中，不敵旅途顛簸帶來的摧折，在途經女幾山時不幸病亡。由於自己被貶才致使女兒夭折，面對親生骨肉處在危險的境地，自己卻手足無措、百計無施，而骨肉所遭受的這種人生折磨與不幸又與自己的行爲有關，那該是多麼撕心裂肺的內疚與痛苦啊！韓愈將這種愧疚痛楚的情感在《祭女拏女文》中表露無疑：

> 嗚呼！昔汝疾極，值吾南逐。蒼黃分散，使女驚憂。我視汝顏，心知死隔。汝視我面，悲不能啼。我既南行，家亦隨遣。扶汝上輿，走朝至暮。天雪冰寒，傷汝羸肌。撼頓險阻，不得少息。不能食飲，又使渴饑。死於窮山，實非其命。不免水火，父母之罪。使汝至此，豈不緣我！
>
> 草葬路隅，棺非其棺。既瘞遂行，誰守誰瞻？魂單骨寒，無所託依。人誰不死，於汝即冤。我歸自南，乃臨哭汝。汝目汝面，在吾眼旁。汝心汝意，宛宛可忘！
>
> 逢歲之吉，致汝先墓；無驚無恐，安以即路。飲食芳甘，棺輿華好；歸於其丘，萬古是保。尚饗！〔註62〕

韓愈認爲女兒的死是自己造成的，所謂「不免水火，父母之罪。使汝至此，豈不緣我」，相比之下，李商隱對侄女飽含愧疚就顯得奇怪。此外，韓愈另有一篇祭侄女文，如下：

姊、徐氏姊、弟義叟。此外尚有三弟一妹，疑非同母所出，或爲從弟妹。」則先生認爲李商隱有四弟一妹，這與《祭徐氏姊文》不符。如果「三弟未婚」中這三個弟弟不包括「仲季二人」這兩個弟弟，那麼李商隱應該有五個弟弟，而非四個。但觀此段文字的邏輯順序，「仲季二人」到「盍亦垂鑒」是一個語序，從「今者」開始到「家徒索然」是另一個語序，故「三弟未婚」當包括「仲季二人」，則包括李義叟，李商隱當有三個弟弟。

〔註62〕《韓昌黎文集校注》，頁 344～345。

維年月日，十八叔、叔母具時羞清酌之奠，祭於周氏二十娘子
之靈。嫁而有子，女子之慶。纏疾中年，又命不永。今當長歸，與
一世違。凡汝親戚，孰能不哀。撰此酒食，以與汝訣。汝曾知乎，
我念曷闋。尚饗。《祭周氏侄女文》〔註63〕

這是伯父對侄女的情感，明顯沒有祭女兒的那樣深刻，如此看來，李商隱對
寄寄的感情更像是父親之於女兒。如果寄寄是李商隱的女兒，第三條的「過
禮之文」和第四條的「猶子之誼，倍切他人」才有合理的解釋，前者源於父
親對女兒的抑制不住的愧疚與自責，後者因為正是自己的骨肉至親。

此外，祭文中「寄瘞爾骨，五年於茲」。茲處即是寄寄的初葬之處——濟
源〔註64〕，而濟源正是李商隱大和九年前後「學仙玉陽」，的地方。自蘇雪林
將「李宋戀情」說發揚光大以來，無疑已成為李商隱詩研究中的一個「顯說」
〔註65〕，不管是否確有其事，寄寄是李商隱開成元年之前與他人所生之女是
很有可能的。至於李商隱認定王氏是自己的「別娶」與王氏確為商隱初婚之
間存在矛盾，有可能源於李商隱對寄寄生母的深摯情感與愧疚，這使他在心
理上將寄寄的生母視為自己的第一任妻子。

又，細味「別娶」二字，深情無限，信息量極大。這是對一個已經死去
數年的孩子的屍骨在喃喃自語，是在做深刻的懺悔與自責，如果寄寄不是他
的女兒，李商隱有必要陳述自己「別娶」嗎？這裡的潛臺詞是寄寄的母親是
我的第一任妻子。一些先生認為王氏是李商隱的繼室，便是因為李商隱這裡
的「別娶」二字。如果從事實婚姻、自然婚姻上看，這樣理解也可以接受。
但如果從禮法上理解，李商隱的婚姻只有一次，便是和王氏。但寄寄是李商
隱的私生女應該是事實。寄寄出生在開成元年，而其母親懷孕則在大和九年。

〔註63〕《韓昌黎文集校注》，頁341。

〔註64〕《李商隱文編年校注》（二），頁831注〔一〕提及：《祭裴氏姊文》中說「兼
　　　　小侄寄兒，亦來自濟邑」。

〔註65〕清馮浩首倡其說，指出李商隱少年時與玉陽女冠有戀情。蘇雪林先生首次提
　　　　出女冠為宋華陽，同時認為商隱尚有其他戀愛經歷，所論述均收入1927年印
　　　　行的《李商隱戀愛事跡考》，後1933年撰寫的《唐詩概論》又申述了這些觀
　　　　點。朱偰先生則提出李商隱與女冠宋華陽姊妹有戀情，原刊於《武漢大學文
　　　　哲季刊》第六卷第三、四號。陳貽焮先生《關於李商隱》一文也認同蘇雪林
　　　　「李宋戀情說」，見《唐詩論叢》；葛曉音先生認同陳先生此說，結合「李商
　　　　隱江鄉遊」論，撰成《李商隱江鄉之遊考辨》，推斷李、宋二人被迫分離的前
　　　　後情景，其後董乃斌先生的《李商隱傳》也肯定了「學仙玉陽」時期與女冠
　　　　發生戀情的觀點。

大和九年李商隱科舉考試失敗後回到臨時住處濟源，而玉陽山正在濟源境內，時間地點都吻合。因此，寄寄的真實身份是李商隱與一女子在大和九年戀愛後的私生女，這樣，文中的「爾之棲棲，吾有罪矣」、「於鞠育而未深，結悲傷而何極」、「況吾別娶已來，嗣緒未立。猶子之誼，倍切他人。念往撫存，五情空熱」便都有了著落。

　　李商隱學識淵博，感情細膩深婉，遭際坎坷偃蹇，在祭文中善於將自己的身世之悲寄託期間，故有真情實感充溢其間，很有感染力。在祭文創作上承前啓後，有其獨特的貢獻。

第四節　李商隱祝文創作概述

　　祝文有祈禱的意味，祈禱在用祭品祭祀的同時，需要用口來陳述。《說文解字》「祝：祭主贊詞也。從示從人口。一曰從兌省。兌爲口爲巫。」〔註66〕段玉裁說：「此以三字會意，謂以人口交神也。」〔註67〕即用口說話來和神靈進行交流。

　　李商隱祝文創作共二十七篇，皆是代作。其中大和八年代崔戎（安平公）任兗海觀察使時作一篇；代李璋作祝文三篇，兩篇成於會昌三年李璋初任懷州刺史時，即《爲懷州李使君祭城隍神文》和《爲李懷州祭太行山神文》，都是因討伐劉稹而作。

> 　　年月日，致祭於城隍之神。某謬蒙朝獎，叨領藩條。熊軾初臨，虎符適至。敢資靈於水土，冀同固於金湯。況彼潞人，實逆天理。因承平之地，以作巢窠；毆康樂之民，以爲蠢賊。一至於此，其能久乎！惟神廣扇威靈，劃開聲勢。俾犯境者，望飛鳥而自遁；此滔天者，聽唳鶴以虛聲。崇墉載嚴，巨塹無壅。今來古往，永無川竭之因；萬歲千秋，莫有土崩之勢。神其聽之，無易我言。〔註68〕

> 　　謹按《禮經》云，諸侯得祭名山大川之在其地者。今刺史乃古之諸侯，太行實介我藩部，險雖天設，靈則神依。豈可步武之間，便容孽豎；磅礴之內，久貯妖氣？今忠武全師，河橋銳卒，指賊庭

〔註66〕《說文解字》，頁8下。
〔註67〕《說文解字段注》，頁7上。
〔註68〕《李商隱文編年校注》，頁770。

而將掃，望寇壘以爭先。神其輔以陰兵，資之勇氣，使旌旗電耀，
桴鼓雷奔，一麾開天井之關，再舉復金橋之地。然後氣通作限，雲
出降祥。長崇望日之標，永作倚天之柱。酒肴在列，蔬果惟時。敢
潔慮以獻誠，冀通幽而寫抱。〔註69〕

兩篇文章都是為討伐叛將劉稹而作，懷州是討伐劉稹前線，懷州刺史李璟自
然肩負重擔。前篇則是祈請懷州城隍神靈保祐懷州城池之堅固完好，實際是
聲討敵人鼓舞守城軍民之士氣。後一篇也有同樣具有政治檄文的性質。都義
正詞嚴，氣勢磅礴，是祝文中之優秀者。

　　另一篇是《賽城隍神文》，其寫作背景與時間均需要仔細考察。劉學鍇先
生認為《賽城隍神文》是為李璟初任懷州刺史時作《為懷州李使君祭城隍神
文》後得雨再作的報謝之作。劉學鍇先生加按語：「商隱已有《為懷州李使君
祭城隍神文》，乃會昌三年十一月初李璟初到懷州刺史任時例行祭奠而作。此
《賽城隍神文》則是祈雨得應報謝而作。」〔註70〕《為懷州李使君祭城隍神
文》並非一般意義的例行祭奠，而是鼓舞軍民討叛與守城之決心，而且其中
沒有祈雨字樣與內容，故此文之創作與彼文無關。「祈雨得應報謝而作」亦值
得商榷，根據《賽城隍神文》原文，可知是為祈雨而非謝雨，文章說：

　　　　年月日，賽於城隍之神。惟神據雉堞以為雄，導溝池而作潤。
　　果成飄注，以救惔焚。敢肴斯牲，用報嘉種。神其永通靈感，長懋
　　玄功。導楚子之餘波，霈晉國之膏雨。苟能不昧，報亦隨之。〔註71〕

文首「年月日，賽於城隍之神」，與商隱在桂幕為鄭亞所作二十篇祝文起始相
類，如《賽蘭嘛神文》、《賽侯山神文》等；其次在文末說「苟能不昧，報亦
隨之」，是說如果城隍神真的有靈施雨，則用珍饈佳品相祭，可見此文是祈雨
之作。關鍵在於對「果成飄注，以救惔焚」的理解，實際這句話是假設，意
謂果真能夠下雨以解救旱災的話，就一定進行報答，所以後面才說「苟能不
昧，報亦隨之」，如果能夠靈驗的話，報答的祭品也一定到位。後文劉先生通
過商隱詩作《所居永樂縣久旱縣宰祈禱得雨因賦詩》為輔證，認為此文有可
能是商隱會昌四年春夏間為永樂縣令代擬此文〔註72〕，其推測很合理，只不

〔註69〕　《李商隱文編年校注》，頁772。
〔註70〕　《李商隱文編年校注》，頁936。
〔註71〕　《李商隱文編年校注》，頁936。
〔註72〕　《李商隱文編年校注》，頁937。

過不是報答而是祈請，這樣理解，可以推測《所居永樂縣久旱縣宰祈禱得雨因賦詩》一詩當作於《賽城隍神文》之後。

會昌五年春爲鄭州刺史李褎邀留期間代作《爲舍人絳郡公鄭州禱雨文》。

年月日，鄭州刺史李某，謹請茅山道士馮角，禱請於水府眞官。伏以旱魃爲虐，應龍不興，困杲日於詩人，苦密雲於《易》象。生物斯瘁，民食攸艱。某叨此分憂，俯慙無政，爰求眞侶，虔禱陰靈。減哺表勤，褰帷引咎。伏乞下通滎、播，上導天潢，合爲膏澤之原，用息蘊隆之患。其於效信，或敢逡巡？暴露託詞，焦勞結慮。泉間候氣，樹杪占風，惟望玉女之披衣，敢駭商羊之鼓舞？竊希玄感，聽察丹誠。〔註73〕

屬於祈雨文之例程，但「泉間候氣，樹杪占風。惟望玉女之披衣，敢駭商羊之鼓舞」四句用典妥帖，體現出切事與對偶水平之高。「玉女披衣」出自《安成記》：「萍鄉西有玉女岡，天當雨，輒先漏五色氣於石間，俗呼爲玉女披衣。」「商羊鼓舞」出自《孔子家語》，齊國有一種一條腿的鳥，飛集殿前，展開翅膀跳躍。齊侯派人到魯國咨詢孔子，孔子說：「此鳥名曰商羊，水祥也。昔童兒有屈其一腳跳且謠曰：『天將大雨，商羊鼓儛。』今其應至矣。急治溝渠，修堤防。」不久，果然連續多天大雨。這裡用這兩個典故是說祈雨之後，一定會下雨而解除旱情的。

餘下二十二篇皆爲鄭亞初任桂幕時代作。其中《爲中丞滎陽公桂州賽城隍神文》、《爲中丞滎陽公祭桂州城隍神祝文》在時間上首尾呼應，爲祈雨、謝雨之作。在桂幕爲鄭亞所作的祝文中，有兩個方面的內容值得注意，一是一些祝文中充分體現出其關心百姓疾苦的感情，一是對於歷史英雄的歌頌。

下面先談第一個方面。請看下面祝文中的文字：

日者穴蟻不封，商羊未舞，爰憂即日，將害有秋。我告於神，神能感我。雲才作葉，雨已垂絲。既開豐稔之祥，敢忘馨香之報？神其無羞小邑，勿替玄功，永作陰於城郭溝池，長想報於禾麻菽麥。守臣奉職，孰敢不虔！（《爲中丞滎陽公賽理定縣城隍神文》）〔註74〕

夏秋之季，是最需要雨水的時候，如果此時旱，則必定減產，大旱大減產，即莊稼開始結果實之時，俗稱「灌漿」，即果實需要大量水分之時。本文之祈

〔註73〕《李商隱文編年校注》，頁1038。
〔註74〕《李商隱文編年校注》，頁1540。

雨便是這種時候。祈請神靈及時行雨，而我一定敬業，盡職盡責。文中可以感受出對於百姓的愛護與自己職責的忠守。

> 嗟我疲民，每虞艱食。寒耕熱耨，始望於秋成；鑠石流金，幾傷於歲事。遠資靈顧，式布層陰。無煩管輅之占，不待欒巴之噀。竊陳薄奠，用答豐年。神其據有高深，主張生植。同功田祖，比義雨師。無假怒於潛龍，勿縱威於虐魃。守茲縣邑，富我京坻。

（《賽荔浦縣城隍神文》）〔註75〕

本文也充滿愛民情懷，請求上天及時行雨使荔浦縣有個好收成。「守茲縣邑，富我京坻」，治理本縣，就要使這裡富裕充足。只要有這種情懷，便算是有責任心的好官。

> 夫考室立家，先立戶竈；聚人開邑，首起城池。固有明靈，降而鑒治。惟神克揚嘉霆，廣育黎民。聊為粢梁，少申肴醯。神其節宣四氣，扶祐三時。勿使畢星，但稱於好雨；無令田祖，獨擅於有神。永馨蘋藻之誠，長挾金湯之勢。（《賽永福縣城隍神文》）〔註76〕

「神其節宣四氣，扶祐三時。勿使畢星，但稱於好雨；無令田祖，獨擅於有神」，是鼓勵本縣城隍之神靈要順應天時，使朝、晝、夕、夜四時之氣通暢無阻，使春、夏、秋三季都風調雨順，要有主動精神，不要讓畢星獨自有好雨的名聲，也不要讓神農氏獨自擁有擅長種田的美名。「畢星」是二十八星宿之一，古人以為此星主兵主雨。「田祖」據說是發明種田的祖先，即傳說中的神農氏。本文對於當地之神靈充滿希望，想像其有人格精神，實際是要求地方官員要有造福一方的思想，這種認識雖然很隱晦，但確實可以體會出來。

類似的文字在其它祝文中還有，如《賽古欖神文》：「惟神爰因碩果，遂啓靈祠。瓜美邵平，且傳舊志；李標朱仲，亦茂前經。昨者癉暑為災，油雲不起，式存心禱，慮作神羞。神能感氣蚖泉，傳祥鸛埤。使宋生抒賦，始悅於雄風；高氏讀書，忽驚於暴雨。化太甚旱，為大有年。」〔註77〕「古欖神」是古老的橄欖樹之神，故祈請瓜果之豐收與甜美。《賽海陽神文》：「頃傷多稼，將困驕陽。未逢玉女之披衣，空見土龍之矯首。式祈嘉霆，果降明輝。神其

〔註75〕　《李商隱文編年校注》，頁 1510。
〔註76〕　《李商隱文編年校注》，頁 1512。
〔註77〕　《李商隱文編年校注》，頁 1530。

享彼蘭羞，挹茲桂酒。輔成於多黍多稌，助施於好風好雨。」〔註78〕《賽侯山神文》：「惟神越嶠分雄，魯岩學峻。慰農夫之望歲，揚少女之微風。變彼枯荄，化爲嘉穀。將期大稔，敢薦惟馨。神其眂我秋成，羨餘民食。無俾董生之說，空閉陽門；勿令夷水之風，屢鞭陰石。苟歲既登矣，則神永歆焉。」〔註79〕都充滿祈求歲月豐收，希望百姓幸福的感情。

　　另一類便是通過對神化了的歷史英雄人物的祭奠表達對其歷史功績和高標人格的歌頌。最典型的是《賽越王神文》。

　　　　年月日，賽於越王之神。惟神輝焯殊姿，抑揚奇表。秦魚旣爛，
　　則聊帝南荒；漢鹿有歸，則稱臣北闕。覽英雄之載籍，信王霸之朋
　　遊。言念遺祠，猶存屬邑。尚興甘雨，以救公田。敢陳沼澗之毛，
　　用報京坻之積。神其永司茲土，長庇吾人。福祐柔良，驅除疫癘。
　　今來古往，常教威著越城；萬歲千秋，勿使魂歸眞定。神乎不昧，
　　來鑒斯言。〔註80〕

據《史記·南越列傳》記載，越王本是中原眞定人，姓趙名佗，秦朝時被派往嶺南爲官，與當地少數民族相處十三年，時任南海龍川令。秦末大亂，當時南越地方長官南海尉任囂審時度勢，提出安境保民的思路，將大權委任給趙佗，於是趙佗便代理南海尉之職，人稱尉佗。在秦末漢初的社會大動亂中，趙佗維持了南越地區的穩定與發展。後來漢高祖統一天下，派陸賈前去說服趙佗歸順朝廷。趙佗最後死在南越，在當地很有威望。本文便歌頌其對於南越的豐功偉績，希望他的英靈化爲神祇後，「神其永司茲土，長庇吾人。福祐柔良，驅除疫癘。今來古往，常教威著越城；萬歲千秋，勿使魂歸眞定」繼續保護這方水土，長久庇護這裡的人民。造福保祐善良，驅除那些惡勢力。永遠留在這裡，不要再回眞定了。由人而變爲神的趙佗則再受到人格的請託而具有人格的力量。

　　《爲中丞滎陽公祭全義縣伏波神文》一文讚美馬援之道德事功的一段文字寫得非常激越流暢，可以體會出李商隱的激情，其中蘊涵著作者自己對於事功與理想的熱切嚮往：

　　　　越城舊疆，漢將遺廟。一派湘水，萬重楚山。比潁川袁氏之臺，

〔註78〕《李商隱文編年校注》，頁 1525。
〔註79〕《李商隱文編年校注》，頁 1544。
〔註80〕《李商隱文編年校注》，頁 1503。

悲同異日；方汝水周公之渡，感極當時。嗚呼！昔也投隙建功，因
時立志。隗將軍坐談西伯，棄去無歸；梁伯孫自降王姬，雖來不起。
以若畫之眉宇，開聚米之山川。扶風里中，詎守錢而爲虜；德陽殿
下，寧相馬以推工。悵望關西，趨馳隴右。事嫂冠戴，誠任書成。
龍伯高之故人，出言有所；公孫述之刺客，相待何輕！鳶泊啟行，
蠻溪請往。銅留鑄柱，革誓裹屍。男兒自立邊功，壯士猶羞病死。
漓、湘之滸，祠宇依然。豈獨文宣之陵，不生刺草；更若武侯之壟，
仍有深松。〔註81〕

以「越城舊疆，漢將遺廟」起筆，彷彿是面對馬援之廟宇而與千年前的馬援
將軍進行交流，從馬援在隴西走入社會開始，歌頌了馬援的膽識、志氣與一
往無前的勇氣。「以若畫之眉宇，開聚米之山川」前句寫馬援的眉眼英姿，後
句寫馬援在光武帝前用米堆成沙盤，講解自己的破敵策略與行軍路線，馬援
的英氣勃勃如在目前。「銅留鑄柱，革誓裹屍」八字將馬援的歷史功績與以身
許國的英雄氣概恰當表現出來，也間接表達出作者的理想。

第五節　李商隱碑銘與黃籙齋文創作概述

　　李商隱的碑銘文較少，流傳下來的只有五篇，其中有兩篇是古文，駢文
只三篇。即《唐梓州慧義精舍南禪院四證堂碑銘（並序）》、《道士胡君新井碣
銘（並序）》和《梓州道興觀碑銘（並序）》。三篇文章都是李商隱在梓州幕府
時的作品，均與道教、佛教有關，是李商隱精心創作的長篇巨製，是其人生
飽受創傷，愛妻亡故後內心巨大的悲慟以及茫然後轉向宗教的結果。三篇文
章史料價值頗高，尤其是《唐梓州慧義精舍南禪院四證堂碑銘（並序）》一文，
其中有對柳仲郢的讚美，補充了史料的不足之處。

　　　　聖敬文思和武光孝皇帝陛下在宥七年，尚書河東公作四證堂於
　　梓州慧義精舍之南禪院，圖益州靜眾無相大師、保唐無住大師、與
　　洪州道一大師、西堂知藏大師四眞形於屋壁。化身作範，南朝則閣
　　號三休；神足傳芳，東蜀則堂名四證。乃今銓義，與古求徒。〔註82〕

這段文字記載「四證堂」名稱之由來，是爲塑造佛教四位著名高僧而修建的

〔註81〕　《李商隱文編年校注》，頁 1532～1533。
〔註82〕　《李商隱文編年校注》，頁 2068。

堂屋。「四證堂」是柳仲郢在大中七年修造，地點在梓州慧義精舍的南禪院。四位大師中，李商隱對於洪州道一大師的描寫簡明有神：

> 惟洪州道一大師舌相標奇，足文現異。俯愛河而利涉，靡頓牛行；過朽宅以銜悲，頻回象際。早從上首，略動遲心。攜仁壽之剃刀，振天台之錫杖。逈邁百濮，直出三巴。拂衡嶽以倘徉，指曹溪而悵望。都遺喻筏，盡滅化城。罷懸柝於頓門，抗前旌於超地。披荊西里，坐樹南康，有感則通，無聞不聳。醫龜思遇，哽虎求探。化漢水之漁人，奚求往哲？度青蘿之獵客，肯愧前修？〔註83〕

將一位苦心修行而獲得很高道行的大師造型表現出來，多用佛教故事與術語，亦可看出李商隱對佛教文化的熟悉程度：

> 我幕府河東公，天瑞地寶，甘雨卿雲。總海內之風流，盛漳濱之模楷。虓鳴文苑，陟降朝階。自作我上都，統以京尹，輦轂之下，綏冕所興，本之以強宗近親，因之以豪猾大俠。丙吉爲相，出遇橫屍；袁盎免官，歸逢刺客。公貞能蕩蠱，正可辟邪。殷貨殖於五都，無勞走馬；屏椎埋於三輔，何必問羊。托宿於天官，假道於雒宅。五年夏，以梁山蟻聚，充國鴟張，命馬援以南征，委鍾繇以西事。大張鄰援，尋覆賊巢。既而軍壘無喧，郡齋多暇。紗爲管帽，布是孫衾。神仙中人，方其攜手；風塵外物，乃以關身。夢裏題詩，醉中裁簡。臨池筆落，動草琴休。至於三堅八正之言，四攝六通之說，則理超文外，照在機先。修竹長松，不曾形跡；孤峰澹澗，未覺親疏。鄙物物以肇端，自如如而取證。贊同范泰，律若張融，王澄徒服其嘉言，孟顗不知其慧業。屬者以洪州三大師靈儀未集，華構將成，乃進牘求眞，移書抒意。〔註84〕

對柳仲郢的功德事業進行歌頌，先說其郡望高族，再寫其曾經做過京兆尹要職，公正廉明，威望甚高，可以鎮住邪惡勢力。「五年夏，以梁山蟻聚」幾句記載柳仲郢入川平叛之事，對於考證李商隱赴東川幕府的具體年代非常重要。張采田便根據這段文字確定柳仲郢自河南尹遷鎮東川是在大中五年，李商隱隨赴東川幕府也在此年，從而糾正馮浩的李商隱年譜中考證其赴東川幕

〔註83〕《李商隱文編年校注》，頁 2090。
〔註84〕《李商隱文編年校注》，頁 2098～2099。

在大中六年之誤。

> 　　愚也中兵被召，上士聯榮，敢同譙郡之功曹，願作山陰之都講。
> 何言此事，叨謂當仁。翅紅磴時尋，多逢翠碣；紫榛乍倚，每見丹
> 碑。龍門慕新野之能，江夏服盈川之富。恨不疆場俯接，旗鼓親交。
> 貫其三屬之犀皮，焚彼十重之鹿角。以靈才結課，用逸思酬恩。來
> 者難誣，前言不戲。庶使禰衡讀後，重峻文科；王粲背時，更昇鄉
> 品。〔註85〕

通過這段文字可以知道李商隱寫作這篇碑銘時對於佛教大師們的景仰與前代
文化名人的敬佩，可以感受到李商隱對於佛教文化的鍾情與熱愛。應該說，
柳仲郢修造「四證堂」，李商隱為其撰碑銘的舉動，都與當時社會潮流有一定
關係。會昌年間武宗和李德裕曾經對佛教勢力進行打擊，毀掉或改用一些寺
廟，令大批和尚尼姑還俗。宣宗即位後，一反會昌之政治，大力提倡恢復佛
教，佛教勢力再度反彈。李商隱熱衷於佛教，其主觀與客觀原因都有。

《梓州道興觀碑銘（並序）》對道興觀修建以及沿革歷史有重要的文獻價
值，對於如今梓州歷史文化研究都是重要的參考資料。序結尾處有一段發感
慨的話，對研究李商隱生年很有價值：

> 　　予也五郡知名，三河負氣。顏延年之縱誕，未能斟酌當時；王
> 子敬之寒溫，徒欲保全舊物。屬以魚車受寵，璧馬從知，《子虛賦》
> 既恨別時，《樂職詩》空勞動思。況乎無仲祖之韶潤，有彥輔之清贏，
> 發短於孟嘉，齒危於許隱。謝文學之官之日，歧路東西；陸平原壯
> 室之年，交親零落。方欲春臺寫望，秋水凝情，問勾漏之丹砂，餌
> 華陽之白蜜。惠而好我，式契初心。〔註86〕

「予也五郡知名，三河負氣」是很自負的話，大意說自己也有一定的知名度，
也是有遠大理想與志向。下面幾句話用歷史上的名士從不同角度來表現自
己。「謝文學之官之日，歧路東西；陸平原壯室之年，交親零落」兩句則涉及
謝朓和陸機的年齡，對於瞭解李商隱當時的年齡狀況並據此來推論考證李商
隱生年也有很大的參考價值。這些碑銘文對於瞭解和研究唐代佛教尤其是東
川佛教文化有很高的文獻價值，值得注意。

黃籙齋文是道教儀式上所用的文體，用以禱告祈福。李商隱的黃籙齋文

〔註85〕　《李商隱文編年校注》，頁2116。
〔註86〕　《李商隱文編年校注》，頁2054～2055。

共六篇，包括在桂林幕府爲鄭亞所作的《爲滎陽公黃籙齋文》一篇，中有描寫桂林一帶風景處：「況此府水環湘、桂，山類蓬、瀛，固亦武陵之溪，桃源接境；平昌之井，荊水通津。洞乳凝華，喦煙結氣。浮丘別館，薊子郵亭。豈直發地五千，獨稱於太華；去天三百，惟迷於武功？」〔註87〕另外還有《爲故麟坊李尙書夫人王煉師黃籙齋文》、《爲相國隴西公黃籙齋文》及《爲馬懿公郡夫人王氏黃籙齋文》三篇。「馬懿公」是中晚唐大臣馬總，馬總去世在穆宗長慶三年（823），李商隱剛過十歲。馬總夫人是怎麼認識李商隱的？又爲何請求李商隱代寫三篇黃籙齋文，都值得探討，這對研究李商隱生平，認識李商隱會有一些幫助。筆者準備在以後就這一問題再進一步考索。

〔註87〕《李商隱文編年校注》，頁 1452。

第六章　李商隱駢文與詩「消息相通」

　　李商隱的駢文與詩有相似處，這一點古人就已經注意到。錢鍾書先生提出「樊南四六與玉溪詩消息相通」的命題，當代學者對此進行了深度闡釋，從不同角度論證這一命題的正確性。本章在分析這一命題的基礎上，從典故和法式兩方面分別探討李商隱駢文與詩之間的關係。典故方面以典面的選取為切入點，分析詩典與文典的「相通」，並以司馬相如典故為例，探究李商隱在用典方面對前人的超越，進而追根溯源，探討李商隱「雜纂思維」定勢對其詩作的影響。

第一節　「樊南四六與玉溪詩消息相通」命題的演變

　　李商隱詩文之間存在某種關聯、互相影響這一觀念經歷過一個發展過程，不同時代、不同學者對其內涵的理解有所不同。

　　將李商隱文與詩聯繫在一起，清代何焯可謂肇始人，他在《義門讀書記》中論商隱《鏡檻》詩云：「陳無己謂昌黎以文為詩，妄也。吾獨謂義山是以文為詩者。觀其使事，全得徐孝穆、庾子山門法。」〔註1〕除了提出李商隱文對詩有影響外，這則材料還涉及兩個信息：何否定韓愈以文為詩；肯定李商隱駢文運用典故的方法承襲徐陵和庾信。韓愈的「以文為詩」是以古文為詩，李商隱的「以文為詩」是以駢文為詩，這兩者其實是沒有可比性的，但李商隱駕馭典故的方法確實取之徐陵與庾信，並從他的文轉移到詩中。持此觀點的還有清代賀裳：「溫、李俱善作駢語，故詩亦綺麗。」賀裳強調溫、李善習

〔註1〕何焯著，崔高維點校：《義門讀書記》，中華書局，1987年6月版，頁1260。

駢文，多用駢儷語言，包括對偶工整、典故繁密、辭藻綺豔三個方面，都對詩歌創作有影響，從而形成綺麗詩風。雖未正面道出，卻肯定了李商隱習駢文對其詩風格有影響。

李商隱「以文爲詩」這一命題的明確提出始於錢鍾書先生。周振甫先生在《李商隱選集前言》中引用過錢先生這段話：

> 樊南四六與玉溪詩消息相通，猶昌黎文與韓詩也。楊文公（億）之崑體與其駢文，此物此志。末派得扯晦昧，義山不任其咎，亦如乾隆「之乎者也」作詩，昌黎不任其咎。所謂「學我者病」，未可效東坡之論荀卿李斯也。〔註2〕

到此，何焯提出的「李商隱以文爲詩」演變成「樊南四六與玉溪詩消息相通」。但先生對商隱詩與文「消息相通」這一概念並未直接闡釋，只是說這一情況正如韓愈詩、文之間的關係。關於楊億的「得扯晦昧」，先生也沒有具體說明指什麼。韓愈「以文爲詩」早已是共識，下文又說乾隆學韓愈卻以「之乎者也」作詩終爲後人詬病，只學到了以語氣詞、助詞這種古文的標誌性符號入詩。從這個角度看，楊億的「得扯晦昧」指只學到了以對仗、典故這種駢文的標誌性符號入詩。這樣看來「消息相通」是指李商隱以「好對切事」爲詩，「相通」的媒介就是典故。

周振甫先生引出這段話後隨即發表了對義山詩與駢文關係的看法，認爲：「他的詩與駢文都寫得玄黃備採，音韻鏗鏘，善用比喻，思合自然」，「他在駢文和詩裏都把議論、敘事和典故結合」，「詩裏還結合典實來抒情」〔註3〕。周先生此番闡釋側重李商隱詩文的互動性，實際上已不同於錢先生強調李商隱文對詩的影響一個角度，超出了錢先生「消息相通」的本涵，可以說將「消息相通」又向前推進一步。至此，李商隱詩文「消息相通」既指李商隱「以文爲詩」，又指「以詩爲文」。

董乃斌先生在《李商隱的心靈世界》第五章第二節「濃縮的符號——典故」中討論了李商隱以駢文爲詩的風格特徵。董先生曾向錢鍾書先生請教這一問題，此節的寫作主要受錢先生的啓發，對於「消息相通」有明確論述：「根據筆者的粗淺體會，駢文本與散文相對，而與詩，特別是律詩，則在形式上本有許多共同點，比如句子結構均有駢偶對仗的要求，其用字均有音韻調諧

〔註2〕 周振甫：《李商隱選集》，江蘇教育出版社，2006年，頁7。
〔註3〕 《李商隱選集》，頁8～10。

的問題，對句子之間平仄黏對關係兩者即有近似之處。那麼，以駢文爲詩這一特點在形式上的根本標誌究竟是什麼呢？我以爲即在於典故的大量運用。」〔註4〕由此可見，董先生對「消息相通」的理解直接承錢先生而來，雖然在其後的闡述中只限於對詩典的分析，並未探討文典對詩典的影響，但這爲李商隱詩歌研究指出了新路徑。第六章「非詩之詩」中也指出「以駢文手法入詩乃是玉溪生詩的一大特色」，同樣強調欲深知李商隱詩，必須研究其駢文。

繼周、董兩位先生對李商隱詩文「消息相通」這一命題深度闡釋後，劉學鍇先生從詩對文影響這一角度思考這個命題。他的《樊南文詩情詩境》一文認爲：「玉溪詩與樊南文的關係，還有另一重要側面，即玉溪詩對樊南文的滲透與影響，或可稱之爲『以詩爲駢文』。作爲一個在詩歌創作上卓有成就、極富個性特色的大家，他的駢體文不可能不受到其詩歌創作或明顯或潛在的影響。這種影響，體現在樊南文中的詩語、詩情、詩境等諸多方面，而又集中表現爲樊南文所特有的詩心——李商隱的詩人心靈與個性。錢先生所說的『樊南文四六與玉溪詩消息相通』，當兼該『以駢文爲詩』與『以詩爲駢文』這兩個方面。」〔註5〕這樣，「樊南四六與玉溪詩消息相通」這一命題又被賦予了新的內涵，從原來的只從駢文對詩影響的角度發展到兼顧駢文與詩的互相影響。劉先生又從文本出發，通過詩語、詩情、詩境三個角度具體闡釋李商隱詩對文的影響。

余恕誠先生也以「樊南文與玉溪詩消息相通」爲出發點，初步探討李商隱駢文風格的多樣性〔註6〕，其後又在《樊南文與玉溪詩——論李商隱四六文對其詩歌的影響》一文中從對偶、用典、虛字、句法以及綺麗委婉、富於象徵暗示、富於情韻等方面，論析二者間的深刻聯繫，認爲：唐詩吸納其它文體之長，不斷出現大的發展變化，而李商隱則代表晚唐，以駢文入詩，開闢了又一片新天地。〔註7〕至此，劉、余兩位先生分別從李商隱詩對駢文影響和駢文對詩影響正反兩方面闡釋、解讀文本，從而開拓了錢鍾書先生「樊南文與玉溪詩消息相通」命題的廣度，增加其彈性，使之更爲豐富。

〔註4〕 董乃斌：《李商隱的心靈世界》，頁188。
〔註5〕 劉學鍇：《文學遺產》，1997年第2期，後收入到《李商隱傳論》（下）。
〔註6〕 余恕誠、魯華峰：《李商隱詩歌和四六風格的多樣性》，安徽師範大學學報，2002年第4期。
〔註7〕 余恕誠：《文學遺產》，2003年第4期。

幾位先生認爲李商隱「以文爲詩」或「以詩爲文」，對命題的理解不同緣自以何種文體爲參照物。余恕誠先生認爲「以駢文爲詩」有事實根據：「因他在四六文中撰寫的對句，數量上遠過於詩，故而駢儷的技能和材料，由駢體轉移到詩的情況可能更多一些。」〔註8〕筆者認爲這是對錢先生「樊南文與玉溪詩消息相通」一命題最準確的理解。李商隱曾兩入秘府，這爲他提供了飽讀書籍的機會。李商隱對徐、庾、蘇之作極爲熟悉，在學習他們詩作的基礎上，反覆練習對偶技巧，熟悉典故，充分發掘典故的內涵，並且打亂糅合，或反或暗，重構詩歌新的認知系統。余先生從詩歌發展史的角度考察李商隱詩的獨特之處，自然覺得樊南文影響了玉溪詩。劉先生則反觀，認爲詩歌汲取到新的營養後會反作用於駢文，樊南文在演變的過程中受到了玉溪詩詩情、詩境的影響自然也合乎情理。影響本來是一種相互作用，一定要確定誰影響誰或者割裂源自同一心靈的文字與情感、技巧與錘鍊，並不能使我們看清李商隱。既然李商隱的駢文與詩是「消息相通」的，我們不妨從多個角度考察兩者的關係。下文試將李商隱的駢文與詩對照，分別從典故、法式、創作思維三個角度考察兩者的關係。這裡補充一點，由於駢文的基本特徵對偶與典故在晚唐大多被用在律詩中，晚唐的古體詩還要有意用拗體，避免純粹的對仗，少用典故，所以對李商隱詩文相通的探討基本限於駢文與律詩之間。

第二節　論李商隱駢文與詩體式的「消息相通」

上文從典故角度切入，探討李商隱文典與詩典的關係，詩典不僅超越文典，在唐詩中也別具一格，又聯繫《雜纂》分析了李商隱運用典故的思維特徵，這些都是樊南文與玉溪詩「消息相通」的體現，本節則繼續分析李商隱詩文外在形式——句式、結構與語言風格上的「相通」。

在具體句式應用方面，李商隱的文與詩有相通之處。李商隱七律喜用「四支」韻中「時」韻腳，形成「……日……時」句式，如：

新蒲似筆思投日，芳草如茵憶吐時。

（《過故府中武威公交城舊莊感事（武威公王茂元也）》）〔註9〕

〔註8〕余恕誠：《樊南文與玉溪詩》，《文學遺產》，2003年第4期，頁65。
〔註9〕《李商隱詩歌集解》，頁1357。

一夕南風一葉危，荊雲回望夏雲時。(《荊門西下》)〔註10〕

迎憂急鼓疏鐘斷，分隔休燈滅燭時。(《曲池》)〔註11〕

風朝露夜陰晴裏，萬戶千門開閉時。(《流鶯》)〔註12〕

何當共剪西窗燭，卻話巴山夜雨時。(《夜雨寄北》)〔註13〕

六曲連環接翠帷，高樓半夜酒醒時。(《屏風》)〔註14〕

秦臺一照山雞後，便是孤鸞罷舞時。(《破鏡》)〔註15〕

這種句式從「當君懷歸日，是妾斷腸時」開始就為後世承襲，杜甫多用在五律中，七言「宓子彈琴邑宰日，終軍棄繻英妙時」(《七月一日題終明府水樓二首》)〔註16〕也符合這個句式，至於「鄰雞野哭如昨日，物色生態能幾時」(《曉發公安》)〔註17〕一句句式符合意思卻不符。白居易「當君白首同歸日，是我青山獨往時」(《九年十一月二十一日感事而作》)〔註18〕也是這種用法。這種情況表現在樊南文中則成為：

呂元膺東周保釐之日，李師道天平畔援之時。

(《為濮陽公陳情表》)〔註19〕

空縱爛柯之思，未逢賭郡之時。

(《為濮陽公補顧思言牒》)〔註20〕

當太史撰日之際，猶立漢庭，及宗伯相儀之時，已辭魏闕。

(《為京兆公陝州賀南郊赦表》)〔註21〕

臣又伏思任司農大卿之日，授忠武統帥之時。

(《代僕射濮陽公遺表》)〔註22〕

〔註10〕《李商隱詩歌集解》，頁 604。
〔註11〕《李商隱詩歌集解》，頁 1741。
〔註12〕《李商隱詩歌集解》，頁 891。
〔註13〕《李商隱詩歌集解》，頁 1230。
〔註14〕《李商隱詩歌集解》，頁 1633。
〔註15〕《李商隱詩歌集解》，頁 1635。
〔註16〕《杜詩鏡銓》，頁 958。
〔註17〕《杜詩鏡銓》，頁 948。
〔註18〕《白居易集箋校》，頁 2230。
〔註19〕《李商隱文編年校注》，頁 342。
〔註20〕《李商隱文編年校注》，頁 537。
〔註21〕《李商隱文編年校注》，頁 550。
〔註22〕《李商隱文編年校注》，頁 696。

伏以延英奉辭之日，宰臣俟對之時。

（《爲濮陽公上賓客李相公狀》）〔註23〕

番禺將去之時，獲醉上樽之酒；許下出征之日，猶蒙尺素之書。

（《爲濮陽公上賓客李相公狀二》）〔註24〕

臣伏聞烈山神井，開農皇降聖之時；南頓嘉禾，茂漢後誕祥之日。

（《爲滎陽公進賀壽昌節銀零陵香麂靴竹靴狀》）〔註25〕

上文多爲涇原、陳許兩幕時期王茂元的代作，反映了同一時期內李商隱駢文文式書寫的思維定勢。「空縱爛柯之思，未逢賭郡之時」較有詩韻，如果將助詞去掉，改爲「空縱爛柯思，未逢賭郡時」，與詩句並無異。這是李商隱詩文交融的結果。在唐代駢文中，陸贄的駢文最常用到這個句式，如「行於安泰之日，已累謙沖；襲乎喪亂之時，尤傷事體」（《奉天論尊號加字狀》）〔註26〕，「蓋非恩倖競進之時，文儒角逐之日」（《興元論中官及朝官賜名定難功臣狀》）〔註27〕，「乃是汙俗觀化之日，聖王布德之時」（《請釋趙貴先罪狀》）〔註28〕，「實眾慝驚心之日，群生改觀之時」（《收河中後請罷兵狀》）〔註29〕，但始終未達到李商隱那樣詩化的效果。

桂幕至梓幕期間，李商隱的駢文句式也逐漸近於詩，如「竟困塞郊之柝，那停絕漠之烽」（《爲滎陽公賀幽州破奚寇表》）〔註30〕，將助詞「之」去掉，儼然是五古對句：「竟困塞郊柝，那停絕漠烽」。「思將玕珊，爲逸少裝書；願把珊瑚，與徐陵架筆」（《謝河東公和詩啓》）〔註31〕，化爲詩句即爲「思裝玕珊逸少書，願架珊瑚徐陵筆」，與詩句已經很接近了。「福聞雀辭楊館，常懷寶篋之恩；燕別張巢，永結雕梁之戀」（《爲崔從事寄尙書彭城公啓》）〔註32〕，如果化爲詩句，就成爲「雀辭楊館懷寶篋，燕別張巢戀雕梁」。「寶肆迴腸，

〔註23〕《李商隱文編年校注》，頁 493。
〔註24〕《李商隱文編年校注》，頁 518。
〔註25〕《李商隱文編年校注》，頁 1292。
〔註26〕《全唐文》卷四六九，頁 4789。
〔註27〕《全唐文》卷四七一，頁 4811。
〔註28〕《全唐文》卷四七一，頁 4813。
〔註29〕《全唐文》卷四七二，頁 4817。
〔註30〕《李商隱文編年校注》，頁 1346。
〔註31〕《李商隱文編年校注》，頁 1962。
〔註32〕《李商隱文編年校注》，頁 2004。

只期和氏；醫門投足，永念倉公」(《爲崔從事寄尙書彭城公啓》) 〔註33〕可以化爲詩句「寶肆迴腸期和氏，醫門投足念倉公」。桂幕的兩年時間李商隱就創作了一百一十二篇駢文，這些駢文的句式大多近於詩的句式。也許李商隱並不是有意爲之，長期創作詩歌使他在書寫駢文時無意識地使用詩歌句式，駢文開始詩化，有別於前代駢文，這是李商隱駢文走向成熟的標誌之一。

　　李商隱喜好羅列典故的詩，如《人日即事》、《淚》等，都借鑒了賦的鋪陳、排比手法，以《人日即事》爲例：

　　　　文王喻復今朝是，子晉吹笙此日同。
　　　　舜格有苗旬太遠，周稱流火月難窮。
　　　　鏤金作勝傳荊俗，剪綵爲人起晉風。
　　　　獨想道衡詩思苦，離家恨得二年中。〔註34〕

首聯首句取《易》中「七日來復」之意用來破題，並無實際意義，次句用《列仙傳》王子喬「告我家七月七日待我於緱氏山頭」也是應「七日」之意。頷聯首句取《尙書》中「七旬有苗格」意，次句應「七月流火」。頸聯兩句出自《荊楚歲時記》：「人日剪綵爲人，或鏤金錫爲人，以貼屛風，或戴之頭髮；又造華勝以相遺。」尾聯因薛道衡《人日》詩：「入春才七日，離家已二年。人歸落雁後，思發在花前。」所有典故都未旁敲側擊出「人日」。范希文、朱彝尊、紀昀、屈復、張采田對此詩極爲詬病，懷疑不是李商隱親筆。這種寫法即是後人所說的「獺祭魚」體，李商隱偶一爲之，錄入本集也是有可能的事，也不是所有「獺祭魚」體都是敗筆，下面的《淚》詩就是「獺祭魚」體中的上乘之作：

　　　　永巷長年怨綺羅，離情終日思風波。
　　　　湘江竹上痕無限，峴首碑前灑幾多。
　　　　人去紫臺秋入塞，兵殘楚帳夜聞歌。
　　　　朝來灞水橋邊問，未抵青袍送玉珂。〔註35〕

這首詩每句一典以指代一種淚，分別是：深宮怨婦之淚，閨中思婦之淚，嬌婦思夫之淚，人民懷念賢者之淚，去國懷鄉之淚，英雄失路之淚，最後兩句以卑官送達貴時心酸之淚作結，「未抵」又將意思推進一層。馮班和朱彝尊認

〔註33〕《李商隱文編年校注》，頁2004。
〔註34〕《李商隱詩歌集解》，頁698。
〔註35〕《李商隱詩歌集解》，頁1636。

為這首詩八句七事，屬於律詩的變體。程夢星則一語道明這首詩的創作特徵：
「此篇全用興體，至結處一點正義便住。不知者以為詠物，則通章賦體，失
作者之苦心也矣。」〔註36〕劉學鍇認為此詩用《別賦》、《恨賦》寫法，有堆
砌故實之弊。後西崑詩人傚仿，變本加厲。〔註37〕黃侃也認為並非詠物詩：「首
六句皆陪意，末二句乃結出正意。……如以為詠物之詞，則無此堆砌之篇法
矣。……」〔註38〕葉蔥奇評論道：「……這首尤見清整，在唐律中實屬獨創之
作。」〔註39〕關於這首詩的優劣，自古爭論未絕。如果沒有彰顯作者巧妙構
思的兩句結尾，那麼整首詩確實有堆砌典故之嫌。從立意上看，這首詩絕不
與純粹的「獺祭魚」體性質相同，稱得上是好詩。李商隱駢文中也有這樣的
結構：

> 臣精神危促，言詞爽錯，行當窮塵埋骨，枯木容身，螻蟻卜鄰，
> 烏鳶食祭。」(《代安平公遺表》)〔註40〕

> 旋屬皇帝陛下荊枝協慶，棣萼傳輝，臣得先巾墨車，入拜丹陛，
> 蘭臺假號，棘署參榮。(《為濮陽公陳許謝上表》)〔註41〕

「行當」後連續接四個典故，鋪陳排比開來，「臣」後面接四個行為動作，也
同上文一樣鋪陳排比。《代安平公遺表》作於大和八年六月十一日，《為濮陽
工陳許謝上表》作於開成三年，而《人日即事》作於大中二年桂幕時，《淚》
雖無法編年，從表達情感看當作於晚期，這樣看來，李商隱在駢文中運用鋪
陳法熟練的基礎上，又將此法運用到詩歌創作中，也是有可能的。

　　隔句對偶是李商隱律詩常用的結構方式。《文鏡秘府論》「東」卷提及二
十九種對偶形式中第二種就是「隔句對」：「第一句與第三句對，第二句與第
四句對。如此之類，名為隔句對。」〔註42〕並列舉兩例，一是「昨夜越溪難，
含悲赴上蘭。今朝逾嶺易，抱笑入長安」，認為「並是事對，不是字對」；一
是「相思復相憶，夜夜淚沾衣。空悲亦空歎，朝朝君未歸」，認為「從首至末，
對屬間來」。盧師盛江在「考釋」中引《研究篇》下：「鈴木博士指出的，司

〔註36〕《李商隱文編年校注》，頁1640。
〔註37〕《李商隱文編年校注》，頁1643。
〔註38〕《李商隱文編年校注》，第頁1643。
〔註39〕《李商隱詩歌疏注》，頁359。
〔註40〕《李商隱文編年校注》，頁81。
〔註41〕《李商隱文編年校注》，頁499。
〔註42〕《文鏡秘府論彙校彙考》，頁701。

馬相如《子虛賦》『交錯糾紛，上干青雲，罷池陂陁，下屬江河』等是其先蹤。
但直到後漢不太使用，自晉代開始走向盛行，主要在賦裏。到晚唐，根據字
數的配合，區分爲輕隔句、重隔句、疏隔句、密隔句、平隔句、雜隔句六種，
《詩人玉屑》稱爲『扇對』。」引《譯注》則列舉早於《子虛賦》的《詩經·
周南·關雎》和《易·繫辭上》中的詩句。先秦典籍中在確實存在隔句對現
象。司馬相如承襲這種用法，一直到晉代，隔句對基本用在文中。到了唐代，
隔句對則常用在律詩中，以杜甫爲最。《苕溪漁隱叢話》提及隔句對時就引用
杜詩《哭台州鄭司戶蘇少監》中「得罪台州去，時危棄碩儒；移官蓬閣後，
穀貴歿潛夫」句。而李商隱由於大量使用隔句對偶結構，幾乎形成一種創作
上的思維定勢。以《異俗二首》第一首爲例：

> 戶盡懸秦網，家多事越巫。
>
> 未曾容獺祭，只是縱豬都。
>
> 點對連鼇餌，搜求縛虎符。
>
> 賈生兼事鬼，不信有洪爐。〔註43〕

這是一首描寫桂林地方風俗的詩，首句先說家家都以打漁爲生，次句說戶戶
都信奉巫蠱之術。第三句寫未曾讓水獺捕魚，這句在內容上承接第一句，獺
祭魚屬於打漁這個話題範圍，第四句說只是用豬祭祀，承接第二句信奉巫蠱
而言。第四句又回頭說打漁之前要做的準備，這是承接第三句的，第四句說
求捉老虎的巫符，也是屬於巫事的範圍，承接第四句。這樣整體看，一、三、
五相承，二、四、六相承，但從律詩的格式看，首聯、頷聯、頸聯中的出句
與對句又達到了很好的對仗效果，形成了橫向對仗、縱向承接的模式。同樣
的結構的還有《崔處士》一詩：

> 眞人塞其內，夫子入於機。
>
> 未肯投竿起，唯歡負米歸。
>
> 雪中東郭履，堂上老萊衣。
>
> 讀遍先賢傳，如君事者稀。〔註44〕

第一句稱崔處士爲「眞人」，第三句和第五句都是舉《先賢傳》中眞人的事例
相承接，第二句稱崔處士爲「夫子」，第四句和第六句則舉孝子的例子來承接，
尾聯最後做總結。其實這種模式早在杜詩中就存在，如《登高》的前四句，「無

〔註43〕《李商隱詩歌集解》，頁720。
〔註44〕《李商隱詩歌集解》，頁519。

邊落木蕭蕭下」承「風急天高猿嘯哀」，寫山中的情景，「不盡長江滾滾來」
承「渚清沙白鳥飛回」寫江岸的情景。只不過到了李詩中，隔句相承成為一
種穩定的模式，被普遍地運用開來。有些詩是首聯、頷聯相承，有些詩是頷
聯、頸聯相承。《潭州》屬於頷聯和頸聯相承：「湘淚淺深滋竹色，楚歌重疊
怨蘭叢。陶公戰艦空灘雨，賈傅承塵破廟風。」〔註45〕《無題四首》中其四
也屬於這種情況：「東家老女嫁不售，白日當天三月半。溧陽公主年十四，清
明暖後同牆看。」〔註46〕而《杏花》則屬於前四句隔句相承：「上國昔相植，
亭亭如欲言。異鄉今暫賞，脈脈豈無恩。」〔註47〕

　　李商隱詩中的隔句對現象在駢文中也常常出現，《為濮陽公祭太常崔丞
文》中有「越井之酋，甘綏之女，時清則銅鏑納廚，歲開則銀簪叩鼓」〔註
48〕句就是一例。「時清則銅鏑納廚」是「越井之酋」發出的動作，「歲開則
銀簪叩鼓」是「甘綏之女」發出的動作。考慮《異俗二首》是商隱居桂幕
時期的作品，已經在大中元年之後，《為濮陽公祭太常崔丞文》卻是代王茂
元撰寫的祭文，作於開成五年秋商隱居陳許幕時，文在詩前，理應文影響
到了詩。雖然商隱從杜詩中汲取到了這種創作模式，但《異俗二首》是以
桂林風俗為內容，創作時難免想起用過的越地典故及模式，也是極有可能
的事。

　　李商隱的隔句對可以稱得上恰切。《文鏡秘府論》「東」卷「論對」條說：
「文詞妍麗，良由對屬之能；筆箚雄通，實安施之巧。若言不對，語必徒申；
韻而不切，煩詞枉費。元氏云：『《易》曰：水流濕，火就燥。雲從龍，風從
虎。《書》：滿招損，謙受益。此皆聖作切對之例。況乎庸才凡調，而對而不
求切哉。』」〔註49〕這段話說「文詞」即有韻之文具有華采的話，應是因為對
偶用得好。其中「切對」之「切」，盧師盛江按：「當與上文所引《文心雕龍·
聲律》『切韻之動』、『切韻』之『切』字同意。『切對』者，切近之對，貼切
標準之對。」〔註50〕也就是強調對偶要用得貼切，不然不如不用。在這一點
上，李商隱可謂精準、恰切，其駢文在唐代駢文中當屬翹楚。

〔註45〕《李商隱詩歌集解》，頁750。
〔註46〕《李商隱詩歌集解》，頁1468。
〔註47〕《李商隱詩歌集解》，頁1575。
〔註48〕《李商隱文編年校注》，頁390。
〔註49〕《文鏡秘府論彙校彙考》，頁666。
〔註50〕《文鏡秘府論彙校彙考》，頁670。

　　李商隱後期的駢文與詩彼此交融，文中開始運用李詩中常見的自然景觀描寫，增強了文的審美效果。如：

　　　　況井鬼分疆，岷峨會險。殷富則銅山丹穴，精靈則雁水犀津。
　　　　池留萬歲之名，橋有七星之號。碧雞使者，部下時來；白鳳詞人，
　　　　座中常滿。(《爲滎陽公上西川李相公狀》) 〔註51〕

　　　　灌漏卮而填巨壑，尚隔杯盤；朝白帝而暮江陵，空吟風水。
　　(《爲滎陽公上西川李相公狀》) 〔註52〕

　　　　望蘭臺之祕邃，天上人間；附桂水之平生，一日千里。
　　(《爲滎陽公上僕射崔相公狀》) 〔註53〕

　　　　潼水千波，巴山萬嶂，接漏天之霧雨，隔嶓冢之煙霜。皓月圓
　　　　時，樹有何依之鵲；悲風起處，岩無不斷之猿。煎向義之初心，斬
　　　　懷仁之勁氣。竊惟秦鏡，當察衛桃。(《爲崔從事寄尚書彭城公啓》)
　　〔註54〕

這些夾雜的如詩語一樣的文句使駢文增色，對自然景觀的描寫中又摻入自己的情感成分，如此情景交融的場景在李商隱早期駢文中並不多見。除此外，大段詩歌中常用的意象綴連運用到駢文中，使李商隱駢文文風與詩風更爲接近。

　　　　行吟花幕，臥想金臺。未離紫陌之塵，已夢清淮之月。
　　(《上尚書范陽公第二啓》) 〔註55〕

　　　　郎中學士，呑鳥推華，奪袍著美，才端風憲，俄上雲衢。昨暮
　　　　繡衣，尚遣蒼鷹出使；今辰彩筆，遂令丹鳳銜書。
　　(《爲度支盧侍郎賀畢學士啓》) 〔註56〕

　　　　乏仰冰雪之清標，空聞金石之孤韻……兵法雖慚於《金版》，夢
　　　　魂猶識於銀臺。恨非犯斗之星，暫經寥沈；徒用映淮之月，遠比輝
　　　　光。(《爲度支盧侍郎賀畢學士啓》) 〔註57〕

〔註51〕 《李商隱文編年校注》，頁 1483。
〔註52〕 《李商隱文編年校注》，頁 1483。
〔註53〕 《李商隱文編年校注》，頁 1494。
〔註54〕 《李商隱文編年校注》，頁 2005。
〔註55〕 《李商隱文編年校注》，頁 1796。
〔註56〕 《李商隱文編年校注》，頁 1839～1840。
〔註57〕 《李商隱文編年校注》，頁 1840。

思將玟瑁，爲逸少裝書；願把珊瑚，與徐陵架筆。

（《謝河東公和詩啓》）〔註58〕

如詩語一般的「花幕」、「紫陌」、「金臺」、「繡衣」、「彩筆」、「丹鳳」、「夢魂」、「銀臺」、「映淮之月」等是李商隱詩常用到的意象。唐荊川評價李商隱這樣的駢文：「情致纏綿，沁人肺腑。」（《古文分類集評》）〔註59〕如其所言，此時的駢文富有詩語，爲駢文增色。到此爲止，李商隱的駢文與詩已經融會貫通，文中有詩，詩中有文，達到了眞正的「消息相通」。

第三節　論李商隱駢文與詩典故的「消息相通」

比起詩李商隱更喜歡在駢文中用典，而在運用事典時，駢文對典面的選取經歷了一個單一到豐富的過程，駢文大量用典爲詩歌用典達到爐火純青程度提供了有力條件，詩歌多角度選取典面又使文典自覺地擴大典面選取範圍。在李商隱創作中後期，駢文逐漸走向成熟，開始與詩互相影響。

《錦瑟》中「滄海月明珠有淚」是李詩中所有「鮫人滴淚」典故的結晶。從典源來看，朱鶴齡選用《文選注》：「月滿則珠全，月虧則珠缺。」《別國洞冥記》：「味勒國在日難，其人乘象入海底取寶，宿於鮫人之宮，得淚珠，則鮫人所泣之珠也，亦曰泣珠。」以及《博物志》：「南海外有鮫人，水居如魚，不廢績織，其眼泣則能出珠。」馮浩又加以《禮鬥威儀》和《大戴禮記》。如果再算上《呂氏春秋·精通》中「月望則蚌蛤實，君陰盈。月晦則蚌蛤虛，君陰虧」和郭璞的《江賦》中「淵客築室於崖底，鮫人構館於懸流」，那麼所提供的典面選取角度就更多。這些典源提供了幾個典面：第一，月明蚌珠全；第二，鮫人泣珠，第三，鮫人善織；第四，鮫人構館。幾種典面都曾分別出現在李商隱詩中。除《錦瑟》外，李詩中可以明確看出使用到這些典面的共九首：

蚌胎未滿思新桂，琥珀初成憶舊松。（《題僧壁》）〔註60〕

未必明時勝蚌蛤，一生常共月虧盈。（《城外》）〔註61〕

這兩首選取的是「月明蚌珠全」的典面。第一首卻沒有直接用「蚌珠隨月虧

〔註58〕《李商隱文編年校注》，頁1962。
〔註59〕《李商隱文編年校注》，頁1968。
〔註60〕《李商隱詩歌集解》，頁1292。
〔註61〕《李商隱詩歌集解》，頁1632。

盈」的原始哲理，而是選擇處於「虧」與「盈」中間階段時的感受。第二首屬於反用典故，是對「隨月虧盈」這一現象的解構，月明時又能怎樣，「虧」與「盈」已成爲一種常態，就不必在意隨月盈時的喜悅，也無所謂隨月虧時的失望。至於選取「鮫人泣珠」典面的有「昔去靈山非拂席，今來滄海欲求珠」（《送臻師二首》）〔註62〕一句，也沒有直接用原始哲理，而是說「來滄海買珠」，因爲「鮫人泣珠」，才能「來買珠」，李商隱選用的角度其實是原始典面的結果，「買」屬於他的一種想像，有構思故事情節的成分。「鮫人構館」的典面在《奉同諸公題河中任中丞新創河亭四韻之作》一詩中使用過：「河鮫縱玩難爲室，海蜃遙驚恥化樓。」〔註63〕這句也是反用，可以看作直接取自郭璞《江賦》。而使用「鮫人善織」典面的詩比較多：

月中供藥剩，海上得綃多。（《鏡檻》）〔註64〕

蠻童騎象舞，江市賣鮫綃。（《送從翁從東川弘農尚書幕》）

〔註65〕

河伯軒窗通貝闕，水宮帷箔卷冰綃。

（《利州江潭作（感孕金輪所）》）〔註66〕

龍竹裁輕策，鮫綃熨下裳。（《玄微先生》）〔註67〕

瞥見馮夷殊悵望，鮫綃休賣海爲田。

（《七月二十八日夜與鄭王二秀才聽雨後夢作》）〔註68〕

這些詩都選擇「鮫人織綃」典面，從構思角度看，有一個發展的過程。《送從翁從東川弘農尚書幕》作於開成元年，其中的「鮫綃」還是作爲一種物質出現，《鏡檻》作於會昌二年，詩中只說海上的綃比較多，言外可想鮫人勤於織綃，屬於暗用，到了大中五年的《七月二十八日夜與鄭王二秀才聽雨後夢作》一詩，「鮫綃」就成爲賣海爲田的媒介了。隨著時間的推移，李商隱對原始典面越來越熟悉，甚至可以進行情節的構想，層層深化。

　　值得推敲的最後這句「鮫綃休賣海爲田」，其實是將「鮫人織綃」和「滄

〔註62〕《李商隱詩歌集解》，頁1933。另，佛經有中滄海買珠典故。
〔註63〕《李商隱詩歌集解》，頁456。
〔註64〕《李商隱詩歌集解》，頁401。
〔註65〕《李商隱詩歌集解》，頁157。
〔註66〕《李商隱詩歌集解》，頁1117。
〔註67〕《李商隱詩歌集解》，頁1922。
〔註68〕《李商隱詩歌集解》，頁1063。

海桑田」兩典合用。典源爲《神仙傳》:「麻姑謂王方平曰:『接待以來,見東海三變爲桑田。向到蓬萊,水淺於往時略半也,豈將復還爲陸陵乎?』方平笑曰:『聖人皆言海中行復揚塵也。』」李詩中選用這個典源的有三首,都出現在七絕中。

> 好爲麻姑到東海,勸栽黃竹莫載桑。(《華山題王母廟》)〔註69〕
>
> 欲就麻姑買滄海,一杯春露冷如冰。(《謁山》)〔註70〕
>
> 直遣麻姑與搔背,可能留命待桑田。(《海上》)〔註71〕

原典的原始哲理說時空的轉變之快讓人感歎,而縱觀這三首詩,對角度的選擇都有所改變:《華山題王母祠》用栽黃竹代替桑樹以保滄海桑田永不更迭來諷刺道家求長生的荒謬,這是以空間的永恒致使時間達到永恒的一種想像。《謁山》以滄海爲麻姑所有,所以說「買」滄海,「買」字也凸顯了諷刺意味,長生不老何以買,買來的不過是一杯冰冷的春露,意喻時間無法停留。〔註72〕《海上》將這個典源與《列仙傳》合用。「搔背」一典取自《列仙傳》:「麻姑降蔡經家。經見麻姑手似鳥爪,心言背大癢時,得此爪爬背,當佳也。王方平知經心言,使人牽經,鞭之曰:『麻姑,神人也,汝何忽謂其爪可爬背乎?』但見鞭著經背,亦不見有人持鞭者。」意謂即便神仙來服侍也不可能像神仙那樣長生不老。三首詩選取典故的角度都與原始哲理不同,超越了原始哲理。

典故就像一個玲瓏寶塔,有不同的層面,只有熟悉了每個層面才能看清寶塔,在詩中考慮將哪一個層面展現給讀者,或者不同的層面出現在不同的詩中,這就取決於詩人的才力了。李商隱對這個典故所輻射出的意義達到相當熟悉的程度,在此基礎上進行重構,創造出三種不同的效果,正體現出他過人的領悟力和理解力。

現在回過頭來看「滄海月明珠有淚」這句詩,就不難發現是三種典面的融合,「月明蚌珠全」、「鮫人泣珠」及「滄海桑田」,而三典之間的情節媒介在於「鮫人居於滄海」和「月在滄海之下明」,這樣合爲一體作爲詩句就合情合理。這其間的構思很可能伴隨李商隱對這些典故個人感受的深化而成熟。李商隱居桂幕時期,鄭亞常以本地特產珍珠作爲貢品進貢朝廷,這些在李商

〔註69〕 《李商隱詩歌集解》,頁 562。

〔註70〕 《李商隱詩歌集解》,頁 1952。

〔註71〕 《李商隱詩歌集解》,頁 570。

〔註72〕 見陳貽焮:《李商隱的詠史詩和詠物詩》,《文學評論》,1962 年第 6 期。

隱的駢文中提到過，如：「輕縞染衣，眞金備器，海綃掩麗，渠碗藏珍」（《爲滎陽公端午謝賜物狀》）〔註73〕和「明珠大貝，南異於百蠻」（《爲滎陽公進賀正銀狀》）〔註74〕。「滄海月明珠有淚」一句，如果說特指桂州這一景象難免膠柱鼓瑟，但很有可能是經歷了桂幕的生活後對這個典故和意境有了更深的感觸，才達到典故與詩融爲一體、了然無痕的程度。而從典故運用層面比較，兩篇駢文中對「海綃」和「珠淚」的典故，基本是作爲語典出現的，分別是「絲帛」和「珍珠」的代語，並沒有輻射出特別的哲理意義。

　　除此外，以下幾個典故的典面選取範圍，詩都大於文。

　　　　屬人生之坎坷，逢世路之推遷。浮泛常多，違離蓋數。

　　（《上河南盧給事狀》）〔註75〕

　　　　薄宦梗猶泛，故園蕪已平。（《蟬》）〔註76〕

「梗泛」典源出自《戰國策》：「有土梗與桃梗相與語，土偶曰：『子東國之桃梗也，刻削子以爲人，降雨下，流子而去，則子漂漂者將如何？』也有注爲《戰國策》中另一出處：「蘇子曰：『土梗與木梗鬥，曰：『汝不知我，汝逢疾風淋雨，漂入漳河，東流至海，泛濫無所止。』」文中用「浮泛」和詩中的「梗泛」都指代仕途的顛沛流離，只是文用語典，詩用事典，用典源本身的故事情節凝結成一句詩，文卻省略故事情節，直接道出一個「浮泛常多」的事實。

　　　　比園葵以自傾，晝惟向日；羨海槎之不繫，秋則經天。

　　（《爲濮陽公陳許謝上表》）〔註77〕

　　　　海客乘槎上紫氛，星娥罷織一相聞。

　　　　只應不憚牽牛妒，聊用支機石贈君。（《海客》）〔註78〕

海槎典故爲人熟知，取自張華《博物志》，原典記載每年八月有浮槎往來不失期，有人乘槎到天河看到牛郎織女，回到人間後去嚴君平處相問，卜算出是時有客星犯天牛星，犯者即是此人。文選用的典面只是限定爲「浮槎經秋必來」，在文中用以指代人在遠幕來去不定，對朝廷的忠心卻不變。詩卻把「海槎往來不失期」後面的情節都用到了，典面的選取範圍擴大到整首詩，把整

〔註73〕《李商隱文編年校注》，頁1332。
〔註74〕《李商隱文編年校注》，頁1702。
〔註75〕《李商隱文編年校注》，頁1149。
〔註76〕《李商隱詩歌集解》，頁1027。
〔註77〕《李商隱文編年校注》，頁499。
〔註78〕《李商隱文編年校注》，頁580。

個典故經過自己的邏輯重構，完全變爲另外一層意思。原典只說浮槎之人見到牛郎織女又返回人間的經歷，李商隱卻構思浮槎之人與織女相遇後，織女不擔心牛郎嫉妒，將支機石贈給浮槎之人。整個重構與原典迴異，《集解》將這首詩編訂爲大中元年初作品，認爲此詩是李商隱應鄭亞之邀同去桂幕時身處秘書省遭李黨人斥責的一個比附。三四句謂自己不憚黨人中舊好之妒，以文采爲鄭亞效力，以酬知己之意。這樣與文中採用的典面比較起來，是故事性與話語性的對比，典面擴大很多，寓意又委婉深刻很多。

> 雖非龍孫驥子，邀一舉以絕塵。
>
> （《爲安平公赴兗海在道進賀端午馬狀》）〔註79〕

> 華清別館閉黃昏，碧草悠悠內廄門。
>
> 自是明時不巡幸，至今青海有龍孫。（《過華清內廄門》）〔註80〕

> 運去不逢青海馬，力窮難拔蜀山蛇。（《詠史》）〔註81〕

「青海馬」典出《隋書》：「吐谷渾青海中有小山，其俗至多輒放牝馬於其上，言得龍種。有波斯草馬，放入海，因生聰駒，日行千里，故時稱青海聰馬。」《舊唐書‧吐谷渾列傳》也記載此事。典源雖同，意義卻殊。文因端午進貢馬才用青海龍孫典故以切題，「龍孫驥子」也只是一個用來代表良馬的符號，並沒有實際意義。而兩首詩用此典故則是對典源本身的陳述加以評價，體現了詩人新的視角。《過華清內廄門》寓以詩人對今昔盛衰的感慨，用「青海有龍孫」來反襯「華清內廄」良馬皆無、空有衰草的淒涼，委婉暗示河隴失陷、國勢衰弱情況。這樣，「青海龍孫」就不僅因切題而用，而是與整首詩意相黏合，成爲詩意的一部分，具有象徵意義，另一首《詠史》也同此理，「青海馬」用來比喻賢臣，與用來比喻毀滅大唐王朝勢力的「蜀山蛇」相對。

李商隱功成身退的人生願望在其文中也是一個永恆的主題，范蠡扁舟歸江湖的典源成爲他願望的代言。而最典型的莫過「永憶江湖歸白髮，欲迴天地入扁舟」（《安定城樓》）〔註82〕和「浪跡江湖白髮新，浮雲一片是吾身。……相逢一笑憐疏放，他日扁舟有故人」（《贈鄭讜處士》）〔註83〕兩首詩。與詩相照應，在涇原、陳許兩幕時期的文也表達了這種願望：

〔註79〕《李商隱文編年校注》，頁61。
〔註80〕《李商隱詩歌集解》，頁1499。
〔註81〕《李商隱詩歌集解》，頁347。
〔註82〕《李商隱詩歌集解》，頁264。
〔註83〕《李商隱詩歌集解》，頁1367。

張良卻粒之懷，錙銖軒冕；范蠡扁舟之志，夢想江湖。

（《爲尚書濮陽公賀鄭相公狀》）〔註84〕

近則越蠡扁舟而獨往，漢良卻粒以辭榮。

（《爲濮陽公上賓客李相公狀》）〔註85〕

我們可以發現在文中李商隱習慣用張良卻粒辭榮的典故與范蠡扁舟江湖的典故相對仗，以敘述語氣將人事結合，而詩中卻省略人名，只選取「江湖」、「白髮」、「扁舟」幾個意象綴連詩句。這樣形成一種思考空間上的留白，使典故更有張力和彈性。從典面的選取看，這個時期的功成身退還是一種人生願望。

如果說在涇原幕時期《安定城樓》中的「白髮江湖」還是一種願望，一個理想，那麼到了桂幕時期基本破滅，「白髮」成眞，「迴天轉地」卻永遠不能實現，殘缺的願望在此期的駢文中也一再重複：

越賈生賦鵬之鄉，過王子登樓之地。（《上漢南盧尚書狀》）

〔註86〕

心懸土炭，空循太史之書；身遠江湖，徒積子牟之戀。

（《爲滎陽公進賀冬銀等狀》）〔註87〕

孤燭扁舟，寒更永夜。（《謝鄧州周舍人鄧州刺史啓》）〔註88〕

依仁佩德，白首知歸。（《上尚書范陽公第二啓》）〔註89〕

訪江湖之路，白髮徘徊。（《爲同州張評事張潛謝辟啓》）〔註90〕

選取的典面顯然與《安定城樓》中有所不同。「空循太史之書」的「空」和「徒積子牟之戀」的「徒」表明願望瀕臨破滅，即使身遠在江湖，迴天轉地的功業卻未建。選用「孤舟」和「寒夜」典面所表達的也不是身退後對功業生涯回望時應有的滿足。至於後期的「白首知歸」中的「白首」也是實情。「訪江湖之路，白髮徘徊」傳遞一種對未來的彷徨，與「永憶江湖歸白髮」相比，一爲主觀願望，一爲客觀實情，從這個角度反推，這篇未編年的《爲同州張

〔註84〕《李商隱文編年校注》，頁 3047。
〔註85〕《李商隱文編年校注》，頁 518。
〔註86〕《李商隱文編年校注》，頁 1251。
〔註87〕《李商隱文編年校注》，頁 1698。
〔註88〕《李商隱文編年校注》，頁 1777。
〔註89〕《李商隱文編年校注》，頁 1796。
〔註90〕《李商隱文編年校注》，頁 2254。

評事張潛謝辟啓》文章當作於李商隱的晚年，歸置在桂幕時期或其後都合理。

因此這個典故屬於由詩輻射到文，文中典面的選取完全符合李商隱當時的心境，可以說鍛造詩典賦予了文更多的想像空間和典面選取範圍，文典在詩典的基礎上深化發展，也將李商隱的心路歷程層層表露出來。

「指巴西則民皆譙秀，訪臨邛則客有相如」（《上河東公謝辟啓》），〔註91〕到臨邛則訪相如，李詩詩典也常選取這個典面，「梓潼不見馬相如，更欲南行問酒壚」（《梓潼望長卿山至巴西復懷譙秀》），〔註92〕或「君到臨邛問酒壚，近來還有長卿無」（《寄蜀客》），〔註93〕文與詩所選典面都是到蜀地就想起相如這一角度，並無更多深意。

《荊門西下》一詩中有「骨肉書題安絕徼，蕙蘭蹊徑失佳期」〔註94〕句。詩文都用到「蕙蘭蹊徑」，而屈復、程夢星、姚培謙注釋以來，並無典源可循，大都將「蕙蘭蹊徑」解釋成回鄉之路。劉學鍇注為「謂已遠離家鄉，蕙蘭蹊徑，會合無期」〔註95〕，葉蔥奇則未加注，只在疏解部分解釋「恨久客桂林，留滯荊巴，年華消逝，進取之機盡矣」〔註96〕。對於「春畹將遊，則蕙蘭絕徑」（《上尚書范陽公啓》）〔註97〕中「蕙蘭絕徑」，劉本用《離騷》中「余既滋蘭之九畹兮，又樹蕙之百畝」來注釋，顯然承襲馮浩的注解〔註98〕，這樣看並沒有確切的典源。從上下文意思看，「蕙蘭絕徑」指仕途之路，人生之路，尚未涉及回鄉之路。《荊門西下》作於大中元年鄭亞貶官，李商隱滯留巴蜀時。《上尚書范陽公啓》作於大中三年，旨在謝盧弘止聘自己入幕。那麼「蹊徑」是尚有路途卻失去，到了「絕徑」時就無路可走了，因此對盧弘止心懷感激。

「彼則傳之於赤髭疏主，示之以白足禪師」（《上河東公第三啓》）〔註99〕與「白足禪師思敗道」所用典故同，這是李商隱早年用過的典故，在令狐楚天平幕中觀女道士舞時，曾為僧人的蔡京也在場，所以用這個典故，詩和文

〔註91〕《李商隱文編年校注》，頁 1867。
〔註92〕《李商隱詩歌集解》，頁 1127。
〔註93〕《李商隱詩歌集解》，頁 1900。
〔註94〕《李商隱詩歌集解》，頁 604。
〔註95〕《李商隱詩歌集解》，頁 605。
〔註96〕葉蔥奇：《李商隱詩集疏注》（上），人民文學出版社，1985 年，頁 94。
〔註97〕《李商隱文編年校注》，第 1788 頁。
〔註98〕馮浩詳注，錢振倫、錢振常箋注：《樊南文集》（上），上海古籍出版社，1988年，頁 216。
〔註99〕《李商隱文編年校注》，頁 2169。

中的「白足禪師」都指代人，並無特殊意義。而「沈瘦」也屬於這種情況。《爲舉人柳璧獻韓郎中琮啓》一文中用「雖陋若左思，瘦同沈約」直說比沈約瘦，《韓冬郎即席爲詩相送一座盡驚他日余方追吟連宵侍坐徘徊久之句有老成之風因成二絕寄酬兼呈畏之員外》一詩「爲憑何遜休聯句，瘦盡東陽姓沈人」〔註100〕也委婉地稱沈約「東陽姓沈人」。「哀同庾開府，瘦極沈尙書」（《有懷在蒙飛卿》）〔註101〕也是相同的用法。

李商隱的部分文典同詩一樣，並沒有選用典源的原始哲理，而是在原始哲理基礎上進行重構，顛覆情節和寓意。以「莊周夢蝶」典故爲例，原始哲理指物我兩忘的境界，李商隱卻把「莊周之夢」比喻成對方麾下，上書之人比喻成蝴蝶，希望博得對方的賞識，「漆園之蝶，濫入莊周之夢」（《爲白從事上陳許李尙書啓》）〔註102〕和「蝶過漆園，願入莊周之夢」（《上華州周侍郎狀》）〔註103〕就是這種情況，比詩中的用「蝴蝶夢」比喻對前途嚮往的好夢有所不同，「戰功高后數文章，憐我秋齋夢蝴蝶」（《偶成轉韻七十二句贈四同舍》）〔註104〕，「枕寒莊蝶去，窗冷胤螢銷」（《秋日晚思》）〔註105〕，詩中的典面選擇要豐富一些。

「隘傭蝸舍，危託燕巢」（《上尙書范陽公啓》）〔註106〕基本有了詩的雛形，比起詩中的「蝸舍」——「自喜蝸牛舍，兼容燕子巢」（《自喜》），〔註107〕更具備詩的法式，商隱自桂管歸後爲京兆功曹時曾蝸舍於京郊鄉間，是時生活拮据於此可見。

「無文通半頃之田，乏元亮數間之屋」（《上尙書范陽公啓》）〔註108〕中的「元亮之屋」到了《爲滎陽公與浙東楊大夫啓》中化爲「庾樓吟望，謝墅遊娛」，〔註109〕比起詩中「謝墅庾村相弔後，自今歧路各西東」（《彭城公薨後贈杜二十七勝李十七潘》）〔註110〕中「謝墅庾村」的直白用法更有詩趣。這些

〔註100〕《李商隱詩歌集解》，頁1330。
〔註101〕《李商隱詩歌集解》，頁1274。
〔註102〕《李商隱文編年校注》，頁989。
〔註103〕《李商隱文編年校注》，頁409。
〔註104〕《李商隱詩歌集解》，頁979。
〔註105〕《李商隱詩歌集解》，頁472。
〔註106〕《李商隱文編年校注》，頁1788。
〔註107〕《李商隱詩歌集解》，頁444。
〔註108〕《李商隱文編年校注》，頁1788。
〔註109〕《李商隱文編年校注》，頁1735。
〔註110〕《李商隱詩歌集解》，頁258。

駢文大多作於李商隱居桂幕的後期至梓幕期間，即附錄分類中的「昇華期」。此期的駢文逐漸走向成熟，對典面的選擇較之以前更豐富，多樣化，與詩開始彼此影響，文句的法式和風格逐漸接近詩句。

第四節　論李商隱詩典的「以興統比」
──以相如文君典故爲例

　　李商隱詩用典獨特，主要表現在吸收典故涉及的全部故事情節，將其解析後又重構，生成新的情節。如果用詩學發展觀審視這種特點，我們可以說李商隱詩是變傳統的「以比統興」爲「以興統比」。〔註111〕以司馬相如與卓文君典故爲例，唐人常以司馬相如與文君愛情典故入詩，主要分爲歌詠相如與文君的愛情、指責相如喜新厭舊、爲相如翻案這三方面。李商隱則另闢蹊徑，對這一典故的運用多有創新。

　　當對相如與文君愛情持肯定態度時，唐人多擷取「琴挑文君」和「文君夜奔」等情節入詩，如：

　　　　彈琴看文君，春風綠鬢影。（李賀《詠懷二首》其一）

　　　　一顰一笑千金重，肯似成都夜失身。（權德輿《雜興五首》其一）

　　　　料得相如偷見面，不應琴裏挑文君。（羅虯《比紅兒詩》）

　　　　入門獨慕相如侶，欲撥瑤琴彈鳳凰。（史鳳《閉門羹》）

　　　　相如曾作鳳兮吟，昔被文君會此音。（王仙仙《孫玄照中歌贈王仙仙》）

上面引用詩句，除李賀借相如文君愛情詠懷外，其它多用來比附與妓女之間的感情，沾染了豔情色彩。其中，權德輿用「成都夜失身」反問對方，擷取的是文君夜奔相如這一情節。史鳳詩摹寫妓女給客人吃閉門羹，客人入門後效相如琴挑文君的情景，取自相如彈奏《鳳求凰》琴曲這一情節。羅虯詩中提及的紅兒應是歌妓，以文君比紅兒，相如比客人，也是擷取琴挑情節比附兩人私會。王仙仙《孫玄照中歌贈王仙仙》一詩前兩句「今日孤鸞還獨語，

〔註111〕「變傳統比興的以比爲主、以比統興爲以興統比、以興爲詩，既是李商隱比興手法的特色，也是對比興傳統的突破與超越，是造成義山詩旨多隱僻幽曲，影響李商隱詩歌形成種特風神的一個重要原因。」見張明非、李翰：《以興爲詩──李商隱對傳統比興藝術的開拓和深化》，《唐代文學研究》第九輯 2000 年版，頁 673～674。

痛哉仙子不彈琴」，所愛的人已亡故，所以「痛哉不彈琴」，整首詩反用相如琴挑文君一事，委婉表達自己對故人的思念。

當指責相如喜新厭舊時，唐人多用「相贈《白頭吟》」、「茂陵姝子見求」、「文君獨倚琴」等情節來渲染。如：

> 茂陵姝子皆見求，文君歡愛從此畢。（李白《白頭吟》其二）
>
> 一朝將聘茂陵女，文君因贈白頭吟。（李白《白頭吟》其一）
>
> 死恨相如新索婦，枉把心力為他狂。（元稹《箏》）
>
> 惆悵妝成君不見，空教綠綺伴文君。（李餘《臨邛怨》）
>
> 相如琴罷朱弦斷，雙燕巢分白露秋。
>
> （魚玄機《左名場自澤州至京使人傳語》）

如果說李白兩首《白頭吟》對相如的喜新厭舊尚未正面指責，那麼元稹的《箏》對此則不留情面地譴責。李餘的《臨邛怨》描寫女子妝罷待人來而人終未至，女子獨自倚琴惆悵的情景，魚玄機則選用斷弦、勞燕分飛暗示戀人的分手。

唐人也不乏為相如喜新厭舊、拋棄文君翻案者。以杜甫為尤，《琴臺》一詩云：

> 茂陵多病後，尚愛卓文君。
>
> 酒肆人間世，琴臺日暮雲。
>
> 野花留寶靨，蔓草見羅裙。
>
> 歸鳳求凰意，寥寥不復聞。

杜甫借「琴臺」詠懷，游歷琴臺古跡，感慨相如對文君的「歸鳳求凰」之心難得。清仇兆鰲《杜詩詳注》認為此詩：「上四溯琴臺遺事，下則登臺而弔古也。病後猶愛，言鍾情獨至。酒肆二句，寫茂陵生前之事，是昔日琴臺。野花二句，想文君歿後之容，是今日琴臺。歸鳳求凰，乃當時琴心所託，末故用此作結。」〔註112〕仇注對比相如與文君今昔愛情，肯定這是一首託古詠懷之作。《詳注》另引明末清初徽州學人黃生注：「作此題者，有二種語。輕薄之士，慕其風流。道學之儒，譏其淫佚。慕者徒騁豔詞，譏者動多腐句，均去風雅遠矣。此詩低徊想像，若美之不容口者，其實譏世俗之好德不如好色耳。清辭麗句，攀屈宋而軼齊梁，豈後世文士老儒所能望其後塵哉。」〔註113〕

〔註112〕《杜詩詳注》，頁808。
〔註113〕《杜詩詳注》，頁809。

其實，此詩未必有「譏好德不如好色」之意，但「歸鳳求凰意，寥寥不復聞」表明杜甫認爲相如對文君是鍾情至終的，並肯定了這種鍾情至終。老杜立意高深、別出心裁可見一斑。

與杜甫《琴臺》相似，杜牧《爲人題贈二首》（其一）也是翻案之舉。詩云：「文園終病渴，休吟白頭吟」，替相如的始亂終棄做解釋，強調「終病渴」，即棄舊愛的行爲尚值得原諒。

李商隱涉及相如與文君愛情的詩耐人尋味，與以上提及的三種擷取角度不同。他摒棄相如與文君典故中約定俗成的情節，將其解析後又重構，另擇新意，如此一來，人物之間的關係也發生變化，生成了新的情節，這在技巧和寓意方面都超越了前人。如果說唐人通過比附相如文君這種「比」來抒發對現實的感慨、寄託情懷這種「興」，那麼李商隱則反其道爲之：通過興寄來統率比附，主旨暗藏詩中，不易被發覺。

《戲題友人壁》一詩云：「相如解作長門賦，卻用文君取酒金。」這句詩擷取陳阿嬌以千金爲賞請相如作《長門賦》以博漢武帝復寵的情節。後半句出自《長門賦並序》：「孝武皇帝陳皇后，時得幸，頗妒。別居長門宮，愁悶悲思。聞蜀郡成都司馬相如，天下工爲文，奉黃金百斤，爲相如、文君取酒。因於解悲愁之辭，而相如爲文以悟主上。陳皇后復得幸。」〔註114〕這樣詩意就好理解了：相如有以《長門賦》獲千金之賞的才能，卻還要文君當壚賣酒來度日。劉學鍇先生按：「元微之《遣悲懷》云：『泥他沽酒拔金釵。』友人想亦有類似之舉，故義山作詩戲之，其中亦微寓才而不遇之慨。」〔註115〕聯繫友人的實際情況，說友人有像相如那樣寫出《長門賦》的才華，卻也不得不靠妻子資助。這對約定俗成的相如文君的故事情節有很大突破。既沒有涉獵兩人的愛情、也沒有指責相如喜新厭舊，更沒有爲其翻案，而是將長門賦與文君當壚兩個情節勾連起來，生成新的故事情節。

《寄蜀客》對相如文君故事情節的選取更爲新穎。詩云：

君到臨邛問酒壚，近來還有長卿無？

金徽卻是無情物，不許文君憶故夫。

從詩面看，「臨邛」、「酒壚」、「長卿」、「文君」、「故夫」都爲讀者熟知。詩的前兩句涉獵相如與文君的典面也很明瞭：文君夜奔相如後，兩人居住在臨邛，

〔註114〕《全上古三代秦漢三國六朝文》，頁 245。
〔註115〕《李商隱詩歌集解》，頁 1893。

開了一家酒店，以賣酒爲生。最後一句中的「故夫」暗示文君以新寡之身愛上相如。熟悉這些情節後，詩的表層意思很好理解：你若是去臨邛，就到酒壚看一看，近來還有沒有司馬相如那樣的人？金徽眞是無情之物，竟可以讓文君不再思念她前夫。此時，問題也出現了：「金徽」這個意象在涉獵兩人典故的詩句中並不常見，到底比喻什麼？爲什麼「金徽」會「無情」？

金徽是琴面定宮商高下的識點，在這首詩中代指琴，如沈祖棻所說，「乃相如挑文君之媒介」。文君確實聽到長卿彈奏的《鳳求凰》後傾心，與之私奔。也可以說，金徽是長卿令文君一往情深的因素。關於金徽無情的理解，詩家注詩時觀點不一。明鍾惺曰：「極刻之語，極正之意。」明周珽曰：「奇藻異想，令人可思。」清何焯曰：「第二聯翻案。以無情誚金徽，殊妙。若說文君無情，便同嚼蠟。」清姚培謙：「不言文君之越禮，而轉咎金徽，此立言微妙處。」〔註116〕今人沈祖棻點評：「此因蜀客而及臨邛之地，因臨邛而及相如文君之事也。不言文君無情，不憶故夫，但言琴上金徽，乃相如挑文君之媒介，其物無情，不許文君更憶故夫，此詩人之忠厚也。」〔註117〕幾人皆從用典角度評論這首詩，點出了用典巧妙的關鍵：文君忘記故夫，本是文君無情，卻把責任推咎給金徽，反說金徽無情。而從李詩所持態度看，文君並非無情，是長卿的情太眞誠深刻，才使文君自然而然地忘記故夫。卓文君亡夫後，司馬相如才有琴挑之爲，當然不存在破壞他人家庭的問題。這樣，整首詩的意思就好理解了：讓蜀客去到蜀地問問還有沒有像長卿這樣的人，可以用金徽傳達眞情，情深得可以讓卓文君忘記前夫，而一心一意鍾情於長卿！

眞正理解詩意後，我們才發現這首頗令人費解的詩將文君新寡、琴挑文君、夜奔相如、定居臨邛、當壚賣酒各個故事情節打亂後重新編排，生成新的情節，通篇是「比」，「興」卻不好把握。李商隱到底要寄託些什麼無從得知。想探求其深旨，勢必要深入地知人論世一番。

此外，「美酒成都堪送老，當壚仍是卓文君」（《杜工部蜀中離席》）也體現了李商隱另立新意的用典方式，比「卜肆至今多寂寞，酒壚從古擅風流」（《送崔珏往西川》）和「梓潼不見馬相如，更欲南行問酒壚」（《梓潼望長卿山至巴西復懷譙秀》）等詩句，留給讀者更多的想像空間。

以相如文君典故爲例考察李商隱詩歌用典，可知他在典面的選擇上、在

〔註116〕以上四注均見《李商隱詩歌集解》，頁 1901。
〔註117〕《李商隱詩歌集解》，頁 1902。

典故情節的重構上都不同於傳統用典之法，對前人有所超越。將其視爲切入點進一步探討李詩用典，也許會有更多的收穫。此外，通過與前人比較，我們不僅能捕捉到李商隱用典的新變，也瞭解到「西崑體」詩之所以晦澀、爲後人詬病，緣於僅學到李詩用典的形式而忽略了典面意義的開拓，只擷取典故表層意思，無視典故與現實意義的聯繫。

第五節　《義山雜纂》與李商隱詩歌創作

《義山雜纂》是晚唐詩人李商隱分類輯錄俗語的專書。古代目錄著述多將其歸爲「小說」類，以當代文體分類看，不妨稱之爲歇後語辭典。李商隱的用典技巧歷來爲詩家稱道，事僻意遠、出神入化的境界是其詩別具面目的關鍵所在，而無題詩尤爲別裁。翻檢《義山雜纂》，會驚奇地發現：李商隱處理典故的方式、創作詩歌的思維模式及詩歌擷取的諸多意象，都與其有著千絲萬縷的聯繫。本節擬從《義山雜纂》對李商隱無題詩創作的影響入手，進一步探究李商隱用典與前人的差異及超越之處。

一、《雜纂》的流傳及作者眞僞問題

最早記載李商隱《雜纂》情況的是《通志·藝文志略》，其中提到：《蜀爾雅》三卷、《古文略》、《雜纂》一卷、《金鑰》二卷。《遂初堂書目》也有類似記載。直到《直齋書錄解題》（卷十一）才正式介紹《雜纂》的性質：「雜纂一卷，唐李商隱義山撰，俚俗常談，鄙事可資戲笑，以類相從，今世所稱殺風景，蓋出於此。又有別本稍多，皆後人附益。巽岩李氏曰：用諸酒杯流行之際，可謂善謔。其言雖不雅訓，然所訶誚多中俗病，聞者或足以爲戒，不但爲笑也。」〔註118〕

清人宋澤元校刊《雜纂》按語所稱：「《義山雜纂》一書，泐於《唐人說薈》。」〔註119〕按魯迅先生評論：「（《唐人說薈》）亂改句子。如《義山雜纂》中，頗有當時的俗語，他不懂了，便任意的改纂。」〔註120〕《魯迅輯校古籍手稿》第四函第五冊有《義山雜纂》一種，《中國小說史略·唐之傳奇集雜俎》

〔註118〕《文獻通考》卷二百十五引。
〔註119〕宋澤元校刊本《雜纂》。
〔註120〕魯迅：《集外集拾遺·破〈唐人說薈〉》，《魯迅全集》（八），人民文學出版社，1982年，頁107。

也引《義山雜纂》中「殺風景」、「惡模樣」、「十誡」三則，按先生寫給章廷謙信來看，這份《義山雜纂》抄自明鈔殘本《說郛》，比《唐人說薈》中的好得多〔註121〕。後章廷謙的《雜纂》四種中《義山雜纂》即以魯迅的抄本為依據，共四十四則。

日本著名漢學家長澤規矩為日刻本《雜纂譯解》所作的解題文章認為，成書於公元一千年前後的日本平安時代女作家清少納言的隨筆集《枕草子》可能仿李義山《雜纂》而成，即說明在李商隱死後大約一百多年間的五代或北宋時《雜纂》已傳入了日本島，並受到重視，產生了較大的影響。日本寶曆十二年秋，由日本國當時的玉樹堂發行的刻印本《雜纂譯解》，僅收錄了李、王、蘇及明黃允交的四種《雜纂》。另外，現在可見的墨江岸田櫻校訂的《雜纂》（《文瀾齋袖珍叢書筆記輯》）所錄的《義山雜纂》內容與明鈔本有區別。

遼寧社會科學院曲彥斌求各種版本的《雜纂》，及續、仿之作，向三十年代曾考溯過《雜纂》之源、輯過《雜纂摘鈔》的趙景深先生請教，即得熱誠支持，先後搜覓得《雜纂》一十七種，凡二百一十一題，一千四百四十餘則，並據所見善本與別本互校，略加注釋，成《雜纂七種》，由上海古籍出版社印行面世，是迄今比較完善的本子。

關於作者問題，魯迅先生《中國小說史略》曾專門論述《雜纂》：「（《義山雜纂》）書皆集但俗常談鄙事，以類相從，雖止於瑣綴，而頗亦穿世務之幽隱，蓋不特聊資笑噱而已。」〔註122〕同時，先生對《義山雜纂》作者問題提出質疑：

> 中和年間有李就今字袞求，為臨晉令，亦號義山，能詩，初舉
> 時恒遊倡家，見孫棨《北里志》，則《雜纂》之作，或出此人，未必
> 定屬商隱，然他無顯證，未能定也。〔註123〕

先生的質疑有一定道理，但國內諸本及日本的《雜纂譯解》小引，多認為出自李商隱之手。後人也多有考證，尚無翻案之論，如劉恩惠、鄭顯文兩位先生《關於〈義山雜纂〉的眞僞及其學術價值》將《義山雜纂》中「強會」、「失

〔註121〕見 1926 年 7 月 14 日魯迅致章廷謙信。
〔註122〕魯迅：《中國小說史略‧唐之傳奇及雜俎》，《魯迅全集》（九），人民文學出版
　　　　社，1982 年，頁 96。
〔註123〕《魯迅全集》（九），頁 96。

就去」、「不達時宜」、「癡頑」、「有智慧」等則目與法國國立圖書館所藏敦煌
文書第 2721 號《珠玉抄》中「世上略有十種剳室之事」、「十無去就者」、「五
不搭時宜者」、「五不自思度者」、「六癡」、「八頑」等則進行對比，發現體例
和內容極其相似，認為是同一時代作品。據考證，《珠玉抄》成書於唐中宗神
龍三年（公元 707 年）至唐肅宗寶應元年（公元 762 年）之間，則《義山雜
纂》有理由是中晚唐時作品。《珠玉抄》成書於河南地區，與李商隱出生地和
生平活動的範圍相符，因此李商隱在河南地區接觸到社會上流傳的《珠玉抄》
並將其中部分內容歸入自己編撰的《雜纂》中完全有可能。〔註 124〕曲彥斌也
認為「在疑不能定的情況下，《義山雜纂》仍暫署『唐李商隱義山撰』是比較
中肯的」。〔註 125〕

二、《義山雜纂》內容對李商隱詩的影響

　　李商隱詩向來有多義難解的特徵，主要指詩所表達的情感意緒比較複
雜，尤其是無題詩，詩的主旨不容易把握。而通過觀察《雜纂》的各類題目，
我們可以得知將代表各種情感意緒的事件分類是李商隱文學創作中的習慣。
《雜纂》中所選錄的內容也常在李商隱詩中出現，如：

> 落第後聞喜鵲、旅店秋砧聲、孤館猿啼、市井穢語、做孝聞樂
> 聲、少婦哭夫、夜靜聞乞兒聲、才及第便卒、老人哭子（「不忍聞」）
>
> 〔註 126〕
>
> 胡馬嘶和榆塞笛，楚猿吟雜橘村砧。（《宿晉昌亭聞驚禽》）〔註 127〕
>
> 清聲不遠行人去，一世荒城伴夜砧。（《出關宿盤豆館對叢蘆有感》）
>
> 〔註 128〕

「孤館猿啼」和「旅店秋砧聲」都被李商隱列入「不忍聞」類，而上述兩首
詩都用到這兩類聲音，前一首因聽到驚禽飛走的聲音聯想到「胡馬」、「塞笛」、
「楚猿」、「村砧」四類聲音，都屬於「不忍聞」，增加了凄涼感，襯托出詩人
旅途的孤單。

〔註 124〕見《松遼學刊》，1994 年第 2 期，頁 59～60。
〔註 125〕曲彥斌：《雜纂七種》，上海古籍出版社，1988 年，頁 189。
〔註 126〕《雜纂七種》，頁 24。
〔註 127〕《李商隱詩歌集解》，頁 1095。
〔註 128〕《李商隱詩歌集解》，頁 328。

　　　　鈍刀切物、破帆使風、樹陰遮景致、築牆遮山、花前無酒、暑
月背風排筵（「不快意」）〔註129〕

　　　縱使有花兼有月，可堪無酒又無人。《春日寄懷》〔註130〕

《春日寄懷》所引這句詩承接「世間榮落重逡巡，我獨丘園坐四春」而來，
表達的就是一種獨坐春天，花前無酒相邀、月下無人相伴的「不快意」情緒，
如果編撰這類的則目是李商隱日常的習慣，那麼創作詩歌時則很容易信手拈
來。

　　　　駿馬嘶、蠟燭淚、栗子皮、荔枝殼、堆垛錢米、遺下花鈿、鶯
燕語、落花飛、高樓上唱歌、讀書聲、搗藥碾茶聲
（「不窮相」）〔註131〕

　　　相見時難別亦難，東風無力百花殘。（《無題》）〔註132〕

　　　春蠶到死絲方盡，蠟炬成灰淚始乾。（《無題》）〔註133〕

　　　風車雨馬不持去，蠟燭啼紅怨天曙。《燕臺詩四首冬》〔註134〕

這首詩歷來因「愛情主題」和「向令狐綯陳情說」之間的對立而備受爭議，
雖然選取的意象屬於《雜纂》中的「富貴」一則〔註135〕的本體無關，卻說明
李商隱對富貴意象的偏好。北宋晏殊向有「富貴詞人」之稱，作爲「富貴詞」
代表的《浣溪沙》正是選取了「落花飛」意象。其實這種題目代表了文人的
雅致情思，在《雜纂》中與此類似的還有「冬月著碧紗似寒、夏月見紅似熱、
重幕下似有人過、屠家覺膻、見水心中涼、見梅齒軟」，都與《雜纂》偏好俚
俗的傾向迥異，或者正因爲對文人的雅致情思有深刻的感知，才會對俚俗窮
相觀察得入木三分。

三、《義山雜纂》結構對李商隱無題詩的影響

　　　《義山雜纂》結構與歇後語結構相類，每條「本體」下各列多個「喻體」。

〔註129〕墨江岸田櫻校訂《雜纂》，《文瀾齋袖珍叢書筆記輯》。
〔註130〕《李商隱詩歌集解》，頁 502。
〔註131〕《雜纂七種》，頁 18。
〔註132〕《李商隱詩歌集解》，頁 1461。
〔註133〕《李商隱詩歌集解》，頁 1461。
〔註134〕《李商隱詩歌集解》，頁 80。
〔註135〕明鈔本《義山雜纂》中題目爲「不窮」。

「本體」多爲某種情感意緒，「喻體」多爲常見生活情景描寫。下列幾條以便說明：

喻　　　　　　體	本體
遇佳食味，脾胃不調、終夜歡飲，酒樽卻空、賭博方勝，油盡難尋、牽不動驢馬、相看上司忽背癢、淘井漢急屎尿、著不穩衣裳、扇不去蚊蠅、遣不動窮親情	惱人
冬月著碧紗似寒、夏月見紅似熱、入神廟若有鬼、腹大師尼似有孕、重幕下似有人、過屠家覺膻、見冰玉心中涼、見梅齒軟	意想
落第後聞喜鵲、旅店秋砧聲、孤館猿啼、市井穢語、做孝聞樂聲、少婦哭夫、夜靜聞乞兒聲、才及第便卒、老人哭子	不忍聞
駿馬嘶、蠟燭淚、栗子皮、荔枝殼、堆垛錢米、遺下花鈿、鶯燕語、落花飛、高樓上唱歌、讀書聲、搗藥碾茶聲	不窮相

如果將部分「喻體」中的情景以虛詞綴連，稍加改寫後，如下：

　　惱人　　　　　　意想　　　　　　不忍聞　　　　不窮相

遇佳味脾胃不和，冬著碧紗夏見紅，旅店秋砧孤館猿，駿馬嘶來蠟燭淚。

終夜飲酒樽卻空。腹大師尼入神廟。市井穢語孝樂聲。栗子皮覆荔枝殼。

方謁上官忽背癢，走過重幕又屠家，少婦哭夫夜乞兒，堆垛錢米遺花鈿，

賭博方勝盡難尋。曾見冰玉與梅子。及第便卒老哭子。鶯燕語中落花飛。

這種情況與李商隱七律頸聯、頷聯中將諸多意象疊加、構成意象紛繁、意境深遠的寫法相似：

　　錦瑟　　　　　富平少侯　　　　　春雨　　　　　曲江

莊生曉夢迷蝴蝶，不收金彈拋林外，紅樓隔雨相望冷，金輿不返傾城色，

望帝春心託杜鵑。卻惜銀床在井頭。珠箔飄燈獨自歸。玉殿猶分下苑波。

滄海月明珠有淚，彩樹轉燈珠錯落，遠路應悲春晼晚，死憶華亭聞唳鶴，

藍田日暖玉生煙。繡檀回枕玉雕鍐。殘宵猶得夢依稀。老憂王室泣銅駝。

兩者在結構形成上十分相像，《雜纂》中的情景相當於詩歌中的意象，諸多情景綴連相當於諸多意象疊加，不同的是，前者有鮮明的主旨即「本體」，後者的主旨與詩題無關，需要讀者自己猜測「本體」。寫到這裡，我們才知道，其實李商隱的無題詩並非難解，只要將每個「喻體」指向的「本體」弄清楚，詩的主旨就清晰了。如《錦瑟》一詩，如果把頷聯、頸聯四種意象都看作比

喻，則它們的本體很可能是「惘然」，即尾聯「只是當時已惘然」是點題之句。
《富平少侯》中「金彈拋林外」、「銀床在井頭」、「彩樹轉燈」、「珠錯落」、「繡
檀回枕」、「玉雕鎪」諸意象都有富貴、驕奢之象，如果把本體定位「驕奢」，
也合情合理。《春雨》中「紅樓隔雨」、「相望冷」、「珠箔飄燈」、「獨自歸」、「春
晼晚」、「夢依稀」幾個意象都有阻隔、可望不可及之意，「本體」大抵如此。
而《曲江》中分別從四個典故中抽繹出的復合意象都暗含世事滄桑、無可奈
何之意。

這樣，將指向同一本體的喻體以密集的從典故情節中抽繹而出的復合意
象爲表徵排列在一起，主要應用於律詩的頷聯和頸聯的書寫，我們不妨稱之
爲「雜纂思維」。

李商隱的詩歌一直處於「解人難」的境地，而難處之一就是「用意深微，
使事穩愜，直欲於前賢之外，另闢一奇」（管世銘語）。後人對於李商隱詩歌
「多義性」特徵也給了諸多解釋，或云無法言說的政治境遇、複雜朦朧的
愛情經歷，或云「心靈世界」、「以興統比」、「小說影響論」等，都是從李商
隱生活的客觀環境和主觀境遇出發而言。

其實，詩人創作詩歌勢必受他固有思維定勢影響。李商隱編纂《義山雜
纂》，絕非一日之功，要經過對生活細節日積月累的觀察。也許，正是這種日
積月累的記載使李商隱生成「雜纂思維」定勢，並在時間的沉澱之後投射到
他的詩歌創作中，將典故涉獵的故事情節抽繹成帶有比喻功能的意象，並將
這些指向同一本體的意象分編在一類，構成無題詩的頷聯和頸聯，而本體本
身即無題詩的主旨，需要讀者仔細推敲頷聯和頸聯才會得到。這就是李商隱
詩用典技巧高超、與眾不同的原因所在。

結語：李商隱駢文在後世的傳播

在唐宋駢文流變的進程中，李商隱駢文佔有重要地位，他融六朝徐陵、
庾信駢文之典麗，承白居易、令狐楚等前輩師長習駢之法，集之大成、博采
眾長，後開宋初駢文先聲，對「西崑派」及歐陽修等文章大家均有影響，對
有清一代的駢文創作也深具典範作用。

宋人以「四六」之名代駢文，其名起於李商隱。《樊南集序》云：「因削
筆衡山，洗硯湘江，以類相等色，得四百三十三件，作二十卷，喚曰《樊南

四六》。四六之名，六博、格五、四數、六甲之取也，未足矜。」〔註136〕雖駢文以四六字相間成文的書寫習慣自宋齊以來就逐漸形成，但以「四六」爲駢文集命名並指代駢文，實始於李商隱。有宋一代，駢文批評論著以「四六命名」的則有《四六話》、《四六談麈》、《容齋四六叢談》、《雲莊四六餘話》等，清代則有《四六叢話》。

宋初駢文創作也多得於李商隱。錢基博在《中國文學史》中說：「宋之文章，大端不出二者，而推其原皆出於唐：其一原出李商隱；自宋初西崑之楊億、劉筠、錢惟演以迄宋氏庠、祁兄弟、夏竦、胡宿、王珪，詞取妍華而不免庸，此承唐人之頹波，而未能出新意者也。」〔註137〕錢氏認爲李商隱駢文爲宋代駢文先聲，究其實質，主要指對「西崑派」創始人楊億駢文創作的影響。石介《祥符詔書記（節錄）》言：楊億……乃斥古文而不爲，遠襲唐李義山之體，作爲新制。」〔註138〕晁說之《成州同谷縣杜工部祠堂記（節錄）》云：「本朝王元之學白公。楊大年矯之，專尚李商隱。歐陽公又矯楊而歸韓門，而梅聖俞則法韋蘇州者也。」〔註139〕具體而論，楊億駢文宏大典麗、屬對精工，都師法於李商隱，如陳師道《後山詩話》中論及楊億：「國初士大夫，例能四六，然用散語與故事爾。楊文公刀筆豪贍，體亦多變，而不脫唐宋五代之氣，又喜古語，以切對爲工，內進士賦體爾。」〔註140〕清朱鶴齡《新編李義山文集序》「義山四六，章搞造次之華，句挾驚人之豔，以碟裂爲工，以纖妍爲能，迄於宋初，楊、劉刀筆，猶沿襲其制，誠厥體中之稱梅簷葡卜也已。」〔註141〕蔣祖怡《駢文與散文》中也有相關評論：「及楊億劉筠倡『西崑體』，所作刀筆，稍加華贍。《宋史》本傳載有內外制刀筆，《藝文志》亦云有《刀筆集》二十卷。紀昀稱其文大致宗法李商隱，而時際生平，春容典贍，無唐末五代衰颯之氣，田況《儒林公議》亦謂億在兩禁高文章之體，劉筠錢惟演輩皆從而傚之，時號楊劉。此時臺閣均用四六，其中惟王禹偁不爲時俗所動。但其應制駢偶之文，亦多宏麗。」〔註142〕認爲宗法李商隱的不只楊億一人，也多涉其他「西崑派」諸人。

〔註136〕《李商隱文編年校注》，頁1713。
〔註137〕錢基博：《中國文學史》，華東師範大學出版社，2011年5月版，頁375。
〔註138〕劉學鍇、余恕誠、黃世中：《李商隱資料彙編》，中華書局，2006年版，頁12。
〔註139〕《李商隱資料彙編》，頁19。
〔註140〕何文煥：《歷代詩話》，中華書局，1981年版，頁310。
〔註141〕《李商隱資料彙編》，頁245。
〔註142〕蔣祖怡：《駢文與散文》，上海廣益書局，民國26年8月，頁60～62。

　　這裡也涉及一個問題：楊億創作駢文爲什麼要師法李商隱？宋初最初流行淺白單薄的文風，楊億創作詩文皆主張校正白體詩人過於追求平易的創作苑圍，以及晚唐派詩人過於追求小巧以至導致破碎的詩風。方回《瀛奎律髓》卷三云「一變亦足以革當時風花雪月，小巧呻吟之病」，就指此而言。歐陽修《六一詩話》亦云：「楊大年與錢、劉數公唱和，自《西崑集》出，時人爭傚之，詩體一變……蓋其雄文博學，筆力有餘，故無施而不可，非如前世號詩人者，區區於風雲草木之類，爲許洞所困者也。」而楊億這種深沉博大、宏壯感動的風格不妨視爲李商隱駢文論的異代實踐，即楊億從駢文創作理論及實踐上都亦步亦趨李商隱。即便其有雕飾之弊，但富豔精工的文風也一掃五代以來的蕪鄙之氣，更是宋初淺白單薄文風的逆轉。

　　李商隱駢文也爲歐陽修、王安石及蘇軾等古文家駢文創作提供了借鑒。歐陽修、王安石、蘇軾雖爲古文家，但注重融駢入散，駢散結合。在這個過程中，他們注重對屬的精工，而這創作特徵正是李商隱在唐宋駢文演變過程中逐漸落實下來的。唐宋駢文對屬多有不同，「大抵唐之四六，不拘黏段中間對偶，而尾段多散語親貼，而宋人四六則體拘黏段，對偶格律益精，此唐宋駢文之大較也。宋人制詔章奏，多用排偶冗濫之詞……」〔註143〕一直到李商隱，才將對屬引向高峰。歐陽修等人吸收李商隱、「西崑派」文風特點，對屬精工，逐漸將宋代文章引入規範化的道路上來，駢、古合流，最終形成平易曉暢、優美深情的文章風格。

　　李商隱私纂四六類書《金鑰》對宋人頗有啓發。《四六談麈》云：「四六全在編類古語，唐李義山有《金鑰》，宋景文有一字至十字對，司馬文正亦有《金桴》，王岐公最多，在中書極久，生日例有禮物之賜，集中謝表，其用事多通，而語不蹈襲，公作《文箴》云：「譬諸日月，雖終古嘗見而光景常新。」〔註144〕其實，私纂類書自中唐白居易始，就成爲一種風尙，有唐一代，元稹、溫庭筠等均有此舉。

　　李商隱詩歌在清代受到廣泛關注，清中期馮浩著有《樊南文集詳注》，清晚期錢振倫、錢振常兄弟在馮浩《樊南文集詳注》的基礎上作的《樊南文集補注》，是清代對李商隱文的重要整理。值得一提的是，錢振倫更是李商隱駢文的追慕者，其著有《示樸齋駢體文》六卷，在創作風格上師法李商隱，形

〔註143〕《駢文與散文》，頁 60～62。
〔註144〕《駢文與散文》，頁 62。

成清麗華美、情文並茂的特徵。吳棠稱讚：「書無所不窺，隨手箋記，皆成條理，尤好樊南李氏之學。」〔註145〕

另，駢文家陳維崧與吳綺的駢文創作也多出於李商隱。李慈銘《越縵堂讀書記》卷八《樊南文集》：「樊南尤長者，推祭誄之文，然蓋以四字成句，率多浮詞套語，今日細看數篇，乃知國朝陳迦陵、吳薗次諸家直胎息於此。」〔註146〕其實，較之陳維崧，吳綺的駢文風格更近於李商隱，《四庫總目提要》云：「綺才稍弱於維崧、藻功，以新巧勝二家，又循為別調。綺追步於李商隱，風格雅秀，藻功刻意雕雋純為宋格。」〔註147〕縱觀吳綺駢文，確實有李商隱駢文精工典麗的特徵，也不難看出其寄真性情於文中的追步李商隱之為。

總體看來，清代諸家對李商隱文風基本以「麗」概之。張惠言《左海駢文題詞》云：「玉溪綺麗」。〔註148〕龔煒則云：「予於四六文最喜庾蘭成，喜其香豔中帶蕭瑟之致，次則李玉溪，其氣疏達而不滯，其文清麗而不靡。」〔註149〕

〔註145〕《李商隱資料彙編》，頁 837。
〔註146〕《李商隱資料彙編》，頁 849。
〔註147〕《四庫全書總目》，頁 1524。
〔註148〕《李商隱資料彙編》，頁 706。
〔註149〕《李商隱資料彙編》，頁 760。

參考文獻

一、史部

1. 〔五代〕劉昫，舊唐書，北京：中華書局，1975 年。
2. 〔五代〕劉昫，舊唐書，上海古籍出版社，上海書店 1986 年縮印本。
3. 〔五代〕薛居正，舊五代史，北京：中華書局，1976 年。
4. 〔宋〕歐陽修，新五代史，北京：中華書局，1974 年。
5. 〔宋〕歐陽修，宋祁，新唐書，北京：中華書局，1975 年。
6. 〔宋〕司馬光，資治通鑒，北京：中華書局，1956 年。
7. 〔元〕脫脫，宋史，北京：中華書局，1977 年。
8. 〔清〕陳鴻墀，全唐文紀事，中華書局，1959 年。
9. 夏承燾，唐宋詞人年譜，古典文學出版社，1955 年。
10. 方南生點校，酉陽雜俎，中華書局，1981 年。
11. 岑仲勉，隋唐史，中華書局，1982 年。
12. 張采田，玉溪生年譜會箋（外一種），上海古籍出版社，1983 年。
13. 趙守儼點校，登科記考，中華書局，1984 年。
14. 二十五史，上海古籍出版社，上海書店縮印本，1986 年。
15. （英）崔瑞德，劍橋中國隋唐史，中國社會科學院，1990 年。
16. 傅璇琮，唐才子傳校箋，北京：中華書局，1990 年。
17. 劉學鍇、余恕誠、黃學中編，李商隱資料彙編，中華書局，2001 年。
18. 踪凡，司馬相如資料彙編，中華書局，2008 年。
19. 周紹良，唐才子傳校箋，北京：中華書局，2010 年。

二、集部

1. 〔唐〕李義山等撰，義山雜纂，嶽麓書社，2005 年。
2. 〔清〕馮浩箋注，玉溪生詩集箋注，上海古籍出版社，1979 年。
3. 〔清〕馮浩詳注，錢振倫箋，錢振常注，樊南文集，上海古籍出版社，1988 年。
4. 葉蔥奇，李商隱詩集疏注，北京：人民文學出版社，1985 年。
5. 劉學鍇、余恕誠，李商隱詩歌集解，北京：中華書局，1988 年。
6. 劉學鍇、余恕誠，李商隱文編年校注，北京：中華書局，2002 年。
7. 劉學鍇，彙評本李商隱詩，上海社會科學院出版社，2002 年。
8. 〔唐〕李善注，文選，北京：中華書局，1977 年。
9. 〔宋〕李昉，文苑英華，北京：中華書局，1982 年。
10. 〔清〕嚴可均，全上古三代秦漢三國六朝文，北京：中華書局，1958 年。
11. 〔清〕董誥，全唐文，中華書局，1983 年。
12. 〔清〕許增，唐文粹，浙江人民出版社，1986 年。
13. 〔清〕姚鼐，古文辭類纂，四部備要本。
14. 王仲犖，西崑酬唱集，中華書局，1980 年。
15. 于北山，文章辨體序說，人民文學出版社，1962 年。
16. 羅根澤，文體明辨序說，人民文學出版社，1962 年。
17. 高步瀛，唐宋文舉要，中華書局上海編輯所，1963 年。
18. 曾棗莊、劉琳，全宋文，巴蜀書社，1990 年。
19. 陳貽焮，增訂注釋全唐詩，文化藝術出版社，2001 年。
20. 陳尚君，全唐文補編，中華書局，2005 年。
21. 王水照，歷代文話，復旦大學出版社，2007 年。
22. 〔唐〕柳宗元，柳宗元集，中華書局，1978 年。
23. 〔清〕劉熙載，藝概，中華書局，1978 年。
24. 〔清〕楊倫，杜詩境銓，上海古籍出版社，1980 年。
25. 〔清〕曾益等，溫飛卿詩集箋注，上海古籍出版社，1980 年。
26. 馬其昶，韓昌黎文集校注，上海古籍出版社，1986 年。
27. 朱金城，白居易集箋校，上海古籍出版社，1988 年。
28. 曲彥斌，雜纂七種，上海古籍出版社，1988 年。
29. 王國安，柳宗元集箋釋，上海古籍出版社，1993 年。
30. 陶敏、陶紅雨，劉禹錫全集編年校注，嶽麓書社，2003 年。
31. 劉學鍇，溫庭筠全集校注，中華書局，2007 年。

三、今人專著

1. 金矩香，駢文概論，商務印書館，1918 年。

2. 謝无量，駢文指南，上海中華書局，1918 年。

3. 錢基博，駢文通義，上海大華書局，1934 年。

4. 劉麟生，駢文學，上海大華書局，1934 年。

5. 瞿兌之，中國駢文概論，上海世界書局，1934 年。

6. 金茂之，四六做法駢文通，上海大通圖書社，1935 年。

7. 劉麟生，中國駢文史，上海商務印書館，1936 年。

8. 蔣伯潛、蔣祖怡，駢文與散文，世界書局，1942 年。

9. 吳慶鵬，唐宋散文史，貴州熙民出版社，1945 年。

10. 張仁青，中國駢文發展史，臺灣中華書局，1970 年。

11. 謝鴻軒，駢文論衡，廣文書局，1973 年。

12. 張仁青，中國駢文析論，東升出版事業有限公司，1980 年。

13. 吳調公，李商隱研究，上海古籍，1982 年。

14. 孫昌武，柳宗元傳論，人民文學出版社，1982 年。

15. 陳幼石，韓柳歐蘇古文論，上海文藝出版社，1983 年。

16. 錢鍾書，談藝錄，中華書局，1984 年。

17. 張仁青，駢文學，臺灣文史哲出版社，1984 年。

18. 褚斌傑，中國古代文體概論，北京大學出版社，1984 年。

19. 孫昌武，唐代古文運動通論，百花文藝出版社，1984 年。

20. 李道英，唐宋古文研究，北京師範大學出版社，1984 年。

21. 吳小林，唐宋八大家，黃山書社，1984 年。

22. 孫昌武，唐代古文運動通論，百花文藝出版社，1984 年。

23. 劉國盈，唐代古文運動論稿，陝西人民出版社，1984 年。

24. 吳孟復，唐宋八大家概述，安徽教育出版社，1985 年。

25. 姜書閣，駢文史論，人民文學出版社，1986 年。

26. 朱世英、郭景春，唐宋八大家散文技法，長江文藝出版社，1989 年。

27. 葛曉音，唐宋散文，上海古籍出版社，1990 年。

28. 于景祥，唐宋駢文史，遼寧人民出版社，1991 年。

29. 吳小林，唐宋八大家彙評，齊魯書社，1991 年。

30. 王洪，唐宋散文精華，朝華出版社，1992 年。

31. 李從軍，唐代文學演變史，人民文學出版社，1993 年。

32. 莫道才，駢文通論，廣西教育出版社，1994 年。

33. 董乃斌，李商隱傳，陝西人民出版社，1985 年。

34. 孫昌武，韓愈的散文藝術，南開大學出版社，1986 年。

35. 吳小林，柳宗元的散文藝術，山西人民出版社，1989 年。

36. 葛兆光，晚唐風韻——杜牧與李商隱，江蘇古籍出版社，1991 年。

37. 董乃斌，李商隱的心靈世界，上海古籍出版社，1992 年。

38. 尹恭弘，駢文，人民文學出版社，1994 年。

39. 錢濟鄂，駢文考，新加坡木屋學社，1994 年。

40. 于景祥，獨具魅力的六朝駢文，遼寧古籍出版社，1995 年。

41. 周一良、趙和平，唐五代書儀研究，中國社會科學院，1995 年。

42. 鍾濤，六朝駢文的形式及其意蘊，東方出版社，1996 年。

43. 祝尚書，北宋古文運動發展史，巴蜀書社，1995 年。

44. 陳祥耀，唐宋八大家文說，福建教育出版社，1996 年。

45. 王運熙、顧易生，中國文學批評通史‧隋唐五代卷，上海古籍出版社，1996 年。

46. 朱剛，唐宋四大家（韓柳歐蘇）的道論與文論，東方出版社，1997 年。

47. 楊柳，李商隱評傳，當代中國出版社，1997 年。

48. 王蒙、劉學鍇，李商隱研究論集 1949～1997，廣西師範大學出版社，1998 年。

49. 陶敏、李一飛、傅璇琮，唐五代文學編年史，遼海出版社，1998 年。

50. 劉學鍇，李商隱詩歌研究，安徽大學出版社，1998 年。

51. 陶東風，文體演變及其文化意味，雲南人民出版社，1999 年。

52. 胡士明、徐樹儀，唐五代散文，上海書店出版社，2000 年。

53. 張清華，唐宋散文——建構範型，廣西師範大學出版社，2000 年。

54. 劉師培，中國中古文學史講義，上海古籍出版社，2000 年。

55. 查屏球，唐詩與唐學，商務印書館，2000 年。

56. 畢寶魁，韓孟詩派研究，遼寧大學出版社，2000 年。

57. 章士釗，柳文指要，文匯出版社，2000 年。

58. 陶敏、李一飛，隋唐五代文學史料學，中華書局，2001 年。

59. 趙義山，中國分體文學史，上海古籍出版社，2001 年。

60. （美）包弼德，劉寧譯，斯文——唐宋思想的轉型，江蘇人民出版社，2001 年。

61. 金程宇，文化視野中的唐代駢文，復旦大學博士畢業論文，2001 年。

62. 于景祥，中國駢文通史，吉林人民出版社，2002 年。

63. 楊慶存，宋代散文研究，人民文學出版社，2002 年。

64. 劉寧，唐宋之際詩歌演變研究，北京師大出版社，2002 年。

65. 吳承學，中國古代文體形態研究，中山大學出版社，2002 年。

66. 劉明華，叢生的文體——唐宋文學五大文體的繁榮，江蘇教育出版社，2002 年。

67. 劉學鍇，李商隱傳論，安徽大學，2002 年。

68. 余恕誠，李商隱研究專集，中國詩學研究（第 2 輯），上海古籍出版社，2003 年。

69. 羅宗強，隋唐五代文學思想史，中華書局，2003 年。

70. 劉學鍇，李商隱詩歌接受史，安徽大學出版社，2004 年。

71. 林繼中，文化建構文學史綱——魏晉至北宋，北京大學出版社，2005 年。

72. 查屏球，從遊士到儒士——漢唐士風與文風論稿，復旦大學出版社，2005 年。

73. 李蹊，駢文發生學研究，河北大學出版社，2005 年。

74. 奚彤雲，中國古代駢文批評史稿，華東師範大學出版社，2006 年。

75. 周振甫，中國文章學史，江蘇教育出版社，2006 年。

76. 譚家健，中國古代散文史稿，重慶出版社，2006 年。

77. 米彥青，清代李商隱詩歌接受史稿，中華書局，2007 年。

78. 劉學鍇，溫庭筠傳論，安徽大學出版社，2008 年。

79. 曾棗莊，唐宋文學研究，巴蜀出版社，2008 年。

80. 曾棗莊，宋文通論，上海人民出版社，2008 年。

81. 沙紅兵，唐宋八大家駢文研究，人民文學出版社，2008 年。

82. 馮志弘，北宋古文運動的形成，上海古籍出版社，2009 年。

83. 陳弱水，唐代文士與中國思想的轉型，廣西師範大學出版社，2009 年。

四、期刊論文

1. 鄧紹基，略論元代著名作家虞集，陰山學刊，1988 年 1 月。

2. 王朝華、林繼中，漫話晚唐駢文「三十六體」，古典文學知識，1993 年 5 月。

3. 張明非、李翰，以興爲詩——李商隱對傳統比興藝術的開拓和深化，唐代文學研究（第九輯）——中國唐代文學學會第十屆年會暨國際學術研討會論文集，2000 年。

4. 李中華，晚唐「三十六體」辯說，文學遺產，2000 年 2 月。

5. 陳冠明，「三十六體」：宋祁總結、認定的駢文體派，安徽師範大學學報，2002 年 4 月。

6. 余恕誠，賦對李商隱詩歌創作的影響，文學遺產，2004 年 5 月。

7. 張海，異代知音，人生偶像——淺談唐代文人的相如情結，紀念相如縣建縣 1500 週年暨國際相如文化研討會，2007 年 10 月。

8. 余恕誠，論小說對李商隱詩歌創作的影響，文學遺產，2009 年 3 月。

附　錄

附錄一：李商隱駢文創作時間分佈表

李商隱駢文創作時間分佈表

		狀文	表文	啟文	祭文	祝文	牒文	序文	銘文	齋文	書文	箋文	篇數	詩
天平幕前後	大和五年前													12
太原	大和六年	1											1	
習業南山	大和七年	3										1	3	
華兗幕	大和八年	6	4			1	1						12	1
	大和九年													5
居濟源	開成元年	2											2	9
赴興元幕	開成二年	3	3		1								7	14
涇原幕	開成三年	22	3	3	1		1						30	12
秘省、弘農尉	開成四年	4	1		1								6	10
陳許幕	開成五年	17	1	3	2		4						29	4
二入秘書後居母喪、遷葬、移家永樂、赴鄭、居洛陽、三入秘省	會昌元年	2	4	1	2								9	2
	會昌二年	1	1		1								3	7
	會昌三年	3	3		2	2				3	1		14	7
	會昌四年	3		4	9	1							17	18
	會昌五年	12	1	2	2	1				1			19	20
	會昌六年	8		1						1			9	10

		狀文	表文	啟文	祭文	祝文	牒文	序文	銘文	齋文	書文	箋文	篇數	詩
桂州幕	大中元年	57	6	7	2	22	2						96	37
	大中二年	2		12									14	41
徐州幕	大中三年	2		4					1				7	17
	大中四年			4									4	9
梓州幕	大中五年			10				2			1		14	30
	大中六年			17							1		18	12
	大中七年			3				1		2			7	6
	大中八年			1						1			2	28
	大中九年	1		1									2	4
鹽鐵推官、遊江東、病卒	十年後	1		2									3	26
	不編年	1		2	1		1						6	312
總　計		151	27	77	24	27	11	1	5	5	5	1		

　　從圖表來看，李商隱駢文創作大致可以分為五個時期：

　　發軔期：從大和六年居太原令狐楚幕到開成二年令狐楚亡故的六年時間，約創作駢文二十六篇，其中狀文十五篇，表文七篇，祭文、祝文、牒文、箋文各一篇。居令狐楚天平幕期間，李商隱已從令狐楚學今體文，但從作品流傳看尚無文作錄入此間。居太原幕期間，李商隱開始創作駢文，但所錄文並非代令狐楚作，隨崔戎從華州到兗海幕期間，開始代作，興元幕令狐楚病卒前後，代令狐家族撰文。此期駢文數量雖不多，但對典故運用的頻繁基本奠定了李商隱此後駢文創作的風格。

　　發展期：從開成三年入涇原王茂元幕到一入秘省、任弘農尉、開成五年復入王茂元陳許幕的三年時間，共創作駢文六十五篇，其中狀文四十三篇，啟文六篇，表文五篇，牒文五篇，祭文四篇。很明顯李商隱的駢文創作在王茂元兩幕期間得到了進一步發展，尤其是狀文大部分都代王茂元作，從分佈來看是創作比較密集的一個時期。

　　過渡期：會昌元年二入秘書省後居母喪、遷葬、移家永樂、赴鄭、居洛陽到會昌六年三入秘省這六年時間，共創作駢文七十三篇，其中狀文二十九篇，祭文十六篇，表文九篇，啟文七篇，祝文、齋文各四篇，行狀三篇。這個時期李商隱駢文的特點是代言較少，主要從主觀出發書寫。會昌元年李商

隱從陳許幕書判拔萃再入秘書省正字，未幾丁母憂，居母喪期間將五服之內的親人墳墓都遷到永樂，分別撰寫祭文，從祭文分佈來看，三分之二都在此期間完成。與《奠令狐相公文》深情綿緲的特徵有所不同，這些祭文因大多寫給親人而將很多家事貫入其中，側重共同的命運走向，飽含身世之感，可謂淚血同下。狀文方面因不在幕府任職，代言體較少，所撰大都屬於「投知」類型駢文，有拜謁、具有希求援引的因素，如《上孫學士狀》。此外，狀組文《上李舍人狀》〔註1〕共七篇，與發軔期的狀組文《上令狐相公狀》有相似處，都是向長輩感恩、言事，具有書信性質。

　　昇華期：大中元年到大中二年居鄭亞桂州幕的兩年時間，共創作文一百一十二篇，其中狀文五十九篇，祝文二十二篇，啓文十九篇，表文六篇，祭文、牒文、序文各兩篇。如果說在發展期兩入王茂元幕府是影響李商隱駢文創作的重要因素，那麼入鄭亞幕則給李商隱帶來駢文創作上的昇華。桂幕只有短短兩年時間，駢文的總數量卻多於任何一個時期。從各文體分佈看，狀文、啓文達到了空前量，十分之九的祝文也都創作於此期。而狀文中三十九篇、啓文中十三篇都爲鄭亞代言，祝文均爲祭掃桂州各縣城隍等各神仙所寫，很具地方特色。這個時期也是李商隱駢文的成熟期，各類駢文文體基本都有所涉獵，高密度運用典故、多典疊加、略顯奧義博瞻的特點逐漸穩定。

　　結束期：大中三年入盧弘止徐州幕到大中五年入柳仲郢梓州幕，再到大中十二年病卒這十年時間，共創作駢文五十四篇，其中啓文四十二篇，銘文五篇，狀文三篇，牒文兩篇，序文、齋文各一篇。李商隱在盧弘止幕任職兩年，這兩年中只創作了八啓二狀一銘，盧弘止便亡故。大中五年至九年，李商隱都在柳仲郢梓州幕任職，至大中十年同柳仲郢復京，柳仲郢再奏李商隱爲鹽鐵推官，但上任後不久便歸洛陽後病卒。所以這八年時間基本是爲柳仲郢服務。其間啓文三十四篇，大多代柳仲郢及其家人或代梓幕同僚所作，而銘文則是前期未曾涉獵的一種新文體，均創作於此時。狀文基本停止創作，源於梓幕期間李商隱所任的職務是掌書記，主要負責啓文書寫，因此結束期也可以看做是啓文的豐收期。

〔註1〕劉學鍇先生認爲第二篇至第七篇中的李舍人指李的從叔李褒，見《李商隱文編年校注》，第三冊，第 1078 頁，注〔一〕。

附錄二：「三十六體」作家年表

唐憲宗元和七年 壬辰（812）

李商隱生。

溫庭筠十二歲，在吳中。

段成式九歲，隨父段文昌居長安。時段文昌官居祠部員外郎。

唐憲宗元和十二年 丁酉（817）

八月。令狐楚時爲翰林學士，守中書舍人，於本年三月至八月間奉旨編纂《御覽詩》一卷，選大曆、貞元及憲宗朝時詩人，詩多爲五七言律絕。收劉方平、皇甫冉、李嘉祐、盧綸、司空曙、顧況、韋應物、馬逢等，尚在世者有李益、張籍、楊巨源。李益最多，三十六首，張籍只一首。當時名家如韓愈、柳宗元、李賀、孟郊、劉禹錫、白居易、元稹等皆無。

唐憲宗元和十四年 己亥（819）

十一月。令狐楚雅愛元稹詩，及稹自虢州徵還，楚索其作；稹因取二百首，成五卷，上之。《舊唐書 元稹傳》：「十四年，自虢州長史徵還，爲膳部員外郎。宰相令狐楚一代文宗，雅知稹之辭學，謂稹曰：『嘗覽足下製作，所恨不多，遲之久矣，請出其所有，以豁予懷。』稹因獻其文，……楚深稱賞，以爲今之鮑、謝也。」《元稹集》卷六〇《上令狐相公詩啓》：「竊承相公特於廊廟間道某詩句，昨又面奉教約，令獻舊文，……輒繕寫古體歌詩一百首，百韻至兩韻律詩一百首，合爲五卷，奉啓跪陳。」

唐憲宗元和十五年 庚子（820）

八月。令狐楚由宣歙觀察使再貶衡州刺史。元稹爲草製詞，力斥其奸。《舊唐書 穆宗紀》：元和十五年八月「己亥，宣歙觀察使令狐楚再貶衡州刺史。元稹行制，見《元稹集》外集卷八。《舊唐書‧令狐楚傳》亦載稹制文，有「因緣得地，進取多門，遂忝臺階，實妨賢路」等語，「楚深恨稹」。

唐穆宗長慶元年 辛丑（821）

二月。元稹自祠部侍郎、知制誥充翰林學士，時李紳、李德裕同在翰林，人稱「三俊」。《舊唐書 李紳傳》：「歲餘，穆宗召爲翰林學士，與李德裕、元稹同在禁署，時稱『三俊』，情意相善。」

唐穆宗長慶元年　壬寅（822）

　　李商隱十歲，其父本年喪於浙，商隱隨其姊奉母歸鄭州。《祭裴氏姊文》：「浙水東西，半紀漂泊。某年方就傅，家難旋臻。躬奉板輿，以引丹旐。四海無可歸之地，九族無可倚之親。」

　　溫庭筠二十一歲，在吳中。

　　段成式十九歲，隨父赴成都。

　　三月。李紳、李德裕、元稹劾錢徽取進士「不公」，詔王起、白居易重試。於是，錢徽、李宗閔、楊汝士遭貶，後世稱牛李黨爭肇基於此。

　　五月。令狐楚由衡州刺史移刺郢州。

　　八月。令狐楚在郢州，作《秋懷》詩寄江州刺史錢徽。二人皆於近年貶出。

　　十二月。令狐楚由郢州刺史授太子賓客、分司東都。歸途經襄州，與李逢吉有詩贈答。

唐穆宗長慶三年　癸卯（823）

　　李商隱十二歲。父喪除後，於東甸占籍爲民，「傭書販舂」。

　　溫庭筠二十三歲，在吳中。

　　段成式二十歲，隨父在成都。段文昌擁節西蜀，放跡山水，以吟詠爲榮。薛濤居成都，臥病，春，有詩寄西川節度使段文昌。

唐穆宗長慶四年　甲辰（824）

　　九月。令狐楚由河南尹授汴州刺史。

唐敬宗寶曆三年、文宗大和元年　丁末（827）

　　李商隱本年十六歲，有《才論》、《聖論》，以古文爲士大夫所知。徐氏姐卒。

　　段成式二十五歲，先赴浙西往依李德裕，旋又隨宦赴揚州。

唐文宗大和二年　戊申（828）

　　溫庭筠出塞、在綏州久留，短期幕遊。

　　段成式二十六歲，隨父在揚州。

　　十月。令狐楚由宣武節度使入爲戶部尚書，有詩詠懷，劉禹錫，白居易有詩酬和。

唐文宗大和三年 己酉（829）

李商隱十八歲，為天平軍節度使令狐楚聘為巡官，遂從楚學今體文，在門下與令狐絢等同學。

溫庭筠夏秋間，猶在夏綏。

段成式二十七歲，隨父在揚州。

唐文宗大和四年 庚戌（830）

李商隱本年十九歲，在令狐楚天平軍幕，陪伴令狐絢入京試進士試。二月，令狐絢等二十五人登進士第，知貢舉為禮部侍郎蕭浣。

溫庭筠有入蜀之行。

段成式隨父從揚州轉赴荊州。

唐文宗大和五年 辛亥（831）

李商隱二十歲。在鄆州令狐楚天平幕。首次參加科舉考試落榜。

溫庭筠本年春在成都。其間似與西川幕中文士有交往，或有欲入西川幕之想。暮春後離成都順岷江南下至新津。抵戎州後，順長江東下出峽、道荊、襄回京。

段成式隨父在荊州。

唐文宗大和六年 壬子（832）

二月。令狐楚由天平軍轉任河東節度使。

三月。李商隱春應試落第，賈餗知貢舉。後依令狐楚太原幕中。

溫庭筠在長安。

段成式隨父自荊州赴成都。

唐文宗大和七年 癸丑（833）

李商隱本年春應舉，知貢舉賈餗不取。令狐楚調離太原後，商隱曾住鄭州、華州，謁見鄭州刺史蕭浣、華州刺史崔戎即商隱表叔。蕭浣從中薦達，崔戎對商隱特加憐愛，送其習業南山待考。

溫庭筠在長安。

段成式隨父在成都。

八月。朝廷有制批評其時苟尚文華，欲務抑華，並令進士試停試詩賦。《冊

府元龜》卷九十《帝王部 赦宥》九大和七年八月制：「漢代用人，皆由儒術，故能風俗深厚，教化興行。近日苟尚浮華，莫修經藝。先聖之道，埋蕪不傳。況進士之科尤要釐革，……其進士舉宜先試貼經，並略問大義，精通者次試議論各一道，文理高者便與及第。其所試賦並停。」

唐文宗大和八年　甲寅（834）

李商隱因病未應試。隨崔戎自華州至兗州，掌章奏。戎卒後，西歸。

溫庭筠在長安。

段成式隨父在成都。

唐文宗大和九年　乙卯（835）

李商隱春應舉，知貢舉崔鄲不取。往來長安、鄭州之間。

溫庭筠旅遊淮上。

三月，段文昌卒於西川節度使任，年六十三。段成式攜家由成都回京。

八月，唐文宗稱賞太常少卿馮定之古體詩，令其錄詩以獻。

十一月，「甘露之變」發生。

唐文宗開成元年　丙辰（836）

李商隱爲令狐楚聘入興元幕，但商隱未即赴，奉母居濟源。

溫庭筠李翱之薦，始從太子永遊。

段成式居長安修行里舊第。

二月。蔡京等四十人進士及第，中書舍人高鍇知貢舉。進士題由唐文宗所出。

四月。令狐楚出爲山南西道節度使。

十二月。蔡京本年及第此時蓋已任校書郎。

唐文宗開成二年　丁巳（837）

二月。李商隱、韓瞻等四十人中進士。禮部侍郎高鍇知貢舉。後有拜謁王茂元的可能，議定婚事。春末歸濟源探母。冬，因令狐楚病，由長安急赴興元，代令狐楚草遺表。十二月，與令狐綯奉楚喪回長安。

溫庭筠在長安，從太子游。

段成式在長安，秋冬間任職集賢殿。後入秘書省。〔註2〕

唐文宗開成三年 戊午（838）

李商隱本年春試博學弘詞科，先為考官周墀、李回所取，復審時被某一所謂「中書長者」抹去。落選後赴王茂元涇原幕。與王茂元女成婚。

溫庭筠在本年九月前仍從太子游。

段成式仍處集賢殿或秘書省。

唐文宗開成四年 己末（839）

李商隱約於此年三月前後釋褐為秘書省校書郎，約五月，由秘書省校書郎調任弘農尉，以活獄觸怒觀察使孫簡，將罷官，適逢姚合代簡，還官後終辭。

溫庭筠於本年秋參加京兆府試，薦名居第二，然竟被黜落罷舉，不能參加明春禮部進士試。

段成式仍處集賢殿或秘書省。

唐文宗開成五年 庚申（840）

李商隱得到河陽節度使李執方資助，由濟源移家長安。冬，辭弘農尉求調他職。旋應王茂元之招，赴陳許節度使幕。

溫庭筠在長安。本年秋，因故未能「赴鄉薦，試有司」。二年不赴鄉薦試有司真正原因當是遭人譭謗。

段成式在秘書省著作郎任，撰有《安國寺寂照和尚碑記》（見《全唐文》卷七八七）。《金石文補》云，此碑「碑文險怪，用內典極多，樊宗師之亞流也」。

〔註2〕《酉陽雜俎》續集《貶誤》云：「開成初，予職在集賢，頗獲所未見書。」按文昌卒於文宗太和九年三月，成式服喪期滿，任職集賢院，最早當於開成二年秋冬間。《舊唐書 段成式傳》謂「以蔭入官，為秘書省校書郎」，無任職集賢之記載。而《酉陽雜俎‧物異》曾記集賢院校理張希復對其言及牛黃事；《喜兆》篇曾記集賢張希復學士對其言李揆拜相事。其後成式《與溫飛卿書》，有謂「近集仙舊史，獻墨二挺，謹分一挺送上」等語，故開成初，職在集賢，可信。又按：集賢院為唐文學三館之一，掌四庫書，刊輯經籍。職官常以前資、常選、三衛、散官五品以上子孫為之。故成式以蔭入官集賢較可信，或先在集賢，後去秘省任校書郎，亦未可知。

唐武宗會昌元年 辛酉（841）

李商隱離弘農尉任，約此時前後依周墀於華州，並有詩文上周墀。

溫庭筠自長安赴吳中舊鄉。

段成式居長安。

唐武宗會昌二年 壬戌（842）

李商隱爲王茂元陳許幕掌書記。約此時以書判拔萃，入爲秘書省正字。後因母喪居家。

溫庭筠春赴越中，秋後返吳中。

段成式仍居長安修行里。

唐武宗會昌三年 癸亥（843）

李商隱在京守母喪。王茂元卒。李商隱忙於親屬遷葬，秋冬之際至洛陽、河陽、懷州、鄭州等地。徐氏姊夫卒於浙東。

溫庭筠春暮由吳中啓程返回長安。

段成式在秘書省著作郎任。夏，與張希復、鄭符遊靖善坊大興善寺等京中寺廟，多有聯句之詠（《全唐詩》卷七九二錄《遊長安諸寺聯句》）。武宗滅佛之舉醞釀已久，寺中僧尼騷動。

唐武宗會昌四年 甲子（844）

李商隱年初爲裴氏姊及女兒寄寄等營葬。戰亂平息後移家永樂。永樂縣閒居。

溫庭筠閒居長安鄠郊。

段成式居長安。

唐武宗會昌五年 乙丑（845）

正月，唐武宗寵信道士趙歸眞，敕於南郊築望仙臺。時宰相李德裕論諫之。後李商隱或有感於此，作《漢宮詞》以諷。「青雀西飛竟未回，君王長在集靈臺。侍臣最有相如渴，不賜金莖酒一杯。《北齊二首》：一笑相傾國便亡，何勞荊棘始堪傷。《正月十五夜聞京有燈恨不得觀》：身閒不賭中興盛，羞逐鄉人賽紫姑。

三月，李商隱約於二三月間赴鄭州李褒之招，有詩獻之。

四月，本年四五月間排佛事已成規模，僧尼還俗者眾多。《舊唐書　武宗

紀》本年四月載;《通鑑》卷二四八記此事係五月;圓仁《入唐求法巡禮行記》
卷四。

八月,正式下詔,陳佛教之蔽,廢寺、僧尼還俗。

九月,李商隱秋日卜居洛下,有詩寄令狐綯(《寄令狐郎中》)。

十月,李商隱服闋,入京,重官秘書省正字。

溫庭筠本年居長安。

段成式在京洛間。

唐武宗會昌六年 丙寅(846)

李商隱在秘書省正字任,子袞師生。

溫庭筠居長安。本年有《會昌丙寅豐歲歌》,頌劉稹平定後太平景象。

段成式在京洛間行走,多與僧人交往。還俗僧尼返回寺廟心情迫切。

唐宣宗大中元年 丁卯(847)

李德裕由東都留守爲太子少保、分司東都,鄭亞亦因被視爲李德裕黨,
出爲桂管觀察使。鄭亞聘李商隱入幕爲支使兼掌書記。商隱隨鄭亞三月七日
離京赴桂州,經江陵、長沙,六月初抵桂。九月,代鄭亞做《會昌一品集序》。
冬奉鄭亞之命使荊南節度使鄭肅,十月於舟中編訂《樊南甲集》。

溫庭筠本年約四十七歲,春遊湖湘。

段成式在吉州刺史任,居廬陵郡。

唐宣宗大中二年 戊辰(848)

李商隱自江陵歸桂林。白敏中等興吳湘獄事,本月覆核結案,鄭亞亦爲
所累,由桂州刺史、桂管防禦觀察使貶循州刺史,商隱遂罷桂幕之任,三四
月間離桂州北歸。五月至潭州,在湖南觀察使李回幕短期逗留,曾爲李回撰
文賀馬植任宰相。

於秋自江陵返長安,此前曾溯江至夔州一帶。

溫庭筠居長安,本年春,封敖知貢舉。庭筠應禮部進士試前曾受到封敖
稱獎,卻未第。

段成式在吉州任。

唐宣宗大中三年　己巳（849）

　　杜牧本年四十七歲，在京任司勳員外郎、史官修撰。時李商隱亦在京，有詩贈之，對杜牧之詩文極爲推賞。鄭亞已南貶循州，遂南觀，李商隱賦詩送別。本年秋爲劉蕡含冤被貶斥，客死溢浦，屢賦詩哀悼，對劉蕡之節義風慨極致崇仰之情。十月，武寧節度使盧弘止辟李商隱入幕爲判官，商隱有三啓呈弘止，至年底方赴任。

　　溫庭筠在長安。

　　段成式在吉州任。

　　十二月，李德裕卒於崖州貶所，年六十三。李德裕與段成式世交頗厚，升降似影響到段氏一家。

唐宣宗大中四年　庚午（850）

　　李商隱在徐州盧弘止幕。春，奉使入京，與李郢相遇於汴州。

　　溫庭筠在長安。本年春，裴休以禮部侍郎知貢舉，庭筠應進士未第。

　　段成式在吉州任。

　　十一月，令狐綯本年十一月拜相。

唐宣宗大中五年　辛未（851）

　　盧弘止卒，李商隱罷徐州幕。其妻王氏亦卒於春夏間。商隱感仕進無路，復致書令狐綯，後補太學博士。七月，柳仲郢任東川節度使，辟商隱爲節度書記。十月改判上軍。柳仲郢以其妻喪，擬以樂妓賜之，商隱上啓婉拒之。冬，商隱以幕府判官帶憲銜身份差赴西川推獄。曾謁見杜悰，遊覽武侯祠等古跡。

　　溫庭筠在長安。

　　段成式在吉州。

　　九月，鄭亞卒於貶所循州。

唐宣宗大中六年　壬申（852）

　　李商隱在梓州柳仲郢幕。復代掌書記。春初，由西川返梓。奉柳仲郢往渝州送杜悰。爲柳仲郢奏加檢校工部郎中。

溫庭筠爲令狐綯代撰《菩薩蠻》詞約在本年前後。〔註3〕上書封敖，請求封敖寫信推薦自己給明春主持禮部進士試者。

段成式在吉州任。

唐宣宗大中七年 癸酉（853）

李商隱在梓州柳仲郢幕。創石壁五間刻佛經。〔註4〕

本年春崔瑤以禮部侍郎知貢舉，溫庭筠試未第。

段成式本年由吉州返回長安。追憶會昌三年與張希復、鄭符遊京中諸寺事，將舊日所記編次成《寺塔記》兩卷。〔註5〕

唐宣宗大中八年 甲戌（854）

李商隱在梓州幕。

溫庭筠春遊河中節度使徐商幕。

段成式暫居長安。

〔註3〕 孫光憲《北窗瑣言》卷四：「宣宗嘗賦詩，上句有『金步搖』，未能對。遣未第進士對之，庭筠乃以『玉條脫』續也。宣宗賞焉。又藥名『白頭翁』，溫以『蒼耳子』爲對，他皆此類也。宣宗愛唱《菩薩蠻》詞。令狐相國假其新撰密進之，戒令勿他泄，而遽言於人，由是疏之。溫亦有言云：『中書堂內坐將軍。』譏相國無學也。」又同卷記：「令狐綯『曾以故事訪於溫岐，對以事《南華子》。且曰：非辟書也。或冀相公燮理之暇，時宜覽古。』綯益怒之，乃奏岐有才無行，不宜與第。……所以岐詩曰：『因知此恨人多積，悔讀《南華》第二篇。』」按庭筠與令狐綯交往，爲撰《菩薩蠻》詞在令狐綯爲宰相時，確年難考，今姑記於此。見劉學鍇，《溫庭筠全集校注》（下），第1336頁。

〔註4〕 李商隱在梓州幕，編定《樊南乙集》，並撰集序。時李商隱頗耽禪悅，乃出財俸，於長平山慧義精舍經藏院特創石壁五間，金字勒《妙法蓮花經》七卷，並有《上河東公啓》二首請柳仲郢撰文記之。時尚撰有碑銘、碣銘三篇。《樊南乙集序》：「自桂林至是，所爲已五六百篇，其間可取者，四百而已。三年已來，喪失家道，平居忽忽不樂，始克意事佛，方願打鐘掃地，爲清涼山行者，於文墨意緒闊略，爲置大牛籃，途逭破裂，不復條貫。十月……乃強聯桂林至是所可取者，以時以類，亦爲二十編，名之曰『四六乙』。此事非平生所尊，尚應求備，卒不足以爲名，直欲以塞本勝多愛我之意，遂書其首。是夕大中七年十一月十日夜。」

〔註5〕 段成式《酉陽雜俎》三十卷，前集二十卷，後集十卷，乃志怪傳奇雜事集。據李劍國《唐五代志怪傳奇敍錄》所考，其續集乃《寺塔記》，成於本年，而大中「七年後事不見於續集」，因此其《酉陽雜俎》乃本年或稍後所編成。

唐宣宗大中九年　乙亥（855）

李商隱在梓幕，十一月柳仲郢內徵，隨柳回京。

春，溫庭筠應禮部進士不第。三月，吏部博學宏詞考試，溫庭筠曾爲京兆尹柳熹之子柳翰假手作賦。溫庭筠有詩《秋日旅舍寄義山李侍御》寄商隱，商隱有《有懷在蒙飛卿》、《聞著明凶問哭寄飛卿》。張采田《玉溪生年譜會箋》認爲溫李酬唱始於此。

段成式自長安赴處州。方干離婺州東陽，途中有詩。又往遊處州，有詩贈刺史段成式。

唐宣宗大中十年　丙子（856）

李商隱年初抵長安，柳仲郢奏李爲鹽鐵推官。

溫庭筠貶隋縣尉，旋居襄陽幕。

段成式在處州刺史任，撰《好道廟記》。

唐宣宗大中十一年　丁丑（857）

李商隱任鹽鐵推官，後遊江東。

溫庭筠在襄陽幕。

段成式在處州。

唐宣宗大中十二年　戊寅（858）

李商隱罷鹽鐵推官，還鄭州，未及病卒。

溫庭筠在襄陽幕。

段成式隱於峴山，遊襄陽幕。

唐宣宗大中十三年　己卯（859）

段成式閒居漢上，應人之請《塑像記》。時溫庭筠貶隋縣尉，亦來漢上。余知古、韋蟾、元繇、溫庭皓等人亦均在徐商襄陽幕。諸人賦詩唱和，詩文簡牘往還，頗盡幕府文士酬唱之樂。後集酬和之作爲《漢上題襟集》。

唐宣宗大中十四年、懿宗咸通元年　庚辰（860）

溫庭筠罷襄陽幕，赴江陵。

段成式在江州，李群玉東遊後至潯陽，與江州刺史段成式相敘甚歡。段成式贈溫庭筠箋紙，有詩寄之。〔註6〕

蔡京在撫州刺史任。

唐懿宗咸通二年 辛巳（861）

溫庭筠在荊南節度使蕭鄴幕為從事，與段成式、盧知遒、沈參軍等人為同僚。

唐懿宗咸通三年 壬午（862）

溫庭筠春仍在荊幕，夏末秋初已在長安或洛陽。

蔡京赴嶺南西道節度使任，途中有詩。後為軍士所逐，敕貶崖州司戶，旋賜自盡。〔註7〕

唐懿宗咸通四年 癸未（863）

溫庭筠閒居長安。

段成式卒於長安，時為太常少卿。

〔註6〕段成式本年在江州刺史任，《全唐詩》卷五八四段成式《寄溫飛卿箋紙》詩序云：「予在九江造雲藍紙，既乏左伯之法，全無張永之功，輒送五十板。」《舊唐書》本傳「咸通初，出為江州刺史。」《文房四譜》卷四「段成式在九江，出意造紙，名雲藍紙，以贈溫飛卿。」

〔註7〕《唐詩紀事》卷四九標舉此詩：「千年冤魂化為禽，永逐悲風叫遠林。愁血滴花春豔死，月明飄浪冷光沉。凝成紫塞風前淚，驚破紅樓夢裏心。腸斷楚詞歸不得，劍門迢遞蜀江深。」《全唐詩》卷四七二載其詩三首。

後　記

　　千百年來，詩家總愛西崑好，代有相傳作鄭箋，而文到樊南細細裁，我也一次次因追尋鄭箋而致思緒癲狂，所幸商隱的反饋何等珍貴，內心因此而豐盈。

　　本書是我博士畢業論文的前身。六年前，隻身奔赴南開園，本才乏出群，根基淺薄，蒙盛江師不棄，方得受教於門下。在論文書寫過程中，屢遇惶惑，幸有先生去國萬里，研美秘府、留情空海、十年一劍的堅執帶給我不懈動力。而明非師引我入唐詩之門，多方獎掖、殷切關懷之恩，我亦銘記於心。

　　本次又得花木蘭文化出版社傾力相助，逢出版良機，幸甚至哉，在此奉上深深謝意！

尹博識於甲午暮秋